Nossa Senhora das Flores

Jean Genet

Nossa Senhora das Flores

tradução
Júlio Castañon Guimarães

todavia

Sem Maurice Pilorge, cuja morte continua a envenenar minha vida, eu jamais teria escrito este livro. Dedico-o à sua memória.

J. G.

Weidmann apareceu para vocês numa edição das cinco horas, cabeça envolta em faixas brancas, uma freira e também um aviador ferido, caído na plantação de centeio, num dia de setembro parecido com aquele em que o nome Nossa Senhora das Flores veio a ficar conhecido. Seu belo rosto multiplicado pelas máquinas se abateu sobre Paris e sobre a França, no mais fundo das cidadezinhas perdidas, nos castelos e nos casebres, revelando aos burgueses entristecidos que pela vida cotidiana deles passam rente assassinos encantadores, alçados dissimuladamente até seu sono, por alguma escada de serviço, que, cúmplice deles, não rangeu, sono esse que eles vão atravessar. Sob sua imagem, explodiam como aurora seus crimes: assassinato 1, assassinato 2, assassinato 3, até seis, falavam de sua glória secreta e preparavam sua glória futura.

Um pouco mais cedo, o negro Anjo Sol matara sua amante.

Um pouco mais tarde, o soldado Maurice Pilorge assassinava seu amante Escudero para lhe roubar pouco menos de mil francos, depois, para seu aniversário de vinte anos, cortavam-lhe o pescoço, enquanto, vocês se lembram, ele esboçava mostrar a língua para o carrasco irritável.

Por fim, um praça da marinha, ainda uma criança, traía por trair: fuzilaram-no. E é em honra aos crimes deles que escrevo meu livro.

Só por fragmentos tomei conhecimento dessa maravilhosa eclosão de belas e escuras flores: um me era entregue por um pedaço de jornal, o outro citado ao acaso por meu advogado, um outro dito, quase cantado, pelos detentos — seu canto se tornava fantástico e fúnebre (um *De Profundis*), tanto quanto as lamentações que eles cantam à noite, tanto quanto a voz que atravessa as celas, e me chega toldada, desesperançada, inquieta. No fim das frases, ela se quebra, e essa quebra a torna tão suave que parece sustentada pela música dos anjos, a que tenho horror, pois os anjos me causam horror, já que, imagino, compostos deste modo: nem espírito nem matéria, brancos, vaporosos e assustadores como o corpo translúcido dos fantasmas.

Esses assassinos agora mortos chegaram, no entanto, até mim e toda vez que um desses astros de luto cai em minha cela, meu coração bate forte, meu coração bate a chamada, se a chamada é o rolar de tambor que anuncia a capitulação de uma cidade. E se segue um fervor comparável ao que me contorceu, e me deixou alguns minutos grotescamente crispado, quando ouvi acima da prisão passar o avião alemão e a explosão da bomba que ele deixou cair bem perto. Num piscar de olhos, vi uma criança isolada, levada por seu pássaro de ferro, a rir, semeando a morte. Apenas por conta dele desenfrearam-se as sirenes, os sinos, os cento e um tiros de canhão reservados ao Delfim, os gritos de ódio e de medo. Todas as celas estremeciam, agitadas, loucas de pavor, os detentos batiam às portas, rolavam no chão, vociferavam, choravam, blasfemavam e imploravam a Deus. Vi, afirmo, ou julguei ver, uma criança de dezoito anos no avião, e do fundo de minha 426 eu lhe sorri de amor.

Não sei se são os rostos deles, os verdadeiros, que mancham a parede da minha cela com uma lama diamantada, mas não pode ter sido por acaso que recortei de revistas essas belas cabeças com olhos vazios. Digo vazios, porque todos são claros e devem ser azul-celeste, parecidos com o fio das lâminas onde uma estrela de luz transparente se prende, azuis e vazios como as janelas dos prédios em construção, através das quais se vê o céu nas janelas da fachada oposta. Como essas casernas, abertas pela manhã a todos os ventos, que julgamos vazias e puras quando na verdade fervilham de homens perigosos, desabados, entremeados em suas camas. Digo vazios, mas se eles fecham as pálpebras, tornam-se para mim mais inquietantes do que de fato são, para a jovenzinha núbil que passa, as janelas com barras das imensas prisões atrás das quais dorme, sonha, xinga, cospe uma população de assassinos, que faz de cada cela o ninho sibilante de víboras, mas também algo como um confessionário com cortina de sarja empoeirada. Esses olhos, desprovidos de aparente mistério, são como certas cidades fechadas: Lyon, Zurique, e me hipnotizam tanto quanto os teatros vazios, as prisões desertas, as maquinarias em repouso, os desertos, pois os desertos são fechados e não se comunicam com o infinito. Os homens com esses rostos me apavoram, sempre que tenho de percorrê-los às apalpadelas, mas que resplendente surpresa quando, na paisagem deles, na esquina de um beco abandonado, eu me aproximo, o coração descontrolado, e nada descubro, nada além do vazio erguido, sensível e altivo como uma alta dedaleira!

Não sei, como eu disse, se as cabeças que estão ali são mesmo de meus amigos guilhotinados, mas, por sinais inequívocos, reconheci que, aqueles da parede, inteiramente maleáveis como tiras de chicote e rígidos como facas de vidro, sábios como doutores-crianças e frescos como miosótis, são os corpos escolhidos para serem possuídos por almas terríveis.

Os jornais chegam em mau estado à minha cela, e as mais belas páginas são pilhadas de suas mais belas flores, os cafetões, tal como jardins em maio. Os grandes cafetões inflexíveis, estritos, sexos desabrochados, de modo que não sei mais se são lírios ou se lírios e sexos não seriam totalmente eles, a ponto de à noite, de joelhos, em pensamento, eu abraçar com meus braços suas pernas — tanta rigidez me derruba e me faz confundi-los, e a lembrança que de bom grado dou como pasto às minhas noites, é a tua, que, quando de minhas carícias, permanecia inerte, estirado; apenas manipulado e desembainhado teu pau atravessava minha boca com a rispidez subitamente má de um campanário furando uma nuvem de tinta, de um alfinete de chapéu furando um seio. Você não se mexia, você não dormia, você não sonhava, você estava fugindo, imóvel e pálido, gelado, reto, estendido teso na cama plana como um caixão sobre o mar, e eu nos sabia castos, enquanto estava atento a te sentir escoar-te em mim, morno e branco, por pequenos tremores contínuos. Você talvez fingisse gozar. No clímax do momento, um êxtase calmo te iluminava e punha em torno de teu corpo de bem-aventurado um nimbo sobrenatural tal como um casaco que com a cabeça e os pés você varava.

No entanto, consegui umas vinte fotografias e com miolo de pão mastigado as colava nas costas do cartão com o regulamento que fica pendurado na parede. Algumas estão presas com pedaços de fio de latão que o contramestre me traz e nos quais devo enfiar contas de vidro coloridas.

Com essas mesmas contas, que os detentos ao lado usam para fazer coroas funerárias, fabriquei para os mais puramente criminosos molduras em forma de estrela. À noite, enquanto vocês abrem a janela para a rua, viro para mim o verso do regulamento. Sorrisos e muxoxos, uns e outros inexoráveis, entram-me por todos os meus buracos oferecidos, o vigor deles penetra em mim e me levanta. Vivo entre esses abismos. Eles presidem meus pequenos hábitos, que constituem, junto com eles, toda a minha família e meus únicos amigos.

Talvez entre os vinte se tenha perdido algum sujeito que nada fizera para merecer a prisão: um campeão, um atleta. Mas se o preguei na minha parede, foi porque ele tinha, a meu ver, no canto da boca ou no ângulo das pálpebras, o sinal sagrado dos monstros. A imperfeição no rosto deles, ou em seu gesto fixado, indica-me que não é impossível que me amem, pois só gostam de mim se são monstros — e se pode então dizer que é ele mesmo, esse desencaminhado, que escolheu estar aqui. Para lhes servir de cortejo e de corte, colhi aqui e ali, na capa ilustrada de alguns romances de aventuras, um jovem mestiço mexicano, um gaúcho, um cavaleiro caucasiano, e, nas páginas desses romances que passamos de mão em mão durante nosso passeio, os desenhos desajeitados: perfis de cafetões e de apaches com um toco de cigarro que fumega, ou a silhueta de um valentão com o pau duro.

À noite, eu os amo, e esse amor os anima. De dia, ocupo-me aqui e ali de minhas coisas. Sou a dona de casa atenta a que uma migalha de pão ou um tantinho de cinza não caiam no chão. Mas de noite! O medo do guarda que pode acender de repente a lâmpada elétrica e que passa a cabeça pela abertura recortada na porta obriga-me a precauções sórdidas a fim de que o amarrotado dos lençóis não denuncie meu prazer; mas, se perde em nobreza, meu gesto, ao se tornar secreto, aumenta meu prazer. Perambulo. Debaixo do lençol, minha mão direita se detém para acariciar o rosto ausente e, depois, todo o corpo do fora da lei que escolhi para minha felicidade dessa noite. A mão esquerda fecha os contornos, depois arranja seus dedos como órgão côncavo que procura resistir, enfim se oferece, se abre, e um corpo vigoroso, um armário com espelho sai da parede, avança, cai sobre mim, esmaga-me sobre esse colchão de palha já manchado por mais de cem detentos, enquanto penso nessa felicidade em que me despenho quando existem Deus e seus Anjos.

Ninguém pode dizer se sairei daqui, nem, caso saia, quando isto se dará.

Então, com a ajuda de meus amantes desconhecidos, vou escrever uma história. Meus heróis são eles, colados na parede, eles e eu, que estou aqui, engaiolado. À medida que vocês lerem, os personagens, e também Divina, e Culafroy, cairão da parede sobre minhas páginas como folhas mortas, para adubar meu relato. A morte deles, será que precisarei contá-la para vocês? Ela será para todos a morte daquele que, quando ficou sabendo, pelo júri, de sua própria morte, se contentou em murmurar com sotaque renano: "Já estou além disso" (Weidmann).

Pode ser que esta história nem sempre pareça artificial, e que nela se reconheça, independentemente de mim mesmo, a voz do sangue: terá acontecido de eu em minha noite bater com a testa em alguma porta, liberando uma lembrança angustiante que me perseguia desde o começo do mundo, desculpem-me. Este livro não quer ser mais do que uma parcela de minha vida interior.

Algumas vezes, o vigia de pés de veludo, pela janelinha, me lança um oi. Ele me fala, e me diz muito, sem querer, sobre os falsificadores meus vizinhos, os incendiários, os falsários de dinheiro, os assassinos, os adolescentes fanfarrões que rolam pelo chão gritando: "Mãe, socorro!". Ele fecha a janelinha, que bate, e me deixa frente a frente com todos esses belos senhores que ele acaba de permitir aí se insinuarem e que a mornidão dos lençóis, o torpor da manhã fazem contorcer-se para buscar a ponta do fio que fará se sucederem os motivos, o sistema das cumplicidades, todo um aparato feroz e sutil que, entre outras boas reviravoltas, transformou em cadáveres brancos algumas menininhas cor-de-rosa. Também quero misturá-los, cabeças e pernas, com meus amigos da parede, e com isso compor esta história infantil. E refazer do meu jeito, e para encantamento de minha cela (quero dizer que graças a ela minha cela será encantada), a história de Divina, que conheci tão pouco, a história de Nossa Senhora das Flores, e, não tenham dúvida, minha própria história. Descrição de Nossa Senhora das Flores: altura 1,71 m, peso 71 kg, rosto oval, cabelos louros, olhos azuis, tez pálida, dentes perfeitos, nariz retilíneo.

Divina morreu ontem no meio de uma poça tão vermelha de sangue por ela vomitado que, enquanto expirava, teve a ilusão suprema de que esse sangue era o equivalente visível do buraco negro que um violino eviscerado, visto na sala de um juiz em meio a um entulho de provas criminais, expunha com insistência dramática, tal como um Jesus expõe a chaga dourada onde luz seu Sagrado Coração flamejante. Está aí então o lado divino de sua morte. O outro lado, o nosso, por causa desses fluxos de sangue espalhados em sua roupa de dormir e seus lençóis (pois, sobre os lençóis cheios de sangue, o sol pungente, mais que maliciosamente, se pusera em sua cama), faz sua morte equivaler a um assassinato.

Divina morreu santa e assassinada — pela tísica.

É janeiro, e também na prisão, onde nessa manhã, durante o passeio, dissimuladamente, entre detentos, nos desejamos bom Ano-Novo, de modo tão humilde quanto o devem fazer entre si no serviço os empregados domésticos. O vigia chefe, para nos presentear, deu a cada um de nós um pacotinho de vinte gramas de sal grosso. Três horas depois do meio-dia. Chove por trás das grades desde ontem e venta. Deixo-me seguir, como no fundo de um oceano, no fundo de um bairro escuro, de casas duras e opacas, mas bastante leves, para o olhar interior da lembrança, pois a matéria da lembrança é porosa. A mansarda em que Divina morou por tanto tempo fica no alto de uma dessas casas. Sua grande janela precipita os olhos (e os encanta) no pequeno cemitério de Montmartre. A escada que leva até ela desempenha hoje papel considerável. É a antecâmara, sinuosa como os corredores das Pirâmides, do túmulo provisório de Divina. Esse hipogeu cavernoso ergue-se, tão puro quanto o braço nu de mármore na treva que devora o ciclista a que pertence. Saindo da rua, a escada sobe para a morte. Chega ao último repouso. Cheira a flores apodrecidas e já ao odor de velas e incenso. Sobe na sombra. De andar em andar, se estreita e escurece até não ser mais, no alto, do que uma ilusão misturada com o azul. É o andar de Divina. Enquanto na rua, sob a auréola negra dos guarda-chuvas minúsculos e planos que elas seguram como buquês com uma mão, Mimosa I, Mimosa II, Mimosa meio-IV, Primeira Comunhão,

Angela, Monsenhor, Castanhola, Régine, um grande grupo enfim, uma litania ainda longa de criaturas que são nomes reluzentes, esperam, e com a outra mão seguram, como guarda-chuvas, pequenos buquês de violetas que fazem a pessoa se perder, por exemplo, num devaneio de onde sairá estupefata e totalmente atordoada de nobreza uma delas, digamos Primeira Comunhão, pois ela se lembra do artigo emocionante como um canto vindo do outro mundo, de nosso mundo também, que um jornal vespertino, por isso embalsamado, anunciava: "O tapete de veludo negro do Hôtel Crillon onde repousava o caixão de prata e ébano contendo o corpo embalsamado da Princesa de Mônaco estava recoberto de violetas de Parma". Primeira Comunhão era friorenta. Ela estendeu o queixo, à maneira das grandes damas. Depois ela o recolheu, e se enrolou nas dobras de uma história, nascida de seus desejos e levando em conta, para os magnificar, todos os acidentes de sua vida baça, onde ela estava morta e era princesa.

A chuva favorecia sua fuga.

Bichas-moças carregavam coroas de contas de vidro, exatamente daquelas que faço em minha cela, para onde trazem o cheiro da grama molhada e da lembrança, sobre as pedras brancas do cemitério de minha cidadezinha, dos rastos de baba que aí deixam os caramujos e as lesmas.

Todas, as bichas-moças e as bichas-rapazes, viados, viadinhos, bichonas, de que lhes falo, estão reunidas no sopé da escada. Elas se encolhem uma e um contra a outra e o outro, e tagarelam, chilreiam, as bichas novinhas em torno das bichas-rapazes eretos, vertiginosos, imóveis e silenciosos como galhos. Todos e todas vestidos de preto: calça, paletó, casaco, mas seus rostos, jovens ou velhos, lisos ou encarquilhados, estão partilhados em quadrados de cores como um brasão. Chove. Ao barulho da chuva se misturam:

— Coitada da Divina!

— Dá para acreditar? Mas na idade dela era fatal.

— Ela estava caindo aos pedaços, nem tinha mais bunda.

— Gostoso não veio?

— ... Oi!

— Olha ela, aquela!

Como não lhe agradava que andassem sobre sua cabeça, Divina morava no último andar de uma casa de classe média, num bairro sério. Era junto ao térreo dessa casa que patinhava o amontoado de gente envolvido numa conversa dissimulada.

De um minuto para outro o carro funerário puxado talvez por um cavalo negro virá pegar os restos de Divina para os transportar até a igreja, depois, aqui, bem perto, até o pequeno cemitério de Montmartre, onde se entrará pela avenida Rachel.

O Eterno passou sob forma de cafetão. Os falatórios pararam. Cabeça descoberta e muito elegante, simples e sorridente, simples e leve, chegava Gostoso-de-Pé-Pequeno. Leve, ele tinha em sua postura a magnificência pesada do bárbaro que com botas enlameadas pisoteia peles caras. Seu tronco se instalava sobre os quadris como um rei no trono. Evocá-lo foi suficiente para que minha mão esquerda em meu bolso furado... E a lembrança de Gostoso não me deixará enquanto eu não tiver completado meu gesto. Um dia, a porta de minha cela abriu-se e o enquadrou. Julguei vê-lo, pelo espaço de um piscar de olhos, tão solene quanto um morto a andar, engastado na espessura, que vocês só podem imaginar, das paredes da prisão. Ele me apareceu de pé, com o encanto que teria tido nu deitado num campo de cravos. Fui dele de imediato, como (quem diz isso?) se pela boca ele me tivesse descarregado até o coração. Entrando em mim até não deixar mais lugar mesmo para mim, de modo que agora me confundo com gângsteres, assaltantes, cafetões, e a polícia, por engano, me prende. Ao longo de três meses, ele fez de meu corpo uma festa, batendo-me com todo seu vigor. Eu me arrastava a seus pés mais pisoteado que pano de chão. Desde que partiu, livre, para seus roubos, reencontro seus gestos tão vívidos que o mostravam talhado num cristal facetado, tão vívidos seus gestos que se desconfiava serem todos involuntários, tanto me parece impossível que fossem nascidos da pesada reflexão e da decisão. Dele, tangível, só me resta, o que é uma pena, o molde em gesso que ela própria, Divina, fez do pau dele, gigantesco quando ficava duro. Mais que qualquer outra coisa, nele o que impressiona é o vigor, portanto a beleza, dessa parte que vai do ânus à ponta do pênis.

Direi que ele tinha dedos de renda, que a cada despertar seus braços estendidos, abertos para receber o Mundo, davam-lhe o ar do Menino Jesus na manjedoura — o calcanhar de um pé sobre o dorso do outro —; que seu rosto atento se oferecia, inclinado para trás, na direção do céu; que, de pé, ele se aproximava, com seus braços, desse gesto em forma de cesto que se vê Nijinsky fazer nas velhas fotos onde está vestido de rosas mal recortadas. Seu punho tão flexível quanto o de um violinista pende, gracioso, desarticulado. E às vezes, em pleno dia, ele se estrangula com seu ágil braço de atriz de tragédia.

Este é o retrato quase exato de Gostoso, pois — ainda o veremos — ele tinha o dom do gesto que me conturba, e se o evoco só posso parar de cantá-lo no momento em que minha mão se lambuza com meu prazer liberado.

Grego, ele entrou na morte andando sobre ar puro. Grego quer dizer também trambiqueiro. À sua passagem — isso se revelou por um imperceptível movimento do tronco —, secretamente, nelas mesmas, Monsenhor, as Mimosas, Castanhola, todas enfim, as bichas, imprimiram a seus corpos um movimento helicoidal e acreditaram enlaçar esse belo homem, se enroscar em torno dele. Indiferente e claro como uma faca de abatedouro, ele passou, fendendo-as, todas, em duas fatias que se juntaram de novo sem ruído, mas liberando um ligeiro perfume de desesperança que ninguém identificou. Gostoso subiu a escada de dois em dois degraus, ascensão ampla e certa, que pode conduzir para além do teto, por degraus de ar azul, até o céu. Na mansarda, menos misteriosa desde que a morte a havia convertido em câmara mortuária (ela perdia seu sentido equívoco, retomava com toda sua pureza esse ar de incoerente gratuidade que lhe era dado por esses objetos funerários e maravilhosos, esses objetos de túmulos: luvas brancas, um lampião, um casaco de artilharia, enfim um inventário que enumeraremos a seguir), somente a mãe de Divina, Ernestine, suspirava nos véus de seu luto. Ela está velha. Mas enfim não lhe escapa a oportunidade maravilhosa por tanto tempo esperada. A morte de Divina permite-lhe libertar-se, por um desespero exterior, por um luto visível feito de lágrimas, de flores, de crepe, dos cem grandes personagens que a possuíam. A ocasião escapou-lhe entre os dedos durante uma doença de que vou falar, quando Divina a Brincalhona não passava ainda de um moleque da cidadezinha e se chamava Louis Culafroy. De seu leito de doente, ele olhava o quarto em que um anjo (uma vez mais essa palavra me inquieta, me atrai e me repugna. Se têm asas, têm dentes? Voam com asas tão pesadas, asas emplumadas, "essas misteriosas asas"? E perfumados por essa maravilha: seu nome de anjo, que trocam caso caiam?), um anjo, um soldado vestido de azul-claro e um negro (pois meus livros não serão mais que um pretexto para mostrar um soldado vestido de azul, um anjo e um negro fraternos, jogando dados ou o jogo das pedrinhas numa prisão escura ou clara?) mantinham um conciliábulo de que ele mesmo era banido. O anjo, o negro e o soldado tinham sucessivamente o rosto dos estudantes, seus colegas, e dos camponeses, mas nunca o de Alberto, o pescador de cobras. Era este que Culafroy esperava em seu deserto, para acalmar sua sede tórrida com a boca de carne estrelada. Para se consolar disso, ele buscava, apesar de sua idade, entrever o que seria uma felicidade em que nada seria delicado, um campo puro, deserto, desolado, um campo de azul ou de areia, um campo magnético seco, mudo, onde nada subsistiria mais das delicadezas, das cores e dos sons. Já bem antes, a aparição na estrada da cidadezinha de uma noiva usando vestido preto, mas envolta num véu de tule branco, resplendente como um jovem pastor sob a geada, como um louro moleiro empolvilhado, ou como Nossa Senhora das Flores que ele conhecerá mais tarde e que eu mesmo vejo aqui em minha cela perto das latrinas, uma manhã — seu rosto sonolento, rosa sob a espuma do sabão e hirsuto — desajustando sua visão, revelou a Culafroy que a poesia é outra coisa que não uma melodia de curvas sobre suavidades, pois o tule se quebrava em facetas abruptas, nítidas, rigorosas, glaciais. Tratava-se de uma advertência.

Ele esperava Alberto, que não chegava. No entanto, todo camponês ou camponesa que entrava tinha em si alguma coisa do pescador de cobras. Eles eram como que anunciadores, seus embaixadores, seus precursores, trazendo à frente dele alguns de seus dons, preparando sua vinda pelo aplainamento do caminho. Gritavam aleluia. Um tinha seu modo de andar, outro seus gestos, ou a cor da calça, ou seu veludo cotelê, ou a voz de Alberto; e Culafroy, como quem espera, tinha certeza de que por fim todos esses elementos esparsos acabariam por se combinar e permitir a um Alberto reconstruído fazer em seu quarto a entrada solene, prevista e surpreendente, que um Gostoso-de-Pé-Pequeno morto e vivo fez em minha cela.

Quando o padre da cidadezinha, ao tomar conhecimento da notícia, disse a Ernestine: "Minha senhora, é uma felicidade morrer jovem", ela respondeu: "É, Senhor Duque", fazendo uma reverência.

O padre a olhou.

Ela sorria no soalho brilhante para seu reflexo antípoda que fazia dela a rainha de espadas, a viúva de má influência.

— Não dê de ombros, caro amigo, não sou louca.

E não era louca.

— Lou Culafroy vai morrer em breve. Sinto isso. Ele vai morrer, sei disso.

"Ele vai morrer, sei disso" era a expressão arrancada bem viva de um livro, ajudando-a a voar, e sangrando, como a asa de um pardal (ou de um anjo, se é que ele pode sangrar escarlate), e murmurada com horror pela heroína desse romance popular impresso em tipos miúdos, num papel esponjoso — tal como é, diz-se, a consciência dos senhores asquerosos que corrompem crianças.

— Então eu danço em volta do canto fúnebre.

Assim era preciso que ele morresse. E para que o patético do ato fosse mais virulento, ela própria deveria causar a morte dele. Pode-se dizer que a moral não tem lugar aqui, nem o temor da prisão, nem o do inferno. Com precisão, todo o mecanismo do drama apresentou-se ao espírito de Ernestine, e do mesmo modo ao meu. Ela simularia um suicídio. "Direi que ele se matou." A lógica de Ernestine, que é uma lógica de cena, não tem nenhuma relação com o que chamamos de verossimilhança; já que a verossimilhança é o desmentido das razões inconfessáveis. Não nos espantemos, nós nos maravilharemos melhor.

A presença no fundo de uma gaveta de um enorme revólver militar foi suficiente para lhe ditar sua atitude. Não é a primeira vez que as coisas são os instigadores de um ato e devem sozinhas carregar a tremenda, ainda que ligeira, responsabilidade de um crime. Esse revólver tornava-se — assim parecia — acessório indispensável de seu gesto. Era a continuação de seu braço estendido de heroína, assombrava-a enfim, já que é preciso dizê-lo, com a brutalidade, que lhe queimava a face, das espessas mãos de Alberto, as quais inchavam seus bolsos e assim assombravam as moças da cidadezinha. Mas — como eu próprio não consentirei em matar mais do que um ágil adolescente para de sua morte fazer nascer um cadáver, mas cadáver ainda quente e sombra boa para enlaçar, assim Ernestine só aceitava matar com a condição de evitar o horror que o aqui embaixo não deixaria de lhe suscitar (convulsões, reprovações dos olhos consternados da criança, sangue e cérebro que jorram) e o horror de um além angélico, ou talvez para dar ao instante mais imponência, ela pôs suas joias. Assim, no passado eu aplicava minhas injeções de cocaína com uma seringa de cristal talhado como rolha de garrafa, e punha em meu dedo indicador um diamante enorme. Ela não sabia que assim operando agravava seu gesto, transformando-o num gesto excepcional, cuja singularidade ameaçava fazer tudo soçobrar. Foi o que ocorreu. Graças a uma espécie de deslizamento, sem entrechoque, o cômodo desceu até se confundir com um apartamento suntuoso, carregado de dourados, as paredes recobertas de veludo grená, os móveis de estilo pesado, abafados por cortinas de uma espécie de seda vermelha, e perfurado por grandes espelhos bisotados, ornado por lampadários com pingentes de cristal. Do teto, detalhe importante, pendia um enorme lustre. O chão estava recoberto de tapetes de lã grossa, violeta e azuis.

Quando de sua viagem de núpcias a Paris, Ernestine, da rua, através das cortinas das janelas, tinha entrevisto certa noite esses apartamentos magníficos e aquecidos, e enquanto andava apoiando-se no braço de seu marido, comportadamente — comportadamente ainda — desejava ali morrer de amor, gardenal e flores, por um Cavaleiro Teutônico. Depois, tendo já morrido quatro ou cinco vezes, o apartamento ficara disponível para um drama mais grave do que sua própria morte.

Complico, enredo-me, e vocês falam de criancices. São criancices. Todos os detentos são crianças e só as crianças são tortuosas, fechadas, claras e confusas. "O que ainda seria necessário", pensou Ernestine, "é que ele morresse numa cidade de luxo, em Cannes ou em Veneza, a fim de que eu pudesse fazer peregrinações."

Hospedar-se num Ritz, banhado por esse Adriático, esposa ou amante de um Doge, depois, com os braços carregados de flores, subir uma ladeira até o cemitério, sentar numa simples laje, uma pedra branca um pouco abaulada, e, toda enovelada numa dor perfumada, incubar-se!

Sem trazê-la ao real, pois ela não deixava jamais o real, o arranjo dos cenários obrigou-a a sacudir o sonho. Ela foi buscar o revólver há muito carregado por uma Providência cheia de atenções, e quando o teve na mão, pesado como um falo em ação, ela se percebeu inchada pelo assassinato, grávida de um morto.

Vocês não conhecem esse estado sobre-humano ou extralúcido do assassino cego que segura a faca, o fuzil ou o frasco, ou que já desencadeou o gesto que impulsiona para o precipício.

O gesto final de Ernestine poderia ter-se realizado rapidamente, mas, como Culafroy, aliás, ela interpreta um texto que ela ignora, que eu componho, e cujo desenlace deve chegar em sua hora. Ernestine sabe tudo o que seu ato comporta de precariamente literário, mas ela ter de se submeter a uma má literatura torna-a mais tocante ainda a seus próprios olhos e aos nossos. No drama como em toda a vida, ela escapa à orgulhosa beleza.

Todo assassinato premeditado é presidido por um cerimonial preparatório e sempre, depois, por um cerimonial propiciatório. O sentido de um e de outro escapa à consciência do assassino. Tudo está em ordem. Ernestine tem apenas tempo de comparecer diante de uma câmara ardente. Ela atirou. A bala quebrou o vidro de um quadro que continha um diploma de honra de seu falecido marido. O ruído foi assustador. Derrubada pelos soníferos, a criança não ouviu nada. Ernestine também não: ela havia atirado no apartamento de veludo grená, e a bala, quebrando os espelhos bisotados, os pingentes, os cristais, o estuque, as estrelas, rasgando as tapeçarias, destruindo enfim a construção que ruía, fez cair, em lugar de pó brilhante e de sangue, o cristal do lustre e pingentes, uma borralha cinza sobre a cabeça de Ernestine, que desabou.

Ela recuperou os sentidos em meio aos escombros de seu drama. Suas mãos, liberadas do revólver, que desapareceu debaixo da cama como um machado no fundo de um lago, como um vagabundo numa muralha, suas mãos, mais lestas que pensamentos, voltearam em torno dela. Desde então, ela espera.

Gostoso a viu assim, embriagada pelo trágico. Ficou intimidado, pois ela estava bela e parecia louca, mas sobretudo porque ela estava bela. Ele próprio belo, ele a deveria temer? Infelizmente sei muito pouca coisa (nada) sobre as relações secretas das criaturas que são belas e sabem que o são, e nada sobre os contatos que parecem amistosos entre belos rapazes, mas que talvez sejam odiosos. Se eles sorriem uns para os outros por um nada, há alguma ternura, a despeito deles próprios, em seu sorriso, e eles sentem de algum modo obscuro sua influência? Gostoso fez sobre o caixão um desajeitado sinal da cruz. Seu embaraço fez com que se pensasse que se recolhia; ora, seu embaraço era toda sua graça.

A morte havia posto sua marca, que pesa como um selo de chumbo na parte inferior de um pergaminho, nas cortinas, nas paredes, nos tapetes. Nas cortinas sobretudo. Elas são sensíveis. Sentem a morte e a divulgam como os cães. Estes latem para a morte por entre as dobras que se abrem, tenebrosas como a boca e os olhos das máscaras de Sófocles, ou que incham como as pálpebras de ascetas cristãos. Os postigos estavam fechados e as velas acesas. Como Gostoso não reconhecia mais a mansarda em que havia morado com Divina, teve os gestos limitados de um jovem em visita.

Sua emoção diante do caixão? Nenhuma. Não se lembrava mais de Divina.

Os papa-defuntos chegaram quase de imediato para o livrar da situação incômoda.

Na chuva, estrelado por rostos multicoloridos, e de mistura com o perfume da maquiagem e das flores, esse cortejo negro seguiu o carro funerário. Os guarda-chuvas redondos e planos, ondulando sobre a teoria deambulante, mantinham-na suspensa entre céu e terra. Os transeuntes não a viram, pois ela era tão leve que já estava soerguida a dez metros do chão; só as empregadas e os camareiros poderiam ter percebido isso, se, às dez horas da manhã, as primeiras não tivessem levado o chocolate a sua patroa e os outros, aberto a porta para os primeiros visitantes. De resto, o cortejo era quase invisível em virtude da velocidade. O carro funerário tinha asas nos eixos. Em primeiro lugar, o padre saiu debaixo da chuva cantando o *dies irae*. Ele arregaçava a barra de sua batina e de sua capa, como no seminário lhe haviam ensinado a fazer nos dias de mau tempo; embora automático, seu gesto liberou nele, de uma placenta de nobreza, uma série de seres secretos e tristes. Com um pedaço dessa capa de veludo negro, veludo de que são feitas as máscaras de Fantômas e das Dogaressas, ele procurou esquivar-se, mas foi o chão que se esquivou debaixo dele, e vamos ver em que armadilha ele foi cair. A tempo, ele impediu o tecido de dissimular a parte de baixo de seu rosto. Esse padre, fiquem sabendo, era jovem; sob seus paramentos fúnebres percebia-se o corpo vibrante de atleta apaixonado. Isso quer dizer que, em resumo, ele estava travestido.

Na igreja, como todo o ofício dos mortos não passou do "Fazei isso em minha memória", ao se aproximar do altar na ponta dos pés, em silêncio, ele forçou a fechadura do tabernáculo, afastou o véu como quem afasta à meia-noite as cortinas duplas de uma alcova, segurou a respiração, pegou o cibório com as precauções de um ladrão sem luvas, enfim, depois de parti-la, engoliu uma hóstia suspeita.

Da igreja ao cemitério, o caminho era longo e o texto do breviário muito conhecido. O canto dos mortos e a capa negra bordada de prata, sozinhos, exsudavam encantamentos. O padre caminhou no barro como teria feito no fundo de um bosque. De que bosque?, interrogou-se. Num país estrangeiro, uma floresta da Boêmia. Ou melhor, da Hungria. Sem dúvida escolheu esse país guiado por essa preciosa suspeita de que os húngaros são os únicos asiáticos da Europa. Hunos. Os hunis. É Átila quem queima o mato, seus soldados que esquentam, entre as coxas brutais e colossais como aquelas, mais talvez que elas, de Alberto, de Gostoso, de Gorgui, e o flanco de seus cavalos, a carne crua que irão comer! É outono. Chove na floresta húngara.

Cada galho que ele tem de afastar molha a testa do padre. Só se ouve o barulho das gotas sobre as folhas molhadas. Como é noite, o bosque torna-se cada vez mais inquietante. O padre aperta mais estreitamente em torno de seu tronco esplêndido o casaco cinza, a sobrecapa, como sua capa de hoje, que ali o envolve.

Na floresta, há uma serraria: dois jovens exploram-na e caçam. São desconhecidos na região. Eles, o padre sabe disso como sabemos coisas em sonho sem as ter aprendido, deram a volta ao mundo. E o padre cantava aqui o cântico dos mortos como o teria cantado ali no momento que encontrou um dos estranhos, o mais jovem, que tinha o rosto do açougueiro de minha cidadezinha. Ele voltava da caça. No canto da boca, um toco de cigarro apagado. A palavra "toco" e o sabor do fumo aspirado fizeram a espinha do padre endireitar-se, puxar-se para trás em três pequenas contrações secas, que repercutiram em vibrações através de todos os seus músculos e até o infinito, que com isso fremiu e ejaculou um sêmen de constelações.

Os lábios do rapaz da serraria puseram-se sobre a boca do padre, onde, com uma lambida mais imperiosa que uma ordem real, enfiaram o toco de cigarro. O padre foi jogado ao chão, apaixonado, e expirou de amor sobre o mato encharcado de água. Depois de quase tê-lo desnudado, o estranho acariciou-o, reconhecido, quase enternecido, pensava o padre; repôs no lugar, com um movimento do ombro, sua bolsa de caçador com o peso de um gato selvagem, recolheu seu fuzil e foi embora assobiando uma música apache.

O padre contornava mausoléus, as bichas tropeçavam nas pedras, molhavam-se na relva e entre os túmulos angelizavam-se. O coroinha, um pobre tinhoso, que não tinha nenhuma desconfiança da aventura que o padre acabava de viver, perguntou-lhe se podia conservar o solidéu na cabeça. O padre disse que podia. Enquanto caminhava, uma de suas pernas fez esse movimento próprio dos dançarinos, com uma mão no bolso, quando terminam um tango. Inclinado sobre a perna ligeiramente posta à frente na ponta do pé, com um movimento do joelho ele bateu contra o tecido da batina, que se agitou como a parte inferior em forma de boca de sino da calça de um marinheiro ou de um gaúcho que balança de um lado para outro. A seguir ele começou um salmo.

Quando o cortejo chegou ao buraco já cavado, talvez pelo coveiro que Divina via da janela, desceram o caixão onde a morta estava enrolada numa renda branca. O padre abençoou a cova e passou o hissope a Gostoso, que enrubesceu ao sentir que era tão pesado (pois havia voltado um pouco, depois e para além de Divina, à sua raça, próxima da dos jovens ciganos, que só aceitam te masturbar com os pés), depois às bichas, e por conta delas todo o entorno era um só burburinho de gritinhos e risos incontidos. Divina partia como teria desejado, numa mistura de fantasia e abjeção.

Divina está morta, está morta e enterrada...
... está morta e enterrada.

Já que Divina está morta, o poeta pode cantá-la, contar sua lenda, a Saga, os anais de Divina. A Divina-Saga deveria ser dançada, pantomimada, com sutis indicações. A impossibilidade de fazer um balé obriga-me a me servir de palavras carregadas de ideias precisas, mas tentarei torná-las mais leves com expressões banais, vazias, ocas, invisíveis.

O que está em jogo para mim que fabrico esta história? Ao rever minha vida, ao remontar seu curso, encher minha cela com o prazer de ser o que por muito pouco eu deixei de ser, e reencontrar, para aí me lançar como em buracos negros, esses instantes em que me perdia através dos compartimentos complicados por armadilhas de um céu subterrâneo. Deslocar lentamente volumes de ar fétido, cortar fios em que pendem sentimentos em forma de buquês, ver talvez surgir de não se sabe qual rio cheio de estrelas esse cigano que procuro, molhado, com cabelos de musgo, tocando violino, diabolicamente escamoteado pela porta de veludo escarlate de um cabaré noturno.

Eu lhes falarei de Divina misturando masculino e feminino, ao sabor de meu estado de espírito, e se me acontecer, no correr do relato, de ter de citar uma mulher, darei um jeito, encontrarei algum expediente, uma boa construção, a fim de que não haja confusão.

Divina apareceu em Paris para levar sua vida pública uns vinte anos antes de sua morte. Era então a magra e vivaz que permaneceria até o fim da vida, tornando-se, depois, angulosa. Entrou pelas duas da manhã no Café Graff em Montmartre. A clientela era de barro ainda lamacento, informe. Divina era de água clara. No grande café com vidraças abaixadas, cortinas fechadas em seus varões ocos, superpovoado e soçobrando na fumaça, ela depôs o frescor do escândalo que é o frescor de um vento matinal, a espantosa suavidade de um ruído de sandália sobre a pedra do templo, e, como o vento faz as folhas revoltearem, ela fez com que as cabeças se virassem e de súbito se tornassem lépidas (cabeças desmioladas), cabeças de bancários, comerciantes, garotos de programa para senhoras, garçons, gerentes, coronéis, espantalhos.

Sentou-se sozinha numa mesa, e pediu chá.

— Chinês do bom, rapaz — disse ela.

Sorridente. Para os clientes, ela tinha um sorriso irritante-mente arrogante. É o que eles dizem, balançando as cabeças. Para o poeta e para o leitor, seu sorriso será enigmático.

Estava vestida esta noite com uma blusa de manga curta de seda champanhe, uma calça azul roubada de um marinheiro, e calçava sandálias de couro. Num dedo qualquer, mas sobretudo no dedo mínimo, uma pedra como uma úlcera a gangrenava. Tra-zido o chá, ela o bebeu como se estivesse em casa, em pequenos goles (pomba), pondo e repondo a xícara com o dedo mínimo estendido. Eis seu retrato: os cabelos são castanhos e cacheados; com os cachos descaindo em seus olhos e sua face, seria possí-vel dizer que estava usando na cabeça um gato de nove caudas. Sua testa é um pouco redonda e lisa. Seus olhos cantam apesar do desespero deles e a melodia deles passa aos dentes, que ela torna vivos, e dos dentes a todos os seus gestos, a seus menores atos, e é esse encanto saído dos olhos que, de onda em onda, se desdobra até os pés nus. O corpo é fino como âmbar. As pernas podem tornar-se ágeis quando ela foge de fantasmas; nos calca-nhares as asas do espanto então a levam. Ela é rápida, pois para desorientar, espalhar os fantasmas na corrida, é preciso que siga mais rápido que seu pensamento pensa. Bebia o chá debaixo de trinta pares de olhos, desmentindo o que diziam as bocas des-denhosas, despeitadas, entristecidas, emurchecidas.

Divina era graciosa e, no entanto, semelhante a todos os vagabundos frequentadores de quermesses, vasculhadores de imagens raras, de estampas de arte, bons jogadores, que arrastam atrás deles toda a mixórdia fatal de um *magic-city*.* Ao menor movimento, caso deem nó na gravata, caso sacu-dam a cinza do cigarro, acionam caça-níqueis. Divina dava nó,

---

* Magic-City era um parque de diversões em Paris nas primeiras décadas do século XX, incluindo um salão de dança, em certas ocasiões frequentado por travestis. [Esta e as demais notas de rodapé são do tradutor.]

garrotava carótidas. Sua sedução será implacável. Se dependesse apenas de mim, eu faria dele um herói fatal do jeito que me agrada. Fatal, isto é, decidindo o destino daqueles que o olham, medusados. Eu a faria com ancas de pedra, faces polidas e delgadas, pálpebras pesadas, joelhos pagãos tão belos que refletiriam a inteligência desesperada do rosto dos místicos. Eu a despojaria de todo aparato sentimental. Desde que consentisse em ser a estátua congelada. Mas bem sei que o pobre Demiurgo é obrigado a fazer sua criatura a sua própria imagem e que ele não inventou Lúcifer. Em minha cela, pouco a pouco, será preciso dar meus tremores ao granito. Ficarei por muito tempo só com ele e o farei viver com meu hálito e o cheiro de meus peidos, solenes ou muito brandos. Tenho o suficiente para toda a duração de um livro enquanto não a tiver tirado de sua petrificação e pouco a pouco não lhe tiver dado meu sofrimento, não a tiver pouco a pouco libertado do mal, e, segurando-a pela mão, conduzido à santidade.

O garçom que a serviu teve bem vontade de debochar, mas por pudor não ousou na frente dela. Quanto ao gerente, chegou perto da mesa dela e decidiu que, assim que ela tivesse bebido, ele lhe pediria que saísse, a fim de evitar sua volta numa outra noite.

Por fim, ela deu tapinhas na testa de neve com um lenço florido. Depois cruzou as pernas: via-se em seu tornozelo uma corrente fechada por um medalhão que sabemos conter alguns cabelos. Sorriu à sua volta e todos só responderam virando-se de costas, mas isso era responder. O café estava silencioso a tal ponto que se ouvia distintamente todos os ruídos. Todo o café pensou que o sorriso: (para o coronel: do invertido; para os comerciantes: da bicha; para o bancário e os garçons: da bichona; para os garotos de programa: "dessa" etc.) era abjeto. Divina não insistiu. De uma minúscula bolsa de saquinho de cetim preto com cordão, tirou algumas moedas, que pôs sem ruído na mesa de mármore. O café desapareceu e Divina foi metamorfoseada num desses animais pintados nas paredes — quimeras ou grifos — pois um consumidor, num impulso, murmurou uma palavra mágica pensando nela:

— Homensexual.

Nessa noite ela procura em Montmartre pela primeira vez clientes fáceis. Isso não deu em nada. Ela nos chegou sem pré-aviso; os habitués do café não tiveram tempo, nem sangue-frio, sobretudo, para lidar com a reputação deles mesmos e com suas próprias mulheres. Bebido o chá, Divina, indiferente (a vê-la, dava essa impressão), enrodilhando-se num buquê de flores, espalhando fru-frus e lantejoulas de um babado invisível, foi-se embora. Aí está ela então, decidida a voltar, elevada por uma coluna de fumaça, à sua mansarda, em cuja porta está presa uma enorme rosa de musselina desbotada.

Seu perfume é violento e vulgar. Por ele já se pode saber que ela gosta da vulgaridade. Divina tem o gosto seguro, bom gosto, e é inquietante que a vida a ponha, ela, delicada, sempre em postura vulgar, em contato com todas as grosserias. Ela preza a vulgaridade porque seu maior amor foi por um cigano de pele negra. Sobre ele, sob ele, quando ele cantava para ela, sua boca colada à dela, canções gitanas que atravessavam seu corpo, ela aprendeu a experimentar o encanto dos tecidos vulgares como a seda e as fitas douradas que ficam bem nas criaturas impudicas. Montmartre agitava-se. Divina atravessou seus fogos multicoloridos, depois, intacta, entrou na noite do passeio central do bulevar de Clichy, noite que preserva os pobres rostos velhos e feios. Eram três horas da madrugada. Andou por um momento em direção a Pigalle. Fixava, sorrindo, todo homem que passava sozinho. Eles não ousavam nada, ou era ela que nada sabia ainda da manobra habitual: os rodeios do cliente, suas hesitações, sua falta de segurança assim que se aproxima do jovem cobiçado. Ela estava cansada, sentou-se num banco, e apesar do cansaço foi conquistada, transportada pela tepidez da noite; entregou-se pelo tempo de um batimento de coração e traduziu seu desassossego desse jeito: "As noites, sultanas, são loucas por mim. Meu Deus, me dão cada olhada. Ah! enrolam meus cabelos em torno de seus dedos (os dedos das noites, a pica dos homens!). Elas dão tapinhas em meu rosto, acariciam minha bunda". Ela pensou isso sem, porém, se elevar a uma poesia separada do mundo terrestre, ou nela se afundar. A expressão poética jamais mudará seu estado. Ela continuará sendo sempre a puta preocupada com o ganho.

Certas manhãs, todos os homens experimentam com o cansaço um acesso de ternura que leva a ficar de pau duro. Aconteceu-me certa aurora de levar, por amor sem objeto, meus lábios ao corrimão gelado da rua Berthe, de outra vez de beijar minha mão, depois ainda, não podendo mais de emoção, de desejar engolir-me revirando minha boca desmesuradamente aberta por cima de minha cabeça, e por aí fazer passar todo meu corpo, depois o Universo, e não ser mais que uma bola de coisa comida que pouco a pouco se aniquilaria: é meu modo de ver o fim do mundo. Divina se oferecia à noite a fim de ser devorada de tanta ternura por ela e nunca mais ser vomitada. Está com fome. E nada ao redor. Os mictórios estão vazios, o passeio central mais ou menos descrto. Somente grupos de jovens trabalhadores, cuja adolescência inteira em desordem está nos cadarços mal atados que saltitam sobre o peito dos pés, vão para suas casas a passos forçados ao voltarem do prazer. Seus casacos muito cintados, postos como uma espécie de couraça ou carapaça frágil, protegem a ingenuidade de seus corpos; mas, pela graça de sua virilidade ainda tão leve quanto uma esperança, são invioláveis para Divina.

Ela não fará nada esta noite. Surpreendeu tanto, que os possíveis clientes não puderam refazer-se. É com fome na barriga e no coração que deverá subir de novo para sua mansarda.

Levantou-se para ir embora. Vindo em direção a ela, um homem titubeava. Encostou nela com o cotovelo:

— Oh! Me desculpe — disse ele —, mil desculpas.

Seu hálito fedia a vinho.

— Sem problema — disse a bicha.

Era Gostoso-de-Pé-Pequeno que passava.

Descrição de Gostoso: altura 1,75 m, peso 75 kg, rosto oval, cabelos louros, olhos azuis esverdeados, tez pálida, dentes perfeitos, nariz retilíneo.

Ele era jovem também, quase tanto quanto Divina, e eu gostaria que ele assim permanecesse até o fim do livro. Todo dia os guardas abrem minha porta para que eu saia da cela, para que eu vá ao pátio tomar ar. Durante alguns segundos, nos corredores e nas escadas, cruzo ladrões, bandidos cujos rostos entram pelo meu rosto, cujos corpos, de longe, derrubam o meu. Ambiciono tê-los por perto, mas nenhum deles me obriga a suscitar Gostoso-de-Pé-Pequeno.

Quando a conheci em Fresnes, Divina falou-me muito dele, buscando sua lembrança, a pegada de seus passos por toda a prisão, mas eu nunca soube de seu rosto com exatidão, e esta é uma ocasião sedutora para fazer aqui com que ele se confunda em meu espírito com o rosto e a configuração de Roger.

Em minha memória subsiste pouca coisa desse corso: uma mão com polegar muito maciço, que brinca com uma chave oca bem pequena, e a imagem confusa de um rapaz louro que sobe a avenida Canebière, com uma corrente de ouro, sem dúvida, atravessada sobre a braguilha que ela parece fechar. Ele faz parte de um grupo de homens que avançam sobre mim com a gravidade implacável das florestas em marcha. É daí que parte o devaneio em que eu imaginava chamá-lo Roger, nome de "rapazinho" e, no entanto, sólido, aprumado. Roger era aprumado. Eu acabava de sair da prisão Chave e me admirava de lá não o ter encontrado.

Que poderia eu cometer para estar à altura de sua beleza? Seria preciso audácia para o admirar. Eu deitava à noite, por falta de dinheiro, nos recantos escuros dos montes de carvão, nas docas, e toda noite o levava comigo. A lembrança de sua lembrança deixou lugar para outros homens. De novo, há dois dias, misturo em meu devaneio sua vida (inventada) com a minha. Eu queria que ele me amasse e naturalmente ele o fez com essa candura que só precisava estar unida à perversidade para ele me amar. Por dois dias seguidos, alimentei com sua imagem um sonho que de hábito está saciado após quatro ou cinco horas, quando eu lhe dei como alimento um menino, por mais belo que fosse. Agora não aguento mais inventar circunstâncias em que ele poderia sempre me amar mais. Estou extenuado pelas viagens inventadas, pelos roubos, estupros, assaltos, prisões, traições onde estaríamos misturados, um agindo pelo outro, para o outro, e nunca por si nem para si, onde a aventura seria nós mesmos e nada além de nós. Estou esgotado; meu pulso tem cãibras. O prazer das últimas gotas está seco. Vivi com ele, dele, entre minhas quatro paredes nuas, e em dois dias, todo o possível de uma existência vinte vezes retomada, misturada até ser mais verdadeira que uma verdadeira. Abandonei o devaneio. Eu era amado. Desisti, como um ciclista do Tour de France desiste, mas a lembrança de seus olhos e de seu cansaço, que ele me faz colher no rosto de outro jovenzinho, que vi saindo de um bordel, pernas robustas, pau brutal, tão sólido que eu gostaria de dizer dele que é nodoso, e seu rosto, só ele visto sem véu, que pede asilo como um cavaleiro errante, essa lembrança não quer desaparecer como de hábito desaparece a lembrança de meus companheiros devaneados. Ele flutua. Tem menos rigor que no momento das aventuras, mas me habita. Certos detalhes se encarniçam mais obstinadamente em permanecer: essa pequena chave oca com que, se quiser, ele pode assobiar, seu polegar, sua blusa, seus olhos azuis… Se insisto, ele vai surgir, endurecer e me introduzir a tal ponto que guardarei seus estigmas.

Não posso mais aguentar. Faço dele um personagem que poderei martirizar a meu modo: é Gostoso-de-Pé-Pequeno. Ele conservará seus vinte anos ainda que tenha como destino tornar-se o pai e o amante de Nossa Senhora das Flores.

A Divina, ele disse:

— Mil desculpas!

Meio bêbado, Gostoso não observou a estranheza desse passante de agressiva gentileza:

— Então, cara?

Divina parou. Uma conversa brincalhona e perigosa seguiu-se e depois tudo se passou como era de se desejar. Divina levou Gostoso para a casa dela, na rua Caulaincourt. Era essa mansarda onde ela morreu, da qual a pessoa vê, abaixo, tal como o mar diante do vigia da grande gávea, um cemitério, túmulos. Ciprestes que cantam. Fantasmas que cochilam. Toda manhã, Divina sacudirá seu pano de limpeza pela janela e dirá adeus aos fantasmas. Com a ajuda de um binóculo, um dia ela descobrirá um jovem coveiro. "Deus me perdoe", gritará ela, "tem um litro de vinho sobre o túmulo." Esse coveiro envelhecerá com ela e a enterrará sem nada saber dela.

Então ela subiu com Gostoso. Depois, na mansarda, fechada a porta, ela o despiu. Tirados a calça, o paletó, a camisa, ele surgiu branco e desabado como uma avalanche. Pela noite, estavam misturados nos lençóis úmidos e amarrotados.

— Então, que negócio é esse? Eu estava de porre ontem, você não viu?

Ele ria amarelo e olhava a mansarda. É um quarto com teto inclinado. No soalho Divina pôs tapetes surrados e na parede pendurou os assassinos das paredes de minha cela e essas extraordinárias fotografias, que surrupiou da vitrine dos fotógrafos, de belos garotos que, todos, apresentam os sinais do poder das trevas.

— Vitrine o quê!!

Sobre a lareira, um tubo de gardenal posto numa pequena embarcação de madeira pintada é suficiente para destacar o quarto do bloco de alvenaria constituído pelo prédio, para o suspender como uma gaiola entre céu e terra.

Por seu modo de falar, de acender e de fumar um cigarro, Divina compreendeu que Gostoso é um cafetão. Ela de início teve alguns temores: ser espancada, roubada, insultada. Depois teve o orgulho de ter feito seu cafetão gozar. Sem prever ao certo o que a aventura daria, e mais que voluntariamente, um pouco como o pássaro, conforme se diz, vai para a boca da cobra, fascinada ela disse: "Fique", e hesitando:

— Se você quiser.

— Sem brincadeira, você me quer mesmo?

Gostoso ficou.

Nessa grande mansarda de Montmartre, onde pela claraboia, entre os tufos de musselina rosa que ela própria fez, Divina vê, num mar azul e calmo, berços brancos vogando, tão perto que ela distingue neles as flores de onde sai um pé arqueado pela dança, Gostoso logo trará sua calça azul noturno das expedições, seu molho de chaves falsas, seus instrumentos, e sobre o pequeno monte que fazem no chão ele porá suas luvas de borracha brancas, parecidas com luvas de gala. Assim teve início a vida a dois deles, nesse quarto atravessado por fios elétricos do aquecedor roubado, do rádio roubado, das lâmpadas roubadas.

Eles tomam o café da manhã à tarde. De dia, dormem, ouvem rádio. Pelo anoitecer, maquiam-se e saem. À noite, segundo o costume, Divina faz a vida na Place Blanche, e Gostoso vai ao cinema. Por muito tempo Divina terá sucesso. Aconselhada e protegida por Gostoso, saberá quem roubar, que magistrado chantagear. Como a cocaína vaporosa faz os contornos da vida deles flutuar, seus corpos vogar, eles são inapreensíveis.

***

Ainda que marginal, Gostoso tinha claridade no rosto. Era o belo macho, violento e delicado, nascido para ser cafetão, tão nobre de porte que parecia estar sempre nu, menos nesse movimento ridículo e que me enternecia: as costas que ele, primeiro sobre um pé, depois sobre o outro, arqueava para tirar a calça e a cueca. Gostoso, antes do nascimento, no ventre quente da mãe, foi batizado às pressas, sem cerimônia pública, isto é, também beatificado, quase canonizado. Fizeram-lhe esse tipo de batismo branco que devia, assim que morto, enviá-lo ao limbo; em suma, uma dessas cerimônias breves, mas misteriosas e extremamente dramáticas em seu caráter cerrado, suntuosas, em que foram convocados os Anjos e mobilizados os sequazes da Divindade e a própria Divindade. Gostoso sabe disso, mas mal o sabe, isto é, ao longo de sua vida, mais do que lhe dizerem em voz alta e inteligível, parece que alguém lhe sussurra tais segredos. E esse batizado particular, onde teve início sua vida, doura-a, no correr de sua vida que se alonga, envolve-a com uma auréola tépida e débil, um pouco luminosa, e constrói para essa vida de cafetão um pedestal enguirlandado de flores, como um caixão de moça o é com hera trançada, um pedestal maciço e no entanto leve no alto do qual, a partir dos quinze anos, Gostoso mija com essa atitude: as pernas afastadas, os joelhos um pouco flexionados, e com jatos mais rígidos a partir dos dezoito anos. Pois, insistamos bem nisso, que um nimbo muito suave sempre o isola do contato muito duro com seus próprios ângulos vivos. Se diz: "Estou soltando uma pérola" ou "Uma perolazinha caiu", ele quer dizer que peidou de um certo modo, muito suavemente, que o peido se deslocou com discrição. Admiremos que de fato ele evoca uma pérola com brilho embaçado: esse deslocamento, essa fuga em surdina, parecem-nos leitosos tanto quanto a palidez de uma pérola, ou seja, um pouco embaciados. Gostoso surge para nós como uma espécie de gigolô precioso, hindu, princesa, bebedora de pérolas. O cheiro que deixou espalhar-se silenciosamente na prisão tem o embaciamento da pérola, enrola-se em torno dele, aureola-o da cabeça aos pés, isola-o, mas o isola bem menos que a expressão que sua beleza não temeu enunciar. "Estou soltando uma pérola" indica que o peido é discreto. Se faz ruído, é grosseiro, e se é um idiota que o solta, Gostoso diz:

— O barraco do meu cacete está caindo!

Maravilhosamente, pela magia de sua beleza alta e loura, Gostoso faz surgir uma savana e nos mergulha no coração dos continentes negros mais profundamente, mais imperiosamente do que, para mim, o fará o assassino negro. Gostoso acrescenta ainda:

— Isso fede demais, não aguento mais ficar do lado de mim mesmo...

Em suma, ele carrega sua infâmia como um estigma feito dolorosamente em sua pele com ferro em brasa, mas esse estigma precioso o enobrece tanto quanto a flor de lis no ombro dos marginais do passado. Os olhos machucados por murros são a vergonha dos cafetões, mas para Gostoso:

— Meus dois buquês de violetas — diz ele.

Diz ainda, a propósito de uma vontade de cagar:

— Estou com o charuto na ponta dos lábios.

Tem poucos amigos. Como Divina perde os dela também, ele por sua vez os vende aos policiais. Divina nada sabe disso ainda: só para si ele conserva sua figura de traidor, já que gosta de trair. Quando Divina o encontrou, ele acabava de sair naquela manhã mesma da prisão, onde só tinha purgado um mínimo por roubo e receptação, depois de ter, friamente, entregado seus cúmplices e outros amigos que não o eram.

Certa noite, no momento de o liberar do posto policial para onde o haviam levado por ocasião de uma batida, quando o policial lhe disse, nesse tom rude que faz pensar que não se irá mais longe: "Você não sabe de algum golpe que vão fazer por lá?

É só você trabalhar para nós, e a gente se acerta". Ele experimentou, como vocês diriam, uma infame carícia, mas tanto mais suave porque ele próprio a julgava infame. Ele tentou dar-se um ar desenvolto e disse:

— Tem risco.

No entanto, observou que baixava a voz.

— Aí, você pode ficar tranquilo comigo — prosseguia o policial. — Você vai ganhar cem francos de cada vez.

Gostoso aceitou. Agradava-lhe vender os outros, pois isso o desumanizava. Desumanizar-me é minha tendência profunda. Ele revia na primeira página de um jornal vespertino a fotografia do marinheiro de que falei, fuzilado porque havia traído. Gostoso pensou: "Velho camarada! Meu irmão!".

Uma brincadeira, nascida de dentro, exaltava-o: "Sou um sujeito de duas caras". Seguindo pela rua Dancourt, inebriado pelo esplendor oculto, como por um tesouro, por sua abjeção (pois é preciso mesmo que ela nos embriague, se não queremos que sua intensidade nos mate), ele lançou um olhar para o espelho de uma loja onde viu um Gostoso luminoso de orgulho apagado, brilhando desse orgulho. Viu esse Gostoso vestido com um terno príncipe de gales, chapéu de feltro mole caído sobre o olho, ombros imóveis, que ele mantém assim ao andar para se parecer com Pierrot-do-Topol,* e Pierrot os mantém para se parecer com Polo-Barra-Pesada e Polo para se parecer com Tioui e assim por diante: uma teoria de cafetões puros, severamente irretocáveis, desemboca em Gostoso-de-Pé-Pequeno, de duas caras, e parece que por ter se esfregado neles, por lhes ter roubado o porte, ele — vocês diriam sujou-os com sua própria abjeção, eu o quero assim para minha alegria, com correntinha no pulso, gravata ágil como língua de

---

* Pierrot é empregado como diminutivo de Pierre; Topol é uma redução de Sébastopol.

fogo, e esses extraordinários sapatos que só os cafetões usam, amarelo muito claro, finos, pontudos. Pois pouco a pouco, graças a Divina, Gostoso trocou suas roupas gastas devido a meses de cela por elegantes ternos de lã fina e roupa branca perfumada. A transformação encantou-o, pois ele ainda é o garoto-cafetão. A alma do meliante mal-humorado ficou em meio ao que foi jogado fora. Agora ele sente em seu bolso e o acaricia com a mão, melhor do que sentia sua faca, perto de seu pau, um revólver 6.35. Mas a pessoa não se veste somente para si e Gostoso se veste para a prisão. A cada nova compra, ele acredita ver nisso o efeito sobre seus colegas possíveis em Fresnes ou na Santé. Quem, segundo vocês, seriam eles? Dois ou três valentões que, nunca o tendo visto, saberiam reconhecê-lo como seu par, alguns homens de cara fechada que lhe estenderiam a mão, ou então de longe, na visita ou quando da volta do passeio, lançariam com o canto da boca, com um piscar de olho: "*Ciao*, Gostoso". Mas sobretudo, seus colegas seriam idiotas fáceis de fazer ficarem fascinados. A prisão é uma espécie de Deus, bárbaro como ele, a quem ele oferece relógios de ouro, canetas, anéis, lenços, fulares, sapatos. Ele sonha menos em se mostrar no esplendor de seus ternos novos a uma mulher ou a seus encontros cotidianos e livres, do que em entrar numa cela com o chapéu sobre o olho, o colarinho da camisa de seda branca aberto (sua gravata foi roubada durante a revista), o raglã inglês desabotoado. E os pobres prisioneiros já o olham com respeito. Com base em sua aparição, ele os domina. "Que caras eles fariam!", pensaria ele, se pudesse pensar seus desejos.

Duas estadas na prisão moldaram-no para viver o resto da vida para ela. Seu destino tem a forma dela, e muito obscuramente ele se sabe destinado de modo inelutável a tal, provavelmente desde o dia em que, na página de um livro da biblioteca, leu esses grafites:

Desconfiem:
Primo: Jean Clément dito a Boneca.
Secundo: Robert Martin dito a Bichona,
Tercio: Roger Falgue dito Florzinha,
A Boneca tem uma queda por Petit-Pré (mundana),
A Florzinha por Ferrière e Grandot,
A Bichona por Malvoisin.

O único meio de evitar o horror do horror é a ele se entregar. Ele desejou, portanto, com um desejo de certo modo voluptuoso, que um dos nomes fosse o seu. Depois, por fim, sei que lhe acontece de estar cansado dessa atitude tensa, heroica, de fora da lei, e que a gente se junta com a polícia para reintegrar a humanidade despojada. Divina nada sabia dessa faceta de Gostoso. Se a conhecesse, apenas o teria amado ainda mais, pois nela o amor equivale a desespero. Por enquanto, bebem chá e Divina sabe bem que ela o engole como um pombo a água clara. Como o beberia, se bebesse, o Espírito Santo em forma de pomba. Gostoso dança javas, com as mãos nos bolsos. Se deita, Divina o lambe.

Falando para si de Gostoso, Divina diz, juntando as mãos em pensamento:

— Eu o adoro. Quando o vejo deitado pelado, tenho vontade dizer a missa em cima de seu peito.

Gostoso levou algum tempo para se habituar a falar dela e a lhe falar no feminino. Por fim, conseguiu, mas não tolerou ainda que ela lhe falasse como uma amiga, em seguida pouco a pouco ele foi ficando à vontade, Divina ousou dizer-lhe:

— Você é bonita — acrescentando — como uma piroca.

O acaso das expedições noturnas e diurnas de Gostoso acumula na mansarda garrafas de bebida, lenços de seda, vidros de perfume, joias falsas. Cada objeto traz para o quarto seu fascínio do furto breve como um apelo dos olhos. Gostoso rouba nas grandes lojas coisas que estão expostas, nos carros parados; rouba seus raros amigos; rouba em todo lugar onde pode.

Domingo, Divina e ele vão à missa. Divina carrega na mão direita um missal com fecho dourado. Com a esquerda, enluvada, segura fechada a gola de seu sobretudo. Andam sem olhar. Chegam na Madeleine e sentam entre os devotos da sociedade. Acreditam nos bispos com enfeites de ouro. A missa maravilha Divina. Nada acontece aí que não seja muito natural. Cada gesto do padre é claro, tem seu sentido preciso, e poderia ser feito por qualquer um. Quando o oficiante, para a consagração, aproxima os dois pedaços da hóstia partida, as beiradas não se encaixam, e, quando a levanta com as duas mãos, ele não procura fazer com que se creia no milagre. Isso faz Divina ficar arrepiada.

Gostoso reza, dizendo:

— Nossa mãe que estais nos céus...

Eles recebem algumas vezes a comunhão de um padre com cara ruim, que lhes enfia a hóstia na boca de modo grosseiro.

Gostoso ainda vai à missa por causa do luxo.

De volta à mansarda, acariciam-se.

Divina ama seu homem. Para ele, prepara tortas, unta com manteiga os assados. Ela ainda sonha com ele se ele está na privada. Adora-o em qualquer posição.

Uma chave silenciosa abre a porta, e a muralha explode como um céu se lacera para mostrar o Homem semelhante àquele que Michelangelo pintou nu no Juízo Final. Fechada a porta, com a delicadeza que se poderia mostrar com uma porta de cristal, Gostoso joga o chapéu de feltro sobre o sofá e a guimba em qualquer lugar, mas sobretudo no teto. Divina avança de assalto a seu homem, cola-se a ele, lambe-o e o envolve; ele fica sólido e imóvel como se fosse, no mar, o monstro de Andrômeda transformado em rochedo.

Já que seus amigos o evitam, Gostoso algumas vezes leva Divina ao bar Roxy. Jogam dados de pôquer. Gostoso adora a elegância do gesto que mistura os dados. Saboreia também a graça dos dedos que enrolam um cigarro, que destampam uma caneta. Não se preocupa nem com seus segundos nem com seus minutos nem com suas horas. Sua vida é um céu subterrâneo povoado de barmen, cafetões, bichas, mulheres da vida, rainhas de espadas, mas sua vida é um Céu. É um voluptuoso. Conhece todos os cafés de Paris que têm W.C. com assento:

— Para me aliviar bem, preciso estar sentado — diz ele.

Anda quilômetros, levando preciosamente nas entranhas a vontade de cagar, que ele depositará com gravidade no banheiro com piso de mosaico malva do Café Terminus-Saint-Lazare.

Não sei muita coisa de sua origem. Divina disse-me seu nome um dia, devia ser Paul Garcia. Nasceu sem dúvida num desses bairros cheios de fedor dos excrementos envoltos num pedaço de jornal que as pessoas jogam das janelas nas quais pende, em cada uma delas, um coração de lilás.

Gostoso!

Se ele sacode a cabeça cacheada, vemos agitarem-se as argolas de ouro que no passado eram usadas por seus predecessores, os vagabundos dos arredores da cidade. Seu chute a fim de balançar a parte inferior da calça é a contrapartida desse golpe de calcanhar que as mulheres davam nos babados das saias para valsar.

Assim, o casal vive sem contratempos. A zeladora, embaixo da escada, vigia a felicidade deles. E pelo anoitecer, os anjos varrem o quarto, fazem a arrumação. Para Divina, os anjos são gestos feitos sem ela.

Como me é agradável falar deles! Legiões de soldados vestidos de tecido grosso azul da França ou cor de rio martelam com seus calçados ferrados o azul do céu. Os aviões choram. O mundo inteiro morre de medo pânico. Cinco milhões de homens jovens de todas as línguas vão morrer pelo canhão que fica teso e descarrega. Sua carne já embalsama os humanos que caem como moscas. A carne ao morrer libera o solene. E eu estou bem à vontade aqui para pensar nos belos mortos de ontem, de hoje, de amanhã. Sonho com a mansarda dos amantes. A primeira discussão grave que ocorreu, acabou em gesto de amor. Divina disse-me de Gostoso que uma noite, quando ele acordou, muito sem energia para abrir os olhos, ouvia-a agitar-se na mansarda. Perguntou:

— O que você está fazendo?

Como a mãe de Divina, Ernestine, chamava a roupa a ser lavada de bacia, todo sábado ela "cuidava da bacia". Divina respondeu:

— Estou cuidando da bacia.

Ora, como não havia banheiras na casa de Gostoso, punham-no numa bacia. Hoje, ou num outro dia, mas me parece que foi hoje, enquanto dormia, em seu sonho ele entrou numa bacia. Ele próprio não sabe analisar-se, e nem pensa em fazê-lo, mas é sensível às tramoias do destino, como aos truques do teatro do medo. Quando Divina responde: "Estou cuidando da bacia", ele acha que ela o diz como: "Estou fazendo de conta de ser a bacia". (Ela poderia ter dito: Estou cuidando da locomotiva.) Ele subitamente fica de pau duro com a sensação de ter penetrado Divina em sonho. O sexo de seu sonho penetra na Divina do sonho de Divina, e ele a possui, de algum modo, numa devassidão espiritual. E se apresentam a seu espírito estas frases: "Até o coração, até o fim, até o escroto, na garganta".

Gostoso "caiu" por ela, apaixonado.

Eu gostaria de brincar de inventar as maneiras que o amor tem de surpreender as pessoas. Ele chega como Jesus ao coração dos impetuosos, ele chega também sorrateiramente, como um ladrão.

Um marginal, aqui mesmo, contou-me uma espécie de contrapartida da célebre comparação em que os dois rivais conhecem Eros. Ele me contou assim:

— Como comecei a ter interesse por ele? Foi na cadeia. À noite a gente tinha de se despir, tirar mesmo a camisa diante do guarda para que ele visse que a gente não tinha nada escondido (nem cordas, nem limas ou lâminas). Então, eu e o rapazinho estávamos os dois pelados. Dei uma olhada para o lado dele para ver se ele era tão musculoso quanto diz. Não tive tempo de ver bem, a gente gelava. A gente se vestiu rápido de novo. Eu só tive tempo de ver que ele era bem interessante! Ah! o que ficou nos meus olhos — (uma ducha de rosas!). — Até fiquei com ciúme. Juro! Era muito para mim — (diante dessa frase espera-se invencivelmente: quebrei a cara). — Isso durou um pouco, quatro ou cinco dias...

O resto não nos interessa mais. O amor serve-se das piores armadilhas. Das menos nobres. Das mais raras. Explora as coincidências. Não foi preciso que um garoto pusesse os dois dedos na boca para dar um assobio dilacerante, exatamente no momento em que minha alma estava tensa ao extremo, não esperando mais que essa estridência para se lacerar de baixo até em cima? Mas houve o instante que fez com que duas criaturas se amassem até sair sangue? "Você é um sol que chegou na minha noite. Minha noite é um sol que chegou na tua!" Batemos a testa um no outro. De pé e de longe, meu corpo passa através do teu e o teu, de longe, através do meu. Criamos o mundo. Tudo muda... e saber disso!

Amar-se como, antes de se separarem, dois jovens boxeadores que se batem (não combatem), rasgam um a camisa do outro, e, quando estão nus, estupefatos por serem tão belos, julgam ver-se num espelho, ficam boquiabertos por um segundo, sacodem — o furor por ser agarrado — os cabelos misturados, sorriem com um sorriso úmido e se abraçam como dois lutadores de luta greco-romana, encaixam os músculos nas conexões exatas oferecidas pelos músculos do outro, e se jogam no tapete até que o esperma morno deles, brotando alto, trace no céu uma via láctea onde se inscrevem outras constelações que sei ler: a constelação do Marinheiro, a do Boxeador, a do Ciclista, a do Violino, a do Sipahi, a do Punhal. Assim, um novo mapa do Céu se desenha na parede da mansarda de Divina.

De volta de um passeio no parque Monceau, Divina entra na mansarda. De um vaso, surge, todo ereto e negro, um ramo de cerejeira sustentado pelas flores rosa em pleno voo. Divina está machucada. No campo, os camponeses ensinaram-lhe a respeitar as árvores frutíferas, a não considerar suas flores como ornamentos, nunca mais ela as poderá admirar. O ramo quebrado a ofende como a vocês ofenderia o assassinato de uma jovem núbil. Ela fala de sua dor a Gostoso, que ri com todos os dentes. Ele, menino da grande cidade, debocha dos escrúpulos dos camponeses. Divina, para completar, consumar o sacrilégio, e de algum modo superá-lo ao desejá-lo, talvez também por enervamento, arruína as flores. Tabefes. Gritos. Enfim, desordem de amor, pois se ela toca num macho, todos os seus gestos de defesa se modulam em carícias. Um punho pronto para dar um soco abre-se, põe-se e desliza com suavidade. O grande macho é por demais forte para essas bichas fracas. Bastava a Seck Gorgui esfregar um pouco, sem parecer tocar, a protuberância que dentro da calça seu membro enorme fazia, para que elas não pudessem mais, nem umas nem outras, afastar-se dele, que as puxava, sem querer, como um ímã a limalha, até a casa dele. Divina seria bastante forte, em termos de vigor físico, se não temesse os movimentos da resposta, porque são viris, nem tinha aquele pudor da careta do rosto e de todo o corpo à qual o esforço obriga. Tinha esse pudor e também o pudor das qualificações masculinas aplicadas a ela própria. Divina não usava gíria, assim como as outras Loucas suas colegas. Isso a teria transtornado tanto quanto fazer com a língua e os dentes um assobio malandro, ou pôr, e manter, as mãos nos bolsos da calça (sobretudo jogando para trás as laterais do casaco desabotoado), ou subir a calça segurando-a pela cintura e tendo a ajuda de um movimento de quadris.

As bichas, lá em cima, tinham sua linguagem à parte. A gíria servia para os homens. Era a língua macha. Assim como entre os caraíbas a língua dos homens tornava-se um atributo sexual secundário. Era semelhante às cores da plumagem dos pássaros machos, semelhante às roupas de seda coloridas a que têm direito os guerreiros da tribo. Ela era uma crista e esporas. Todo mundo podia compreendê-la, mas só podiam usá-la os homens que, no nascimento, receberam como presente os movimentos, a postura dos quadris, pernas, e braços, olhos, peito, com os quais se pode usá-la. Um dia, num dos nossos bares, quando Mimosa numa frase ousou estas palavras: "... suas histórias mirabolantes...", os homens franziram a cara; alguém disse como uma ameaça:

— A mulherzinha que banca o durão.

A gíria na boca de seus homens perturbava as bichas, mas as perturbavam menos as palavras inventadas, próprias dessa língua (por exemplo: *fandar*, *liquette*, *guincher*),* que as expressões vindas do mundo habitual, e violadas pelos cafetões, adaptadas por eles a suas necessidades misteriosas, pervertidas, desnaturadas, jogadas na sarjeta e em sua cama. Por exemplo, eles diziam: "Com delicadeza", ou ainda: "Vá embora, você está curada". Essa última frase, tirada do Evangelho, saía de lábios onde havia sempre, no canto, um resto de tabaco mal cuspido. Era dita de modo arrastado. Completava o relato de uma aventura que terminara bem para eles:

— Vá embora... — diziam os cafetões.

Diziam ainda de modo definitivo:

— Chega.

E depois: "É melhor não dar na vista". Mas, para Gostoso, a expressão não tinha o mesmo sentido que para Gabriel (o soldado que virá, que já é anunciado por esta frase que me encanta e que não acho que lhe convenha bem: "Sou eu quem manda").

---

* Termos de gíria cujos significados, que às vezes variam, são frequentemente os de "calça", "camisa" e "fazer careta".

Gostoso compreendia: é preciso vigiar. Gabriel pensava: é preciso sumir. Em minha cela, logo, os dois cafetões disseram: "Estamos bancando os pajens". Queriam dizer que iam fazer as camas, mas uma espécie de ideia luminosa transformou-me ali, minhas pernas afastadas, num vigia parrudo ou cavalariço do palácio que bancam os pajens do palácio, assim como certos jovens bancam as piranhas.

Ouvir essa jactância fazia Divina desabar de prazer, como destrinchar — parecia-lhe que desabotoava uma braguilha, que sua mão introduzida levantava a camisa — certas palavras de gíria com sílabas acrescentadas, tal um adereço ou um transformismo: *litbé*, *balpo*.*

Essa gíria tinha insidiosamente enviado emissários às cidadezinhas da França, e Ernestine já cedera a seu encanto.

Ela se dizia: "Uma Gauloise, um pito, um cigarrinho". Ela se afundava em sua poltrona, murmurava essas palavras engolindo a fumaça pesada de seu cigarro. Para melhor esconder seu devaneio, fechava-se em seu quarto, punha a tranca, e fumava. Certa noite, ao entrar, viu no fundo da sombra brilhar o fogo de um cigarro. Ficou assustada com isso como se estivesse sob a ameaça de um revólver, mas esse temor não durou e se confundiu com a esperança. Vencida pela presença escondida do macho, deu alguns passos e desabou numa poltrona, mas ao mesmo tempo desaparecia o brilho. Desde a entrada, tinha compreendido que via no espelho do armário situado diante da porta, isolado pela escuridão do resto da imagem, a brasa do cigarro que ela havia acendido, feliz por ter riscado o fósforo no corredor escuro. Pode-se dizer que suas verdadeiras bodas tiveram lugar nessa noite. Seu esposo foi uma síntese de todos os homens: "Um cigarro".

---

* Termos de gíria, com significados variáveis — o primeiro se emprega para "nádegas" e "pênis"; o segundo, a inversão de *"peau de balle"*, significa "nada". Adiante, ainda ocorrerá *"pavortave"*, não identificado.

Um cigarro ainda lhe pregará uma peça grosseira. Ela passava pela rua principal da cidadezinha, quando cruzou com um jovem pilantra, um desses vinte rostos que recortei nas revistas, que assobiava, um toco de cigarro colado no canto da carinha. Tendo chegado perto de Ernestine, abaixou a cabeça, que assumiu o ar pendido de quem parece olhar de soslaio ternamente, e Ernestine pensou que ele a olhava com uma "impertinência cheia de interesse", mas era a fumaça de seu toco de cigarro, que o vento, contra o qual ele seguia, trazia até seus olhos, fazendo-os arder, e o obrigava a esse movimento. Ele apertou as pálpebras ainda, torceu a boca, e o todo funcionou como um sorriso. Ernestine arqueou a cintura com um movimento brusco, rapidamente reprimido, eliminado, e a aventura não teve continuidade, pois, no instante mesmo, esse pilantra da cidadezinha, que nem mesmo tinha visto Ernestine, sentiu muito bem sua boca sorrir no canto e seu olho piscar; com um gesto cafajeste, puxou a calça para cima, mostrando com isso o que a atitude de sua própria cabeça fazia dele.

Outras expressões ainda a espantavam, tanto quanto estas palavras podem emocionar uma pessoa, e ao mesmo tempo inquietá-la, com sua estranha combinação: "Mundos e fundos", sobretudo esta: "Uma chave de colhões à moda tártara", que ela teria desejado assobiar e dançar com uma melodia de java. Pensando em seu bolso, a si mesma ela dizia: "Minha sacola".

Em visita a uma amiga: "Olhe como dá na vista". "Deram um fora nela." De um belo transeunte: "Ele fica de pau duro por mim".

Não se pense que é por causa dela que Divina acabava transtornada pela gíria, pois nunca Ernestine se deixara pegar de surpresa. "Ficar puto", que brotou de uma bonita boca de marginal, bastava, aos olhos da mãe e do filho, para fazer de quem a pronunciava um garoto descontente, um pouco robusto, com um rosto amassado de buldogue, o do jovem boxeador inglês Crane que tenho ali entre os vinte, na parede.

Gostoso empalidecia. Ele atacou um holandês róseo para roubá-lo. Agora, seu bolso está cheio de florins. A mansarda conhece a alegria grave que a segurança dá. Divina e Gostoso dormem à noite. De dia comem um pouco, pelados, brigam um tanto, esquecem de fazer amor, deixam o rádio ligado, fumam. Gostoso diz merda, e Divina, a fim de ser amistosa, mais amistosa ainda que Santa Catarina de Sena, que passou uma noite na cela de um condenado à morte sobre cujo pau sua cabeça repousava, Divina lê *Détective*. Fora, venta. A mansarda é delicadamente aquecida por um sistema de aquecedores elétricos, quero mesmo dar um pouco de trégua, de felicidade mesmo ao casal ideal.

A janela está entreaberta para o cemitério.

Cinco horas da manhã.

Divina ouve soar um campanário (pois está acordada). Em lugar de notas que revoam, são golpes, cinco golpes que caem no chão, e com eles, nesse chão molhado, fazem cair Divina que, há três anos, ou quatro, nessa mesma hora, nas ruas de uma cidadezinha, procurava um pouco de pão entre os detritos de uma lixeira. Ela havia passado a noite a errar de rua em rua, sob o chuviscar, roçando as paredes a fim de ficar menos molhada, esperando o ângelus (eis que o sino anuncia a missa só falada e Divina reviu a angústia dos dias sem abrigo: os dias do sino) que anuncia que as igrejas estão abertas para as solteironas, para os verdadeiros pecadores, para os mendigos. Na mansarda perfumada, o ângelus da manhã faz dela de novo, violentamente, o miserável em andrajos úmidos que vai ouvir a missa, comungar para repousar os pés e sentir menos frio. O corpo de Gostoso, que dorme, está quente e junto do dela. Divina fecha os olhos, no momento em que suas pálpebras se unem, separam-na do mundo que nasce da aurora, a chuva começa a cair, desencadeia nela uma felicidade súbita tão perfeita, que ela diz bem alto num grande suspiro: "Estou feliz". Ela ia dormir, mas para melhor certificá-la de sua felicidade de mulher casada, voltam, e sem amargura, as lembranças do tempo em que ela era Culafroy e que, fugida da casa de ardósia, foi parar numa cidadezinha onde, nas manhãs douradas, róseas ou alvacentas, mendigos com alma — que a vê-los se acreditaria serem ingênuos — de boneca, se aproximam com gestos que se diria também fraternos. Eles acabam de se levantar de um banco do jardim em que dormiam, de um banco da praça das Armas, ou de nascer de um gramado do jardim público. Eles se confiam segredos que dizem respeito aos Asilos, às Prisões, ao Roubo nas Plantações e à Polícia. O leiteiro mal os incomoda. Faz parte deles. Durante alguns dias, Culafroy fez parte deles também. Alimentou-se então de alguns restos de pão encontrados nas lixeiras, misturados com cabelos. Certa noite, a noite em que mais teve fome, quis até se matar. O suicídio foi sua grande preocupação: o canto do gardenal! Certas crises o puseram tão perto da morte que me pergunto como escapou disso, que choque imperceptível — e vindo de quem? — o afastou da beirada. Mas um dia, ao alcance de minha mão, se encontraria um frasco de veneno que eu só precisaria levar à boca; depois esperar. Esperar, numa angústia intolerável, o efeito do ato inacreditável, e admirar o maravilhoso de um ato tão loucamente irremediável trazendo depois de si o fim do mundo, que se segue a um gesto de tão pouco peso. Nunca eu havia sido tocado pelo fato de que a mais leve imprudência — algumas vezes mesmo menos que um gesto, um gesto não completado, que gostaríamos de retomar, desfazer voltando no tempo, tão benigno e tão próximo, ainda neste momento, que se diria possível apagá-lo — Impossível! — pode levar até, por exemplo, à guilhotina, até o dia em que eu mesmo, por um desses pequenos gestos que escapam de você sem você, que é impossível abolir, vi minha alma em aflição e senti de imediato a aflição dos infelizes que não têm mais outro socorro que não a confissão. E esperar. Esperar e se acalmar, porque a aflição, o desespero só são possíveis se existir uma saída visível ou secreta, confiar-se à morte, como Culafroy confiando-se no passado às inacessíveis víboras.

Até então a presença de um frasco de veneno ou de um cabo de alta tensão jamais tinha coincidido com os períodos de vertigem, mas Culafroy, mais tarde Divina, ambos temerão esse momento e esperam encontrá-lo muito cedo, escolhido pela Fatalidade, para que a morte venha irremediavelmente da sua decisão ou da sua lassidão.

Sucederam-se, na cidade, os passeios ao acaso das ruas escuras, pelas noites sem sono. Ele parava para olhar pelas janelas os interiores dourados, através da renda ilustrada com motivos trabalhados: flores, folhas de acanto, amores armados, viados de renda, e os interiores, cavados em altares maciços e tenebrosos, pareciam-lhe tabernáculos velados. Diante e nos lados das janelas, lampadários como círios montavam guarda de honra nas árvores ainda com folhas que se desdobravam em buquês de lírios de esmalte, de metal ou de tecido sobre os degraus de um altar de basílica. Em suma, eram essas surpresas de crianças a vagabundear, para quem o mundo está aprisionado numa rede mágica, que elas mesmas tecem em torno do globo e atam com dedos do pé tão ágeis e duros quanto os de Pavlova. Essas espécies de crianças são invisíveis. Um fiscal nao as distingue num vagão nem a polícia nas plataformas, mesmo nas prisões parecem ter-se introduzido por fraude, como o tabaco, a tinta de tatuar, os raios da lua ou do sol, a música de um fonógrafo. O menor de seus gestos prova-lhes que um espelho de cristal, a que seu punho às vezes impõe a estrela de uma aranha de prata, engaiola o universo das casas, das lâmpadas, dos berços, dos batismos, o universo dos humanos. A criança que nos ocupa estava a tal ponto fora daqui que de sua fuga ela devia reter: "na cidade, as mulheres de luto têm roupas bonitas". Mas sua solidão permitiu-lhe enternecer-se com misérias miúdas: uma velha agachada que a súbita chegada da criança faz mijar em suas meias de algodão preto; diante dos espelhos dos restaurantes em que explodem luzes, cristais e prataria, ainda vazios de clientes, ela assistia, medusada, às tragédias que ali representam garçons de fraque, alternando falas brilhantes, discutindo questões de precedência até a chegada do primeiro casal elegante que joga o drama no chão e o quebra; pederastas que só lhe davam cinquenta cêntimos, e iam embora, cheios de felicidade por uma semana; nas grandes estações de transferência, ela observava da sala de espera, à noite, múltiplos trilhos percorridos por sombras masculinas portadoras de tristes lanternas; sentia dor nos pés, nos ombros. Sentia frio.

Divina pensa nesses instantes que são os mais dolorosos para o vagabundo: à noite, quando um veículo no caminho, iluminando-o de repente, põe em evidência, para ambos, seus pobres farrapos.

O corpo de Gostoso está ardente. Divina está em seu côncavo. Não sei se ela já sonha ou se rememora: "uma manhã (era com certeza ao amanhecer), bati na tua porta. Eu não aguentava mais perambular de ruela em ruela, chocar-me com os trapeiros, com o lixo. Eu buscava tua cama sempre escondida na renda, a renda, o oceano de renda, o universo de renda. Do mais longe do mundo, um punho de boxeador me fez rolar num pequeno esgoto". O ângelus, justamente então, tocava. Agora ela dorme na renda e seus corpos casados vogam.

Esta manhã, depois de uma noite em que acariciei muito meu par querido, eis-me arrancado de meu sono pelo barulho do ferrolho puxado pelo guarda que vem buscar o lixo. Levanto-me e vacilo até as latrinas, mal deslindado do estranho sonho em que pude *obter o perdão de minha vítima*. Então eu estava mergulhado no horror até a boca. O horror entrava em mim. Eu o mastigava. Estava repleto dele. Ele, minha jovem vítima, estava sentado perto de mim e uma perna nua, em vez de se cruzar sobre a direita, passava através da coxa. Ele nada disse, mas eu sabia sem nenhuma dúvida que ele pensava: "Eu disse tudo ao juiz, você está perdoado. De resto, sou eu que sento no tribunal. Você pode confessar. E ter confiança; você está perdoado". Depois, segundo essa imediatez dos sonhos, ele era um pequeno cadáver não maior que uma figurinha de bolo de Reis, que um dente arrancado posto numa taça de champanhe em meio a uma paisagem grega de colunas aneladas, truncadas, em torno das quais se enrolavam e flutuavam como serpentinas longas tênias brancas, isso sob uma luz de puro sonho. Não sei mais muito bem qual foi minha atitude, mas sei que acreditei no que ele me disse. Meu despertar não me roubou esse sentimento de batismo. Mas não é mais o caso de retomar contato com o mundo exato e sensível da cela. Deito-me de novo até a hora do pão. A atmosfera da noite e o cheiro que sobe das latrinas entupidas, transbordando merda e água amarela, fazem as lembranças de infância soerguerem-se como uma terra preta minada por toupeiras. Uma provoca a outra e a obriga a surgir; toda uma vida que eu acreditava subterrânea e para sempre enterrada volta à superfície, ao ar, ao sol triste, que lhe dão um cheiro de podre com que me deleito. A reminiscência que me causa dor com maior eficácia é a dos sanitários da casa de ardósia. Eram meu refúgio. A vida, que eu entrevia distante e emaranhada através de sua escuridão e seu cheiro — um cheiro enternecedor, em que o perfume dos sabugueiros e da terra úmida dominava, já que os banheiros ficavam no fim do jardim, perto da sebe — a vida chegava-me singularmente suave, meiga, leve, ou antes aliviada, livre do peso. Falo dessa vida que eram as coisas exteriores aos sanitários, todo esse resto do mundo que não era meu pequeno reduto de tábuas crivadas de buracos de insetos. Ela me parecia flutuar um pouco ao modo dos sonhos pintados, ao passo que eu, em meu buraco, tal uma larva, retomava uma existência noturna repousada, e às vezes eu tinha a impressão de me afundar lentamente, como num sono ou num lago ou num seio materno ou num incesto também, no centro espiritual da terra. Minhas épocas de felicidade nunca foram de uma felicidade luminosa, minha paz nunca foi o que os escritores e os teólogos chamam de "paz celestial", e isso era bom, pois meu horror seria imenso se o dedo de Deus me apontasse, me distinguisse; sei muito bem que, se doente, fosse curado por um milagre, eu não sobreviveria. O milagre é imundo: a paz que eu ia buscar nas latrinas, a que vou buscar na lembrança delas, é uma paz tranquilizadora e suave.

Às vezes chovia, eu ouvia o barulho das gotas batendo no zinco do telhado; então meu bem-estar triste, minha deleitação morosa se agravavam com um luto a mais. Eu entreabria a porta, e me desolava a vista do jardim molhado, dos legumes açoitados. Ficava agachado nessa cela, empoleirado no assento de madeira, por horas, meu corpo presa do cheiro e do escuro, misteriosamente emocionado, porque a parte mais secreta dos seres vinha aqui justamente se desvelar, como num confessionário. O confessionário vazio reservava-me essa mesma serenidade. Velhos jornais de moda estavam jogados por ali, ilustrados com gravuras em que as mulheres de 1910 tinham sempre um regalo, uma sombrinha e um vestido com anquinhas.

Foi-me preciso muito tempo antes de saber explorar o feitiço dessas potências inferiores, que me arrastavam até elas pelos pés, que agitavam em torno de mim suas asas negras batendo como cílios de vampe e enfiando os dedos de buxo em meus olhos.

Deram a descarga na cela ao lado. Como nossas duas latrinas se comunicavam, a água se agita na minha, uma lufada de cheiro me entontece um pouco mais, meu pau duro está preso na minha cueca e, em contato com minha mão, liberado, dá contra o lençol que forma uma protuberância. Gostoso! Divina! E estou sozinho aqui.

Gostoso sobretudo, eu o adoro, pois vocês sabem que no fim das contas é o meu destino, verdadeiro ou falso, que ponho, ora farrapo, ora manto da corte, sobre os ombros de Divina.

Lentamente, mas com firmeza, quero despojá-la de todo tipo de felicidade para dela fazer uma santa. Esse fogo que a carboniza já queimou pesados vínculos, novos acorrentam-na: o Amor. Nasce uma moral, que não é certamente a moral habitual (ela está à altura de Divina), mas é uma moral de qualquer modo, com seu Bem e seu Mal. Divina não está além do bem e do mal, ali onde o santo deve viver. E eu, mais delicado que um anjo mau, a conduzo pela mão.

Eis uma "Divinariana" reunida para vocês. Como lhes quero mostrar alguns instantâneos, cabe ao próprio leitor perceber a sensação de duração, de tempo que passa, e convir que durante esse primeiro capítulo ela terá entre vinte e trinta anos.

DIVINARIANA

Divina a Gostoso: "Você é minha Enlouquecedora".

— Divina é humilde. Ela só se dá conta do luxo por um certo mistério que ele secreta e que ela teme. Os palácios, assim como as furnas das feiticeiras, mantêm cativos uns encantos agressivos que um de nossos gestos pode libertar do mármore, dos tapetes, do veludo, do ébano, do cristal. Logo que ficou um pouco rica, graças a um argentino, Divina experimentou o luxo. Comprou malas de couro e aço saturadas de almíscar. Sete ou oito vezes por dia, tomava o trem, ia para o vagão-salão, mandava que pusessem as bagagens nos bagageiros de redes, instalava-se nas almofadas até a partida do trem, e, alguns segundos antes do apito, chamava dois ou três carregadores para tirarem tudo, tomava um carro e seguia para um grande hotel, onde ficava o tempo de uma instalação discreta e suntuosa.

Fez esse procedimento de estrela uma semana inteira, agora sabe andar nos tapetes, falar com os criados, móveis de luxo. Ela domesticou os encantos e pôs o luxo no chão. Agora as curvas graves e as volutas de estilo Luís xv nos móveis e nos quadros, nos revestimentos de madeira das paredes sustentam sua vida — que parece desenvolver-se de modo mais nobre, escada de dupla revolução — num ar infinitamente elegante. Mas é sobretudo quando seu carro de aluguel passa por uma grade de ferro forjado ou descreve uma adorável curva que ela é uma Infanta.

— A morte não é uma questão pequena. Divina já teme ser pega desprevenida para a solenidade. Quer morrer dignamente. Tal qual esse subtenente de aviação que ia combater em uniforme de gala a fim de que, se a morte que voa sobreviesse no avião, ela o descobrisse e o encarasse como oficial, não como mecânico, Divina traz sempre com ela o diploma ensebado e cinza de seu certificado de estudos superiores.

— Ele é idiota como um botão... (Mimosa dirá: de botina.)
Divina, suavemente: de braguilha.
Ela tinha constantemente consigo, enfiado na manga, um pequeno leque de musselina e de marfim louro. Quando dizia uma palavra que a desconcertava, ela, com a rapidez dos ilusionistas, puxava o leque da manga, abria-o e, súbito, as pessoas percebiam essa asa agitada onde se dissimulava a parte inferior de seu rosto. O leque de Divina, por toda sua vida, baterá levemente em torno dela. Ela o inaugurou na loja de um comerciante de aves da rua Lepic. Divina tinha ido lá com uma irmã escolher um frango. Elas estavam na loja quando o filho do proprietário entrou. Divina então cacarejou olhando-o, chamou a irmã e, enfiando o indicador no cu do frango amarrado com barbante posto na vitrine, exclamou: "Oh! veja, que beleza",

e rápido seu leque esvoaçava em seu rosto que enrubescia. Ela olhou ainda com um olho úmido o filho do proprietário.

— No bulevar, policiais detiveram Divina um pouco bêbada. Ela canta o *Veni Creator* com voz aguda. Em todos os transeuntes nascem pequenos casais de noivos com véus de tule branco, que se ajoelham num genuflexório com tapeçaria; os dois policiais reveem-se como pajens no casamento de uma prima. Apesar disso, levam Divina ao posto policial. Ao longo do caminho, ela se esfrega neles, que ficam de pau duro, apertam-na mais forte, e de propósito tropeçam para misturar suas coxas com as dela. Seus sexos gigantescos vivem, batem em pequenos golpes ou pressionam com um ímpeto desesperado e soluçante na porta da calça de grosso tecido azul. Eles intimam para que se abra a porta, como o clero na porta fechada da igreja no dia de Ramos. As bichas, as jovens e as velhas, animadas no bulevar, e que veem Divina partir, levada nesse grave canto nupcial, o *Veni Creator*:

— Vão pôr ferros nela!

— Como num marinheiro!

— Como num forçado!

— Como numa mulher parindo!

Os burgueses passam, formam grupos e nada veem, nada sabem, mal são insensivelmente deslocados em seu calmo estado de confiança por esse nada: Divina levada pelo braço, suas irmãs que a lamentam.

Solta, na noite seguinte está de novo em seu ponto no bulevar. Sua pálpebra azul está inchada:

— Meu Deus, minhas Belas, quase desmaiei. Os policiais me apoiaram. Estavam todos em volta de mim, me abanando com seus lenços quadriculados. Eles eram as Santas Mulheres que me enxugavam a face. Minha Divina Face: Acorda, Divina! Acorda, acorda, acorda, gritavam! Cantavam para mim.

"Me levaram para uma cela escura. Na parede branca, alguém (Oh! esse alguém que deve ter desenhado, vou buscá-lo através das linhas apertadas das páginas pesadas dos romances-folhetins, todas povoadas de pajens miraculosamente belos e pilantras. Desamarro, desenlaço a veste e as calças de um deles, que segue Jean das Listras Pretas; eu o deixo, um canivete cruel numa mão, seu membro duro empunhado pela outra, de pé, em frente à parede branca, e ei-lo, jovem detento ferozmente virgem. Ele apoia o rosto contra a parede. Com um beijo lambe a superfície vertical e o emboço guloso absorve-lhe a saliva. Depois beijos em tempestade. Todos esses movimentos desenham os contornos de um invisível cavaleiro que o estreita e que a parede inumana sequestra. Por fim, cansado de tédio, de amor excedido, o pajem desenha...) desenhara, senhoras, uma farândola de ah! sim, sim, minhas Belas, sonhem e se finjam de bêbadas para escapar, o que me recuso a lhes dizer, o que era alado, intumescido, grande, grave como anjinhos, caralhos esplêndidos, em açúcar de cevada. Em torno, senhoras, de alguns mais eretos e mais sólidos que os outros, enrolavam-se clematites, campainhas, capuchinhas, cafetões novinhos também, tortuosos. Oh! essas colunas! A cela voava a toda velocidade, eu estava louca, louca, louca!"

As delicadas celas de prisão! Depois da monstruosidade horrível de minha prisão, de minhas diferentes prisões, sendo cada uma delas sempre a primeira, que me surgiu com suas características de irremediável, numa visão interior de rapidez e brilho fulgurantes, fatais, desde a prisão de minhas mãos na algema de aço, brilhante como uma joia ou como um teorema, a cela de prisão, de que agora gosto como um vício, trouxe-me o consolo de mim mesmo por si mesma.

O cheiro da prisão é um cheiro de urina, de formol e de tinta. Em todas as prisões da Europa, eu o reconheci, e reconheci que esse cheio seria enfim o cheiro de meu destino. Toda vez que de novo me prendem, busco nas paredes os traços de meus precedentes cativeiros, ou seja, de meus precedentes desesperos, pesares, desejos que um outro detento terá gravado para mim. Exploro a superfície das paredes, em busca do traço fraterno de um amigo. Pois se eu nunca soube o que podia ser exatamente a amizade, quais ressonâncias a amizade entre dois homens lhes punha no coração e talvez na pele, desejo na prisão algumas vezes ter uma amizade fraterna, mas sempre por um homem — de minha idade — que seja belo, de quem eu tivesse toda a confiança, que fosse o cúmplice de meus amores, de meus roubos, de meus desejos criminosos; ainda que isso não me informe sobre essa amizade, sobre o cheiro, num amigo e noutro, sobre sua secreta intimidade, pois faço de mim para a circunstância um macho que sabe que não o é. Espero na parede a revelação de algum segredo terrível: assassinato, sobretudo, assassinato de homens, ou traição de amizade, ou profanação dos Mortos, e de que eu seria o túmulo resplendente. Mas eu sempre só encontrei raras palavras no emboço arranhado com um alfinete, fórmulas de amor ou de revolta, mais frequentemente de resignação: "Jojo da Bastilha ama sua mulher pela vida toda". "Meu coração para a mãe dele, meu pau para as putas, minha cabeça para o carrasco Deibler." Essas inscrições rupestres são quase sempre gentis homenagens à mulher, ou algumas dessas más estrofes que são conhecidas dos marginais de toda a França:

Quando branco for o carvão,
Pra fuligem não ser mais negra,
Toda lembrança da prisão
Fugirá de minha memória.

E essas flautas de Pã que marcam os dias que se passaram!

E por fim essa surpreendente inscrição, gravada no mármore sob o pórtico principal: "Inauguração da prisão em 17 de março de 1900", que me obriga a ver um cortejo de senhores oficiais trazendo solenemente, para ser preso, o primeiro detento da prisão.

— Divina: "Estou com o coração nas mãos, e a mão furada, e a mão na sacola, e a sacola está fechada, e meu coração está preso".

— A bondade de Divina. Sua confiança era total, invencível, nos homens com rostos regulares, duros, com cabelos espessos e uma mecha caindo na testa, e essa confiança parecia ser concedida ao prestígio desses rostos para Divina. Ela com frequência se deixara enganar, ela cujo espírito crítico é vivo. Compreendeu-o de repente, ou pouco a pouco quis tomar o contrapé dessa atitude, e o ceticismo intelectual, lutando com o consentimento sentimental, venceu e se estabeleceu nela. Mas, desse modo, ela ainda é enganada, porque se obstina maliciosamente com os muitos jovens pelos quais se sente atraída. Acolhe as declarações deles com um sorriso ou uma palavra de ironia que dissimula mal sua fraqueza (fraqueza das bichas diante do volume na calça de Gorgui) e seus esforços para não ceder à beleza carnal deles (fazê-los aprender a esperar) enquanto eles lhe devolvem logo esse sorriso, mais cruel, como se, lançado pelos dentes de Divina, ele ricocheteasse nos dentes mais agudos, mais frios, mais glaciais deles, porque diante dela mesma mais friamente belos.

Mas, para se punir por ser má contra os maus, Divina volta atrás em suas decisões, e se humilha diante dos cafetões que nada compreendem. No entanto, sua bondade chega a ser escrupulosa. Certo dia, de retorno do tribunal, no camburão, pois também foi presa com frequência, sobretudo por causa da droga, ela pergunta a um velho:

— Quanto?

Ele responde:

— Me deram três anos. E você?

Ela, que só foi condenada a dois, responde:

— Três anos.

— Catorze de Julho: em todo lugar, azul, branco, vermelho. Divina, por gentileza para com elas, desprezadas, veste-se com todas as outras cores.

Divina e Gostoso. É a meu ver o casal ideal de amantes. De meu buraco de cheiro horrível, debaixo da lã áspera das cobertas, o nariz bem no suor e meus olhos arregalados, sozinho com eles, eu os vejo.

Gostoso é um gigante, cujos pés curvos cobrem a metade do globo, de pé, as pernas afastadas com uma cueca bem folgada de seda azul-celeste. Ele castiga. Tão forte e calmamente, que ânus e vaginas se enfiam em seu membro como anéis num dedo. Ele castiga. Tão forte e tão calmamente quanto sua virilidade observada pelos céus tem a força de penetração dos batalhões guerreiros louros que em 14 de junho de 1940 nos enrabaram grave, seriamente, com os olhos em outras partes, andando na poeira e no sol. Mas eles só são a imagem do Gostoso tenso, arqueado. A rigidez deles impede que sejam como cafetões espertos.

Fecho os olhos. Divina: são mil formas sedutoras pela graça saídas de meus olhos, de minha boca, de meus cotovelos, de meus joelhos, de não sei onde. Essas formas me dizem: "Jean, como estou contente por viver em Divina e por estar vivendo com Gostoso".

Fecho os olhos. Divina e Gostoso. Para Gostoso, Divina mal é um pretexto, uma ocasião. Se ele pensasse nela, daria de ombros para se livrar do pensamento, como se o pensamento fosse um dragão com garras plantado em suas costas. Mas para

Divina, Gostoso é tudo. Ela toma cuidado com o sexo de Gostoso. Acaricia-o com profusões de ternuras, e as comparações que as pessoas decentes e obscenas fazem: o Neném, o Bebê no berço, o Jesus na manjedoura, o Quentinho, teu Irmãozinho, sem que ela as formule, adquirem um sentido completo. Seu sentimento as aceita ao pé da letra. O pau de Gostoso é para ela Gostoso inteiro: o objeto de seu luxo puro, um objeto de puro luxo. Se Divina assente em ver em seu homem outra coisa que um sexo quente e violáceo, é porque ela pode seguir a rigidez, que continua até o ânus, e perceber que ele vai mais adiante em seu corpo, que ele é esse corpo mesmo de Gostoso ereto e completado por um rosto pálido, extenuado, um rosto de olhos, nariz, boca, faces achatadas, cabelos cacheados, pequenas gotas de suor.

Fecho os olhos sob as cobertas cheias de piolho. Divina, entreabrindo a cueca, arrumou esse recanto misterioso de seu homem. Envoltos em fitas, os pelos e o pau, postas flores nas casas da braguilha. (Gostoso à noite sai assim com ela.) Resultado: para Divina, Gostoso não passa da delegação magnífica sobre a terra, a expressão sensível, enfim o símbolo de um ser (talvez Deus), de uma ideia que ficou num céu. Eles não comungam. Divina é comparável a Maria Antonieta que, presa, segundo minha história da França, teve, mal ou bem, de aprender a gíria florescente no século XVIII para se exprimir. Pobre cara Rainha!

Divina, esganiçada, diz: "Me arrastaram para o julgamento", essas palavras fazem surgir uma velha condessa Solange, num vestido com cauda de renda, antigo, que soldados puxam, pelos punhos atados, de joelhos sobre as lajes de um palácio de justiça.

— Desfaleço de amor — diz ela.

Sua vida parava, mas em torno dela a vida continuava a correr, parecia-lhe que ela voltava no tempo, e louca de temor com a ideia de — essa rapidez — chegar ao começo, à Causa, desencadeava enfim um gesto que bem rápido fazia com que seu coração batesse de novo.

Ainda a bondade dessa louca. Ela faz uma pergunta a um jovem assassino que conheceremos mais tarde (Nossa Senhora das Flores). Essa pergunta a propósito de nada dá uma tal pena ao assassino, que Divina vê seu rosto se descompor a olhos vistos. Então, rápido, correndo atrás da pena que ela causou, para pegá-la e interrompê-la, tropeçando nas sílabas, atrapalhando-se com a saliva que a emoção faz parecer lágrimas, ela grita:

— Não, não, sou eu.

A amiga do casal é a mais louca que conheço por ali. A Mimosa II. Mimosa a Grande, a Única, agora é mantida por um velho. Ela tem sua grande residência em Saint-Cloud. Como gostava da Mimosa II, que era então um menino leiteiro, ela lhe deixou seu nome. A II não é bonita, mas que fazer? Divina a convidou para um chá e para jogar conversa fora. Ela chegou à mansarda pelas cinco horas. Elas se beijaram no rosto, tomando cuidado para que seus corpos não se tocassem. A Gostoso, ela deu um masculino aperto de mão, e ei-la sentada no sofá em que Divina se deita. Gostoso preparava o chá: ele tinha esses coquetismos.

— Que bom que você veio, Mimo, a gente te vê tão raramente.

— Eu te devo isso, minha querida. De resto, adoro este teu barraco. Ele parece uma casa de padre com o parque ao longe. Como deve ser agradável ter os mortos e as mortas como vizinhos!

De fato, a janela era muito bonita.

O cemitério podia estar sob a lua. À noite, de sua cama, Divina o via claro e profundo, sob a luz da lua. Essa luz era tal que se percebia muito bem, sob a vegetação dos túmulos e sob os mármores, a agitação espectral dos mortos. O cemitério, enquadrado pela janela, era assim como que um olho límpido entre duas pálpebras bem fendidas, ou melhor ainda: era como um olho de vidro azul — esses olhos de cegos louros — no côncavo da palma de um negro. Ele dançava, isto é, o vento sacudia o mato e os ciprestes. Ele dançava, isto é, era melódico e seu corpo se movia como uma medusa. As relações de Divina com o cemitério: ele tinha penetrado em sua alma um pouco à maneira como certas frases penetram num texto, isto é, uma letra aqui, outra letra ali. O cemitério nela estava presente nos cafés, no bulevar, na cadeia, sob as cobertas, nas xícaras. Ou ainda, se quiserem, o cemitério estava presente nela um pouco à maneira como em Gostoso estava presente esse cão fiel e amável, submisso, que dava às vezes ao olhar do cafetão a suavidade tola e triste do olhar dos cães.

Mimosa debruça-se na janela, no vão dos Defuntos, e procura um túmulo com o dedo estendido. Quando o encontrou, guinchou:

— Ah! Sua vadia, piranha, você enfim está morta! Olha você dura, e dura debaixo do mármore gelado. E eu ando sobre os teus tapetes, safada!

— Você é maluca — murmurou Gostoso, que quase a destratou em putês (linguagem secreta).

— Gostoso, talvez eu esteja maluca por você, terrível Gostoso, mas ali, no túmulo, tem a Charlotte! A Charlotte está ali!

Rimos, pois sabíamos que a Charlotte era seu avô no fundo do cemitério, numa concessão perpétua.

— Como vai Louise? — (era o pai de Mimosa). — E Lucie? — (sua mãe), perguntou Divina.

— Ah! Divina, nem me fala, elas vão bem demais. Não vão morrer, as idiotas. São umas pilantras.

Gostoso adorava o que as bichas contavam. Adorava sobretudo, desde que fosse na intimidade, como elas o contavam entre elas. Preparando o chá, ele escutava, tendo nos lábios uma caravela a deslizar. O sorriso de Gostoso não era nunca estagnado. Parecia que sempre um pouco de inquietação o fazia piscar.

Mais que de hábito, ele hoje está inquieto, pois tem de deixar Divina esta noite: Mimosa, em vista desse acontecimento, parece-lhe terrível, cruel. Divina nada sabe do que se prepara. Ficará sabendo de repente de seu abandono e da perfídia de Mimosa. Pois a coisa foi tratada sem rodeios. Roger, homem de Mimosa, tinha ido para a guerra.

— Ela foi para a batalha, a Roger. Ela vai bancar a Amazona.

Mimosa um dia disse isso diante de Gostoso, que se ofereceu, por brincadeira, para substituir Roger. Ora, ela aceitou.

Nossa vida de casados e a lei de nossas Casas não se parecem com as das Casas de vocês. As pessoas amam-se sem amor. Não têm o caráter sacramental. As bichas são as grandes imorais. Num piscar de olhos, depois de seis anos de união, sem se acreditar ligado, sem pensar em agir mal nem em fazer mal, Gostoso decidiu abandonar Divina. Sem remorso, só um pouco de inquietação por talvez Divina não consentir mais em revê-lo.

Quanto a Mimosa, fazer mal a uma rival é suficiente para ela se sentir feliz.

As duas bichas chilreavam. Suas falas eram insossas comparadas aos seus olhares. Suas pálpebras não batiam, não se enrugavam suas têmporas; simplesmente o globo ocular corria da direita para a esquerda, da esquerda para a direita, rolava sobre si mesmo, e seus olhares eram movidos por um sistema de rolamento de esferas. Agora, escutemo-las cochichar, para que Gostoso se aproxime e, ao lado delas, paquidérmico, faça esforços de titã para compreender. Mimosa cochicha:

— Querida, é quando Elas ainda estão dentro da calça que Elas me agradam. A gente olha para Elas, e então Elas ficam duras. É uma doideira, uma doideira! Elas começam um plissado que não acaba mais, que desce até os pés. Quando você toca, você continua a seguir o plissado, se apoiar, até os dedos do pé. Amiga, a gente diria que é a Bela descendo. Então, eu te recomendo sobretudo os marinheiros.

Gostoso mal sorria. Ele sabe. A Bela Grande dos homens não o comove, mas ele não se espanta que comova Divina ou Mimosa.

Mimosa diz a Gostoso:

— Você está se fazendo de dona de casa. É para fugir de nós.

Ele respondeu:

— Estou fazendo o chá.

Como se ele tivesse compreendido que sua resposta não interessava suficientemente, disse ainda:

— Você não tem notícia daquele cara, o Roger?

— Pois é, não — disse Mimosa. — Sou a Só-Sozinha.

Ela queria dizer também: "Sou a Perseguidíssima". Tendo de exprimir um sentimento que ameaçava trazer a exuberância do gesto ou voz, as bichas se contentavam em dizer: "Sou a Só Só", num tom confidencial, quase de murmúrio, sublinhado por um pequeno movimento de mão com anéis que apazigua uma tempestade invisível. O íntimo que havia conhecido, no tempo da grande Mimosa, os gritos desvairados de liberdade alcançada, os gestos loucos de audácia provocada por sentimentos inchados de desejos, crispando as bocas, iluminando os olhos, mostrando os dentes, perguntava-se qual delicadeza misteriosa substituía as paixões descabeladas. Quando Divina começava sua litania, só parava quando esgotada. A primeira vez que a ouviu, Gostoso a tinha apenas olhado, embasbacado. Era no quarto, ele se divertiu, mas quando Divina recomeçou na rua, ele disse:

— Cala a boca, mulher. Você não vai me fazer de idiota diante dos colegas.

A voz era tão fria, determinada aos piores rigores, que Divina reconheceu a Voz de seu Dono. Ela se reteve. Mas você sabe que nada é tão perigoso como o recalque. Certa noite, no balcão de um bar de cafetões, na praça Clichy (onde, por prudência, Gostoso vinha habitualmente sem ela), Divina pagou a conta e, ao pegar o troco, esqueceu de deixar no balcão a gorjeta do garçom. Quando se deu conta, ela soltou um grito de lacerar espelhos e luzes, um grito que despiu os cafetões:

— Meu Deus, sou a Louquíssima.

Pela direita e pela esquerda, com a rapidez sem mercê das desgraças, duas bofetadas emudeceram-na, fizeram-na encolher como uma galga, a cabeça não chegando mais nem à altura do balcão. Gostoso estava enfurecido. Estava verde sob o neon. Disse: "Vai embora". Ele, porém, continuou a bebericar até a última gota o conhaque servido.

Esses gritos (Gostoso dirá: "Ela perde seus gritos", como pensava: "Você está com caganeira" ou "Você está dando o cu") eram um dos tiques que Divina havia roubado de Mimosa I. Quando, com algumas outras, elas estavam reunidas na rua ou num café de viados, de suas conversas (de suas bocas e mãos) escapavam emaranhados de flores no meio dos quais elas se mantinham do modo mais simples do mundo, discutindo temas fáceis e de ordem doméstica:

— Tenho certeza, certeza, certeza, a Desavergonhadíssima.

— Ah! Senhoras, estou parecendo uma puta.

— Você sabe — (o *cê* demorava tanto que só se percebia ele), *cê sabe* —, sou a Consumida-pela-Aflição.

— Aqui, aqui, olhem a Toda-Frufrutosa.

Uma delas, interrogada no bulevar por um policial:

— Quem é você?

— Sou uma Emocionante.

Depois, pouco a pouco, elas se entenderam, dizendo: "Sou a Só Só", e por fim: "Sou a SS".

O mesmo se dava com os gestos. Divina tinha um muito grande, quando, tirando o lenço do bolso, descrevia uma imensa curva antes de pô-lo nos lábios. Quem quisesse identificar o gesto de Divina se enganaria infalivelmente, pois nela dois gestos estavam contidos em um. Havia o gesto elaborado, desviado de seu objetivo inicial, e aquele que lhe dava continuidade e o completava enxertando-se exatamente no local onde o primeiro cessava. Assim, tirando a mão do bolso, Divina quisera alongar o braço e sacudir o lenço de renda aberto na extremidade. Sacudi-lo para um adeus a nada, ou fazer com que caísse um pó que ele não continha, um perfume, não: era um pretexto. Era preciso esse gesto imenso para contar esse drama sufocante: "Estou sozinha. Me salve quem puder". Mas Gostoso, se não o pudera destruir por completo, reduzira o gesto que, sem no entanto se banalizar, se fizera híbrido e, assim, se tornara estranho. Ele, transtornando-o, o havia tornado transtornante. Falando de suas opressões, Mimosa havia dito:

— Nossos machos fizeram de nós o jardim das estropiadas.

Quando Mimosa saiu da mansarda, Gostoso procurou uma razão para querelar com Divina e deixá-la. Não achou nada. Isso o enfureceu contra ela, ele a chamou de vagabunda, e foi embora.

Eis Divina sozinha no mundo. Quem lhe dar como amante? Esse cigano que busco, aquele cujo porte, graças aos saltos altos de seus calçados marselheses, parece uma guitarra? Em torno de suas pernas, sobe, enrolando-se, para a apertar friamente nas nádegas, a calça de um marinheiro.

Divina está sozinha. Comigo. O mundo inteiro que monta guarda em torno da Santé nada sabe, nada deseja saber da perturbação de uma pequena cela perdida no meio de outras, tão semelhantes que, com frequência, eu, que a conheço bem, me engano. O tempo não me dá descanso: sinto que ele passa. Que vou fazer de Divina? Se ele voltar, não vai demorar muito para que Gostoso vá embora de novo. Ele saboreou o divórcio. Mas faltam a Divina solavancos que a apertem, a desloquem, a rejuntem, a quebrem, para só me deixar dela, por fim, um pouco da essência que quero encontrar. É por isso que o sr. Roquelaure (rua de Douai, 127, empregado na companhia de transportes de Paris), pelas sete da manhã, indo buscar o leite e o *Petit Parisien* para ele e para a sra. Roquelaure, que penteava os cabelos na cozinha, encontrou, no corredor estreito de sua casa, no chão, um leque que havia sido pisoteado. O pegador em galalite era incrustrado com falsas esmeraldas. Ele deu nos restos um chute moleque, empurrou-os assim até a calçada, depois até a sarjeta. Era o leque de Divina. Nessa mesma noite, Divina tinha encontrado Gostoso inteiramente por acaso, e o havia acompanhado sem reprovar sua fuga. Ele a escutava, assobiando, talvez um pouco contrito. Mimosa os surpreendeu. Divina inclinou-se até o chão para uma grande saudação, mas Mimosa, com uma voz que Divina ouvia masculina pela primeira vez gritou:

— Vai embora, puta safada, puta arrombada.

Era o menino leiteiro... Não é novo o fato de a segunda natureza, não resistindo, deixar brotar a primeira com a explosão de um ódio furioso. Não falaríamos disso, se não se tratasse de mostrar a duplicidade do sexo das bichas. Reveremos isso a propósito de Divina.

Era, portanto, sério. Gostoso, aqui ainda esplendidamente covarde (sustento que a covardia é uma qualidade ativa, que, assim que ela assume essa intensidade, difunde como que uma aurora branca, um fantasma, em torno dos belos adolescentes covardes que se movem ao redor dela no fundo de um mar), não se dignou a tomar partido. Tinha as mãos no bolso:

— Matem-se — disse ele, debochando.

O deboche, que ainda tenho nos ouvidos, um garoto de dezesseis anos o exprimiu uma noite diante de mim. Por ele se pode compreender o que é o satanismo. Divina e Mimosa brigaram. Encostando-se na parede de uma casa, Divina dava pequenos chutes e batia no vazio com os punhos, de alto a baixo. Mimosa, a mais forte, batia duro. Divina conseguiu soltar-se e correr, mas, no momento de alcançar a porta entreaberta de uma casa, já Mimosa a pegava. A luta continuou no corredor a meia voz, a meios golpes. Os moradores dormiam, a zeladora nada ouvia. Divina pensava: "A zeladora nada pode perceber, já que se chama sra. Müller". A rua estava deserta. Gostoso, de pé na calçada, as mãos sempre nos bolsos, olhava atentamente os dejetos da lixeira ali posta. Por fim, decidiu-se, e foi embora:

— Elas são muito estúpidas, as duas.

No caminho, pensou: "Se Divina estiver com um olho roxo, cuspo na cara dela. É dureza aguentar essas bichas". Mas ele voltou à casa de Divina.

Assim Divina reencontrou seu cafetão e sua amiga Mimosa. E retomou a vida na mansarda, que devia durar ainda cinco anos. A mansarda sobre os mortos. Montmartre à noite. O Cabaré--Que-Vergonha. Estamos perto dos trinta anos... Mas a cabeça ainda debaixo das cobertas e meus dedos nos olhos, meu pensamento perdido, só resta a parte baixa de meu corpo separada, por meus dedos enfiados nos olhos, de minha cabeça apodrecida.

Um vigia que passa, o capelão que entra e não fala de Deus, não os vejo do mesmo modo como sei que estou na Santé. Pobre Santé que se esforça para me conservar.

Gostoso adora Divina cada vez mais profundamente, isto é, cada vez mais sem sabê-lo. Palavra a palavra, ele se prende. Mas cada vez mais a negligencia. Ela fica sozinha na mansarda, oferece a Deus seu amor e sua pena. Pois Deus — os jesuítas disseram-no — escolhe mil maneiras de entrar nas almas: o pó de ouro, um cisne, um touro, uma pomba, quem sabe o que mais? Para um michê que faz pegação nos mictórios públicos, talvez ele escolha um método que a teologia não catalogou, talvez tenha escolhido ser Tasso.* Pode-se também perguntar qual forma, não existindo as Igrejas, teria assumido a santidade (não digo a via de sua salvação) de Divina e de todos os santos. Saibamos já que Divina não vive com alegria de coração. Ela aceita, não podendo se subtrair, a vida que Deus lhe dá e que a leva a Ele.

---

* Jogo de palavras com "tasse", no sentido de mictório.

Ora, Deus não é de ricos enfeites. Diante de seu trono místico, inútil assumir poses plásticas, delicadas ao olho grego. Divina se carboniza. Eu poderia, tanto quanto ela mesma fez em relação a mim, confiar que esse desprezo, que suporto sorrindo ou rindo às gargalhadas, não é ainda — e o será um dia? — por desprezo do desprezo, mas para não ser ridículo, para não ser aviltado, por nada nem ninguém, que eu pus a mim mesmo mais baixo do que a terra. Eu não podia fazer de outro modo. Se anuncio que sou uma puta velha, ninguém pode ir além disso, desencorajo o insulto. Não podem sequer cuspir-me na cara. E Gostoso-de--Pé-Pequeno é parecido com vocês; só pode me desprezar. Passei noites inteiras nesse jogo: fazer nascer os soluços, levá-los até os olhos, e ali deixá-los, sem que arrebentem, de modo que pela manhã tenho as pálpebras doentes, de pedra, duras, doloridas como depois de uma queimadura de sol. Nos olhos, o suspiro poderia ter escorrido em lágrimas, mas ele fica ali, pesando sobre minhas pálpebras como um condenado na porta da cela. É nesse momento sobretudo que compreendo que tenho uma grande dor. Em seguida, é a vez de outro soluço nascer, depois de outro. Engulo tudo isso e cuspo de volta em piadas. Meu sorriso então, o que outros chamariam de minha arrogância na miséria, não é mais que a necessidade mais forte que tudo, de fazer um músculo agitar-se para liberar uma emoção. Enfim, conhecemos bastante o trágico de um certo sentimento obrigado a tomar de empréstimo sua expressão ao sentimento contrário, a fim de escapar aos esbirros. Ele se disfarça com os ouropéis de seu rival.

Um grande amor terrestre certamente destruiria essa infelicidade, mas Gostoso ainda não é o Eleito. Mais tarde, virá um Soldado, a fim de que Divina tenha algum descanso ao longo desse revés que sua vida é. Gostoso não passa de uma fraude ("adorável fraude", como o chama Divina), é preciso que ele continue assim, a fim de preservar meu relato. Ele só me pode agradar a esse preço. Digo dele como de todos os meus amantes, contra os quais me choco e me pulverizo: "Que esteja petrificado de indiferença, que esteja petrificado de indiferença cega".

Divina retomará essa frase para aplicá-la a Nossa Senhora das Flores.

Esse movimento faz Divina rir de padecimento. Gabriel contará que um oficial que o amava, não podendo fazer melhor, o punia.

Nossa Senhora das Flores faz aqui sua entrada solene pela porta do crime, porta escondida, que dá para uma escada negra, mas suntuosa. Nossa Senhora sobe a escada, como a subiram muitos assassinos, não importa quais. Ele tem dezesseis anos quando chega ao andar. Bate na porta, depois espera. Seu coração bate, pois está decidido. Sabe que seu destino se cumpriu e, se sabe (Nossa Senhora o sabe ou parece sabê-lo melhor que ninguém) que seu destino se cumpriu a cada instante, tem o puro sentimento místico que esse assassinato vai fazer dele, pela própria virtude do batismo do sangue: Nossa Senhora das Flores. Está emocionado diante ou atrás dessa porta, como um noivo com luvas brancas... Por trás da madeira, uma voz pergunta:

— Quem é?

— Sou eu — murmura o adolescente.

Com confiança, a porta se abre e se fecha atrás dele.

Matar é fácil, estando o coração situado à esquerda, exatamente diante da mão armada do matador, e o pescoço se ajustando tão bem entre as duas mãos juntas. O cadáver do velho, de um desses mil velhos cujo destino é morrer assim, jaz no tapete azul. Nossa Senhora o matou. Assassino. Ele não diz para si a palavra, mas escuto com ele, em sua cabeça, soar um carrilhão que deve ser feito de todos os sininhos do lírio-do-vale, dos sininhos das flores da primavera, dos sininhos de porcelana, de vidro, de água, de ar. Sua cabeça é uma mata que canta. Ele próprio uma boda enfeitada que vai descendo, violino na cabeça e botão de laranjeira sobre o negro dos paletós, por um caminho de abril afundado nos campos. Ele acredita saltar, o adolescente, de vale florido em vale florido, até o colchão em que o velho enfiava seu dinheiro. Ele o vira, revira, estripa, esvazia de sua lã, mas nada encontra, pois nada é tão difícil de descobrir como o dinheiro depois de um assassinato cometido com esse propósito.

— Onde o escroto enfiou a grana — diz ele bem alto.

Essas palavras não são articuladas, mas, sendo somente sentidas, saem misturadas como uma massa da garganta que as cospe. É um estertor.

Ele vai de móvel em móvel. Irrita-se. Suas unhas ficam nas ranhuras. Ele arranca tecidos. Quer recuperar o sangue-frio, interrompe-se a fim de respirar, e (no silêncio), no meio dos objetos que perderam toda a significação, agora que seu usuário habitual não está mais vivo, ele se sente de súbito num mundo monstruoso, feito da alma dos móveis, das coisas: o pânico toma conta dele. Ele se enche como uma bexiga, torna-se enorme, capaz de devorar o mundo e ele mesmo junto, depois se esvazia. Quer ir embora. Tão lentamente quanto puder. Não pensa mais no corpo do assassinado nem no dinheiro perdido, nem no tempo perdido, nem no ato perdido. A polícia deve estar à espreita por ali. Ir embora rapidamente. Com o cotovelo, bate num vaso posto sobre uma cômoda. O vaso cai e vinte mil francos expõem-se graciosamente a seus pés.

Ele abriu a porta sem ansiedade, saiu, inclinou-se, e olhou, no fundo desse poço silencioso disposto entre os apartamentos, a bola de cristal facetada, que cintila. Depois, desceu, no tapete noturno, e no ar noturno, através desse silêncio que é o dos espaços eternos, de degrau em degrau, até a Eternidade.

A rua. A vida não é mais imunda. Lépido, corre a um hotelzinho que vem a ser um hotel de encontros e pega um quarto. Ali, para aliviá-lo, a verdadeira noite, a noite dos astros chega pouco a pouco, um pouco de horror dá aversão: é essa repugnância da primeira hora, do assassino por seu assassinado, de que me falaram muitos homens. Ele o persegue, não é? O morto é vigoroso. Sua morte está em você; misturada em seu sangue, ele corre em suas veias, ressuma por seus poros, e seu coração vive dele, como cadáveres germinam as flores do cemitério... Ele sai de você pelos olhos, pelos ouvidos, pela boca.

Nossa Senhora das Flores queria vomitar seu cadáver. A noite, que chegou, não traz o pavor. O quarto recende a puta. Fede e cheira bem.

— Para escapar ao horror, disseram-nos, entregue-se a ele por inteiro.

Por conta própria, a mão do assassino busca seu pau, que fica duro. Ele o acaricia por sobre o lençol, suavemente de início, com essa leveza de pássaro que adeja, depois o agarra, aperta-o forte; por fim, ejacula na boca desdentada do velho estrangulado. Ele adormece.

Amar um assassino. Amar cometer um crime em conivência com o jovem mestiço sobre a capa do livro rasgado. Quero cantar o assassinato, já que gosto dos assassinos. Sem disfarce, cantá-lo. Sem pretender, por exemplo, que queira obter a redenção por meio dele, ainda que o queira muito, eu gostaria de matar. Como eu disse acima, mais do que um velho, matar um belo rapaz louro, a fim de que, unidos já pelo vínculo verbal que une o assassino ao assassinado (um existindo graças ao outro), eu seja, nos dias e noites de melancolia desesperada, visitado por um gracioso fantasma de que eu seria o castelo assombrado. Mas que eu seja poupado do horror de parir um morto de sessenta anos, ou que fosse uma mulher, jovem ou velha. Já estou cheio de satisfazer dissimuladamente meus desejos de assassinato admirando a pompa imperial dos poentes. Meus olhos já se banharam neles por demais. Passemos a minhas mãos. Mas matar, te matar, Jean. Não se trataria de saber como eu me comportaria, te olhando ser morto por mim?

Mais que num outro, penso em Pilorge. Seu rosto recortado em *Détective* entenebrece a parede com sua irradiação gelada, que é feita de seu morto mexicano, de sua vontade de morte, de sua juventude morta, e de sua morte. Ele borra a parede com um brilho que só pode ser expresso pelo confronto desses dois termos que se anulam: luz e treva. A noite sai de seus olhos e se estende sobre seu rosto, que se torna semelhante aos pinheiros nas noites de tempestade, seu rosto parecido com os jardins onde eu passava a noite: árvores leves, a brecha de um muro, e grades, grades surpreendentes, grades enfeitadas. E árvores leves. O Pilorge! Teu rosto, como um jardim noturno sozinho nos Mundos onde os sóis giram! E sobre ele, essa impalpável tristeza, como no jardim as árvores leves. Teu rosto é sombrio, como se sob o sol a brilhar uma sombra se tivesse feito sobre tua alma. Você deve ter sentido por isso um calafrio, teu corpo estremece com um tremor mais sutil que a queda, em torno dele, de um véu desse tule que é chamado de "tule ilusão", pois teu rosto está velado por milhares de rugas microscópicas, finas, leves, mais pintadas que gravadas, em pequenas cruzes.

Já o assassino impõe meu respeito. Não somente porque teve uma experiência rara, mas porque se erige em deus, de súbito, sobre um altar, seja ele de tábuas que balançam ou de ar azulado. Falo, é claro, do assassino consciente, até mesmo cínico, que ousa tomar para si o ato de matar sem querer atribuí-lo a alguma potência, de nenhuma ordem, pois o soldado que mata não envolve sua responsabilidade, nem o louco, nem o ciumento, nem aquele que sabe que terá o perdão; mas aquele tido como reprovado, que, diante de si mesmo, hesita ainda em se olhar no fundo de um poço onde, pés juntos, num salto de risível audácia, ele, curioso prospector, se lançou. Um homem perdido.

Pilorge, meu garoto, meu amigo, meu licor, tua bonita cabeça hipócrita saltou. Vinte anos. Você tinha vinte ou vinte e dois anos. E eu tenho!... Invejo tua glória. Assim como o mexicano, você teria se ocupado de mim, como se diz na cadeia. Durante teus meses de cela, você teria ternamente cuspido pesados escarros raspados de tua garganta, de teu nariz, em minha memória. Eu iria calmamente para a guilhotina, já que outros foram, sobretudo Pilorge, Weidmann, Anjo Sol, Soclay. De resto não estou certo de que ela me seja poupada, pois sonhei comigo em muitas vidas agradáveis; meu espírito, preocupado em me agradar, confeccionou-me sob medida aventuras gloriosas ou encantadoras. O mais entristecedor é que, penso nisso de vez em quando, as mais numerosas dessas criações são absolutamente esquecidas, embora formem todo meu concerto espiritual passado. Não sei mesmo mais quais foram, e, se me acontece de sonhar agora com uma dessas vidas, julgo-a nova, embarco em meu tema, vogo, sem me lembrar que há dez anos embarquei nele e ele afundou, esgotado, no mar do esquecimento. Quais monstros continuam sua vida em minhas profundezas? Suas exalações, seus excrementos, sua decomposição talvez façam despontar em minha superfície algum horror ou beleza que percebo suscitados por eles. Reconheço sua influência, o encanto de seus dramas folhetinescos. Meu espírito continua a produzir belas quimeras, mas até hoje nenhuma delas tomou corpo. Nunca. Nem uma vez. Agora, basta que eu empreenda um devaneio, minha garganta seca, o desespero queima meus olhos, a vergonha faz-me baixar a cabeça, meu devaneio se esfacela. Sei que uma possível felicidade me escapa ainda e me escapa porque a sonhei.

O abatimento que vem a seguir faz-me bem semelhante ao náufrago que, ao avistar uma vela, se julga salvo quando, de repente, se lembra de que a lente de sua luneta tem um defeito, uma mancha: a vela que ele via.

Mas como o que nunca sonhei permanece acessível, e como nunca sonhei infelicidades, o que me resta para viver são só infelicidades. E infelicidades para morrer, pois sonhei para mim mortes esplêndidas na guerra, como herói, coberto de honras em outros lugares, nunca no cadafalso. Resta-me, então, algo.

E o que me será necessário para o ganhar? Quase nada ainda.

Nossa Senhora das Flores nada tinha em comum com esses assassinos de que falei. Ele era — pode-se dizer — o assassino inocente. Volto a Pilorge, cujo rosto e cuja morte me perseguem. Aos vinte anos, para lhe roubar uma miséria, ele matou Escudero, seu amante. Diante do tribunal, zombou dele; despertado pelo carrasco, debochou dele; acordado pelo espírito pegajoso de sangue quente e perfumado do mexicano, teria rido na cara dele; despertado pela sombra de sua mãe, ele a teria ternamente desprezado. Assim, Nossa Senhora nasceu de meu amor por Pilorge, tendo no coração e nos dentes brancos azulados o sorriso que o medo, exorbitando suas pupilas, não lhe arrancará.

Um dia, Gostoso, sem ter o que fazer, encontrou na rua uma mulher de uns quarenta anos, que caiu subitamente louca de amor por ele. Detesto bastante as mulheres apaixonadas por meus amantes, para admitir que essa passa pó de arroz branco em seu gordo rosto vermelho. E essa leve nuvem permite que ela pareça um abajur de família com cúpula de musselina rosa. De um abajur, ela tem esse encanto alisado, familiar e elegante.

Quando passou, Gostoso fumava, e então encontrou a alma da mulher, aberta em sua dureza por uma fenda de abandono que prende o anzol lançado pelos objetos hipocritamente santos. Basta que você deixe mal fechada uma abertura, que um pedaço de sua delicadeza flutue, e você está feito. Em lugar de segurar o cigarro entre a primeira falange do indicador e do anular, Gostoso o pinçava com o polegar e o indicador, cobrindo-o com os outros dedos da mão, como os homens e mesmo os garotos, sob uma árvore ou diante da noite, têm o hábito de segurar o pinto para mijar. Essa mulher (falando dela com Divina, ele dizia "a piranha", e Divina, "essa mulher") ignorava a virtude dessa atitude e, a partir de certos detalhes, até a própria atitude; mas o encanto sobre ela só fez agir com mais prontidão. Ela soube, e sem muito saber por que, que Gostoso era um bandido, pois para ela um bandido é sobretudo um homem que fica de pau duro. Ela fica louca com isso. Mas chegava muito tarde. Suas formas roliças e sua feminilidade mole não agiam mais sobre Gostoso, habituado agora ao duro contato de um pau duro. Ao lado da mulher, ele ficava inerte. O abismo o aterrorizava. No entanto, ele fez algum esforço para ultrapassar seu desgosto e se ligar a essa mulher, a fim de conseguir algum dinheiro graças a ela. Mostrava-se galantemente expedito. Mas chegou o dia em que, não podendo mais, confessou que amava um — um pouco antes ele teria dito um rapaz, mas agora tem de dizer um homem, pois Divina é um homem — um homem portanto. A mulher ficou ultrajada e pronunciou a palavra bicha. Gostoso deu-lhe um tapa na cara e foi embora.

Ele, porém, não queria que lhe escapasse sua sobremesa, sendo Divina seu bife, e voltou a esperá-la um dia na estação Saint-Lazare, onde ela descia, vindo diariamente de Versailles.

A estação Saint-Lazare é a estação das estrelas do cinema.

Nossa Senhora das Flores, ainda e já vestido com seu leve, solto, jovem, estranhamente esbelto e, para tudo dizer, fantasmal terno de flanela cinza que ele vestia no dia do crime e vestirá no dia de sua morte, foi ali pegar uma passagem para Le Havre. No momento em que entrava na plataforma, deixou cair a carteira recheada com vinte notas. Sentia que a perdia e se voltou justo a tempo de vê-la recolhida por Gostoso. Calmo e fatal, Gostoso a examinou, pois, embora fosse um autêntico ladrão, não sabia ficar à vontade em atitudes originais e copiava gângsteres de Chicago e gângsteres marselheses. Essa simples observação permite-nos também prever a importância do sonho para o meliante, mas com ela quero sobretudo mostrar ainda que só me cercarei de pilantras com personalidades pouco marcadas, sem heroísmo que lhes confira alguma nobreza. Meus amados serão aqueles que vocês chamariam de pilantras da pior espécie.

Gostoso contou as cédulas. Pegou dez delas para ele, que as pôs no bolso, e estendeu o resto para Nossa Senhora, que ficou pasmo. Tornaram-se amigos.

Quero que vocês se sintam livres para imaginar o diálogo. Escolham o que os pode encantar. Aceitem, por favor, que eles ouçam a voz do sangue, ou que se amem à primeira vista, ou que Gostoso, por sinais irrefutáveis e invisíveis ao olho das pessoas comuns, revele o ladrão... Concebam as mais loucas inverossimilhanças. Façam com que o ser secreto deles se enleve quando se relacionam em gíria. Misturem-nos de repente por um súbito abraço ou por um beijo fraterno. Façam o que lhes agradar.

Gostoso ficou feliz por encontrar esse dinheiro; no entanto, por uma falta extrema de conveniência, só pôde dizer, sem entreabrir os dentes: "O colega não é idiota". Nossa Senhora se irritou. Mas que fazer? Ele estava por demais habituado com Pigalle-Blanche para saber que não se deve bancar o valentão demais diante de um verdadeiro proxeneta. Gostoso trazia, bem visíveis, as marcas exteriores do proxeneta. "Tenho de ir devagar", percebeu Nossa Senhora. Assim, perdeu a carteira, que Gostoso viu. Eis a continuação: Gostoso levou Nossa Senhora das Flores a um alfaiate, um sapateiro, um chapeleiro. Pediu para ambos essas bagatelas que fazem o homem forte e dotado de grande encanto: cinto de camurça, chapéu de feltro, gravata escocesa etc., depois foram para um hotel da avenida Wagram! Wagram, batalha ganha por boxeadores!

Viveram à toa. Subindo e descendo a avenida dos Champs-Élysées, deixavam a intimidade fundi-los. Comentavam as pernas das mulheres; como não tinham agudeza de espírito, suas observações eram sem finura. Como sua emoção não era rasgada por nenhuma tirada, deslizavam bem naturalmente num fundo estagnado de poesia. Eram crianças meliantes às quais o destino dá ouro, e também me é tão prazeroso oferecer-lhes isso quanto ouvir um pilantra americano que — maravilha — pronuncia a palavra dólar e fala inglês. Cansados, voltavam para o hotel e ficavam muito tempo sentados nas grandes poltronas de couro do hall. Ainda ali, a intimidade elaborava sua alquimia. Uma escada de mármore solene levava a corredores cobertos com tapetes vermelhos. Sobre eles, avançava-se em silêncio. Numa missa solene, na Madeleine, vendo os padres andarem sobre tapetes, enquanto o órgão se calou, Gostoso já sentia que o inquietava esse mistério do surdo e do cego, o andar sobre os tapetes que ele reconhece no hotel de luxo, e é avançando lentamente sobre o piso atapetado que ele pensa com sua linguagem de marginal: "Tem talvez alguma coisa". Pois dizem missas não cantadas no fundo dos corredores dos grandes hotéis, onde o acaju e o mármore acendem e sopram as velas. Um ofício dos mortos e um casamento misturados, de um extremo ao outro do ano aí se produzem em segredo. Aí as pessoas se deslocam como sombras. Quer dizer que minha alma de ladrão extático não poupa nenhuma ocasião de entrar em transe? Sentir que roubam na ponta dos pés, quando a sola dos humanos pousa inteira! Aqui mesmo, e em Fresnes, esses longos corredores perfumados que mordem mutuamente suas caudas, apesar da rigidez exata e matemática da parede, essa alma do rato de hotel que quero ser.

Os clientes chiques passavam diante deles. Eles se livravam de casacos de peles, luvas, chapéus, bebiam porto, fumavam Craven e Havana. Um empregado do hotel surgia pressuroso. Sabia-se personagem de filme. Entremeando seus gestos nesse sonho, Gostoso e Nossa Senhora das Flores tramavam surdamente uma amizade fraterna. Como me é duro não os acasalar melhor, não fazer com que Gostoso, com um movimento da cintura, rochedo de inconsciência e de inocência, vá mais fundo, desesperado de felicidade, seu pau pesado e liso, tão polido e quente quanto uma coluna ao sol, na boca aberta em O do assassino adolescente pulverizado pela gratidão!

Isso também poderia acontecer, mas não acontecerá. Gostoso e Nossa Senhora, o destino de vocês, se rigorosamente eu o traçasse, não deixará de ser — de um modo muito pálido — atormentado pelo que ainda poderia acontecer e pelo que não acontecerá graças a mim.

Um dia, de modo bem natural, Nossa Senhora confessou o assassinato. Gostoso confessou Divina. Nossa Senhora, que o chamavam de Nossa Senhora das Flores. Foi preciso a ambos uma rara flexibilidade para saírem sem dificuldades das ciladas postas em sua mútua estima. Nessa ocasião, Gostoso, com sua delicadeza, foi encantador.

Nossa Senhora das Flores estava deitado num sofá. Gostoso, sentado a seus pés, olhava-o confessar-se. Em relação ao assassinato, estava feito. Gostoso foi o teatro de um drama surdo sem estardalhaço. Nele se afrontavam o temor da cumplicidade, a amizade pelo garoto, e o gosto, o desejo de delação. Faltava fazer a confissão relativa ao apelido. Por fim, isso veio pouco a pouco. Enquanto o nome misterioso saía, era tão angustiante olhar a grande beleza do assassino contorcer-se, os anéis imóveis e imundos das serpentes de mármore de seu rosto adormecido se inquietarem e se mexerem, que Gostoso percebeu a gravidade de uma confissão como essa, a tal ponto, tão profundamente, que se perguntou se Nossa Senhora não ia vomitar caralhos. Pegou em suas duas mãos uma mão do garoto que pendia.

— ...Você compreende, são uns tipos que me chamaram...

Gostoso segurava a mão. Com os olhos, puxava para si a confissão:

— Está vindo, está vindo.

Por todo o tempo da operação, seus olhos não deixaram os olhos do amigo. De um extremo ao outro, ele sorri com um sorriso imóvel fixado na boca, pois sentia que, de sua parte, a menor emoção, o menor sinal, respiração, destruiriam... Ele teria quebrado Nossa Senhora das Flores.

Quando a palavra surgiu no quarto, ocorreu que o assassino, constrangido, se abriu, deixando irromper como que uma Glória, de seus lamentáveis pedaços, um oratório onde estava deitada nas rosas uma mulher de luz e de carne.

O oratório ondulava sobre uma repugnante lama em que afundou: o assassino. Gostoso o atraiu para si e, para melhor estreitá-lo, teve com ele uma breve luta. A mim me agradaria imaginar ambos em muitas outras posturas, se, assim que fechasse os olhos, meu sonho obedecesse ainda à minha vontade; mas de dia é incomodado pela inquietação de meu processo, e à noite as preliminares do sono desnudam os arredores de mim, destroem os objetos e as pequenas histórias, deixando-me à beira do sono tão sozinho quanto pude estar uma noite no meio de um pântano tempestuoso e vazio. Gostoso, Divina, Nossa Senhora escapam-me a todo galope levando com eles o consolo de sua existência apenas em mim, pois não se contentam em partir, eles se abolem, se diluem na assustadora inconsistência de meus sonhos, ou melhor, de meu sono, e se tornam meu sono; eles se fundem na matéria mesma de meu sono e o compõem. Peço socorro em silêncio, faço sinais com os dois braços de minha alma, mais moles que algas, não, com certeza, a algum amigo solidamente mantido no chão, mas a uma espécie de cristalização da ternura cuja aparente dureza me faz crer em sua eternidade.

Chamo: "Me segurem! Me amarrem!". Fujo para um sonho atroz que vai atravessar a noite das celas, a noite dos espíritos dos danados, dos abismos, as bocas dos guardas, os peitos dos juízes, e acabar por me deixar ser engolido muito, muito lentamente, por um crocodilo gigante formado por lufadas do ar empesteado da prisão.

É o medo do julgamento.

Pesam sobre meus pobres ombros o peso atroz da justiça de toga e o peso de meu destino.

Quantos policiais e detetives já extenuados, é o que se pode dizer, se encarniçaram, durante dias e noites, em resolver um enigma que eu havia proposto? E eu acreditava que o assunto estivesse arquivado, quando eles continuavam a procurar, ocupando-se de mim sem que eu nada soubesse, trabalhando a matéria Genet, o traço fosforescente dos gestos Genet, tratando de mim nas trevas.

Foi bom que eu tenha elevado a egoísta masturbação à dignidade de culto?! Se começo o gesto, uma transposição imunda e sobrenatural desloca a verdade. Tudo em mim se torna adorador. A visão exterior dos acessórios de meu desejo isola-me, muito longe do mundo.

Prazer do solitário, gesto de solidão que faz com que você seja suficiente para você mesmo, possuindo intimamente os outros, que servem a seu prazer sem disso suspeitarem, prazer que dá, mesmo quando você vigia, a seus menores gestos esse ar de indiferença suprema em relação a todos e também essa postura desajeitada tal que, se um dia você deita um rapaz em sua cama, você acha que bateu com a cabeça num piso de granito.

Tenho ainda muito tempo para fazer com que meus dedos voem! Dez anos! Minha boa, minha terna amiga, minha cela! Reduto de mim apenas, eu te amo tanto! Se me fosse preciso morar em toda a liberdade numa outra cidade, eu iria primeiro à prisão para reconhecer os meus, aqueles de minha raça, para também aí te encontrar.

Ontem, o juiz de instrução chamou-me. Da Santé até o palácio de justiça, as celas e o cheiro do veículo para transporte de presos me enjoaram; compareci, diante do juiz, branco como um lençol.

Desde a entrada em seu gabinete, fui tomado pela desolação que aí punha, apesar da floração empoeirada e secreta dos arquivos criminais, esse violino arrebentado que Divina também viu. E, graças a esse Cristo, fui aberto à piedade. Por ele e por esse sonho em que minha vítima veio perdoar-me. O juiz, de fato, deu um sorriso cheio de bondade. Reconheci o sorriso de minha vítima em meu sonho e me lembrei, ou compreendi de novo, que ela devia por sua vez ser juiz no tribunal, talvez confundido de propósito por mim com o juiz de instrução, e devia ser também juiz de instrução: sabendo-me perdoado por ela, tranquilo, seguro, não de uma certeza obtida pela lógica, mas por um desejo de paz, de retorno à vida dos homens (este último desejo que faz Gostoso servir à polícia para encontrar seu lugar entre os humanos, pela ordem servida, e ao mesmo tempo sair do humano pelo abjeto desejado), seguro de que tudo estava olvidado, hipnotizado pelo perdão, confiante, confessei.

O escrivão registrou a confissão, que assinei.

Meu advogado ficou estupefato, consternado. O que fiz? Quem me enganou? O Céu? O Céu, morada de Deus e de sua Corte.

Refiz o caminho ao longo dos subterrâneos do palácio de justiça para reencontrar minha pequena cela escura e gelada na Ratoeira. Ariadne no labirinto. O mundo mais vivo, os humanos com a carne mais tenra são de mármore. — Semeio à minha passagem a devastação. Olhos mortos, percorro cidades, populações petrificadas. Mas nada de saída. Impossível retomar a confissão, anulá-la, puxar o fio do tempo que a teceu e fazer com que se desenrole e se destrua. Fugir? Que ideia! O labirinto é mais tortuoso que os considerandos dos juízes. O guarda que me conduz? Um guarda de bronze maciço a que estou acorrentado pelo punho. Invento logo de o seduzir, de me ajoelhar diante dele, de início pôr minha cabeça sobre sua coxa, devotamente abrir sua calça azul... Que loucura! Estou perdido. Por que, como eu desejava, não roubei num farmacêutico um tubo de estricnina que eu teria conservado comigo e dissimulado quando fosse revistado? Um dia, por demais cansado da região das Quimeras — a única digna de ser habitada, "assim sendo o nada das coisas humanas que, fora o ser existente por si mesmo, nada há de belo além do que não há" (Pope) —, eu me teria, sem vã ornamentação em torno do ato, envenenado. Pois, meus bons amigos, estou maduro para o Degredo.

Em certos momentos, de repente se compreende plenamente o sentido até aqui desapercebido de certas expressões. Nós as vivemos e as murmuramos. Por exemplo: "Senti a terra fugir debaixo de mim". Trata-se de uma frase que li e disse mil vezes sem vivê-la. Mas me bastou, em meu despertar, demorar-me nela pelo espaço de dez segundos, no momento em que a lembrança de minha prisão me visitava (remanescente do pesadelo desta noite), para que o que no sonho criara a expressão me envolvesse, ou antes me causasse esse vazio interior, visceral, provocado também por precipícios em que se cai, à noite, com certeza. Na noite passada, caí assim. Nenhum braço estendido, misericordioso, queria segurar-me. Alguns rochedos poderiam talvez estender-me uma mão de pedra, mas apenas o suficientemente longe de mim para que eu não a pudesse segurar. Eu caía. E para retardar o choque final — pois sentir-me cair causava-me essa ebriez que é o desespero absoluto vizinho da felicidade durante a queda, mas era também uma ebriez temerosa do despertar, do retorno às coisas que são, para retardar o choque no fundo do abismo e o despertar na prisão com minha perturbação diante do suicídio ou dos trabalhos forçados — eu acumulava as catástrofes, provocava acidentes ao longo da verticalidade do precipício, convocava terríveis entraves a meu ponto de chegada. Foi no dia seguinte mesmo que a influência desse sonho mal dissipado me fez amontoar detalhes e detalhes, todos graves, com a esperança confusa de que recuassem o prazo. Eu afundava lentamente.

No entanto, de volta a minha 426, a delicadeza de minha obra subjuga-me. Os primeiros passos que dou, as duas mãos postas nos quadris, que sinto balançarem, fazem-me sentir atravessado por Gostoso que anda atrás. E eis-me de novo aqui nas delicadezas reconfortantes do hotel de luxo que será preciso deixar, pois vinte mil francos não são eternos.

Durante sua estada no hotel, Gostoso não subira à mansarda. Deixara Divina sem notícias, nossa querida morria de inquietação. Ele pensou então no retorno quando Nossa Senhora e ele ficaram sem dinheiro. Vestidos ambos como falsos monarcas, voltaram à mansarda, onde se arrumou para o assassino, com cobertas roubadas nos automóveis, uma cama no tapete. Ele dormiu ali, bem perto de Divina e de Gostoso. Vendo-os chegar, Divina julgou-se esquecida e substituída. Não. Veremos mais adiante o tipo de incesto que ligou os dois tipos.

Divina trabalhou para dois homens, um dos quais era o seu.

Até então, só amara homens mais fortes que ela e ligeiramente, só um pouquinho, mais velhos que ela, mais musculosos. Mas Nossa Senhora das Flores apareceu, e tinha um aspecto físico e moral de flor: ela se enrabichou. Algo de novo, como uma espécie de sentimento de poder, brotou (sentido vegetal, germinativo) em Divina. Ela se julgou virilizada. Uma esperança louca a fez forte, encorpada, vigorosa. Ela sentiu músculos crescerem nela e ela própria sair de uma rocha talhada em forma de escravo de Michelangelo. Sem mexer um músculo, mas ficando de pau duro, ela lutou consigo mesma como o Laocoonte agarrou o monstro e o torceu. Depois, mais audaciosamente, com seus braços e pernas de carne, ela quis boxear, mas logo recebeu muitas pancadas no bulevar, pois julgava e queria seus movimentos não segundo sua eficácia combativa, mas segundo uma estética que teria feito dela um meliante mais ou menos galantemente gentil. Seus movimentos, e mais particularmente um movimento de quadril, uma posição de guarda deviam a todo preço, ao preço da própria vitória, fazer dela, mais do que o boxeador Divina, certo boxeador admirado, e algumas vezes vários esplêndidos boxeadores juntos. Ela buscou gestos masculinos, que raramente são gestos de homem. Assobiou, pôs as mãos nos bolsos, e todo esse simulacro foi executado de modo tão inábil que ela parecia ser numa única noite quatro ou cinco personagens ao mesmo tempo. Ela aí ganhava a riqueza de uma múltipla personalidade. Corria da moça ao rapaz, e as passagens de uma ao outro — porque a atitude era nova — faziam-se aos tropeços. Ela corria atrás do rapaz num pé só. Começava sempre seus gestos de Grande Desmiolada, depois, lembrando-se de repente de que devia mostrar-se viril para seduzir o assassino, terminava-os de modo burlesco, e essa dupla fórmula a envolvia em fascínio, fazia dela um palhaço tímido em trajes comuns, uma espécie de louca amargurada. Por fim, para coroar sua metamorfose de fêmea em duro macho, imaginou uma amizade de homem com homem, que a ligaria a algum desses proxenetas sem defeito, de quem não se possa dizer que seus gestos são ambíguos. E, para mais segurança, ela inventou Marchetti. Não teve problema de escolher para ele um físico, pois tinha em sua imaginação secreta de moça isolada, para suas noites, uma reserva de coxas, braços, troncos, rostos, cabelos, dentes, nucas, joelhos, e sabia juntá-los para com eles formar um homem vivo a quem ela dava uma alma — sempre a mesma para cada uma de suas construções: a que ele teria gostado de ter. Inventado, Marchetti viveu algumas aventuras com ela, em segredo. Depois, certa noite, ela lhe disse que estava cansada de Nossa Senhora das Flores, e que consentia em cedê-lo a ele. O acordo foi selado com um aperto de mão masculino. Eis o sonho: Marchetti chega em casa, as mãos nos bolsos:

— Tudo bem, menino? — diz ele a Divina.

Ele senta; conversam, entre homens, sobre o movimento do trabalho. Nossa Senhora chega. Aperta a mão de Marchetti. Marchetti brinca um pouco com ele por conta de sua cara de moça. Eu (Divina fala consigo mesma em segredo) finjo não mais vê-lo. Só que estou certa de que agora é graças a mim que

Nossa Senhora vai dar uma rapidinha com Marchetti. (Ele tem um sobrenome bonito demais para que se procure seu prenome.) Ocupo-me três minutos com o quarto. Dou um jeito para lhes dar as costas. Viro-me: vejo que se dão beijinhos e Marchetti deixou a braguilha ser aberta. O amor começa.

Divina não se virilizara: ela tinha envelhecido. Agora, um adolescente a emocionava: com isso teve a sensação de estar velha, e essa certeza corria nela como cortinas formadas de asas de morcego. À noite mesmo, despida e sozinha na mansarda, ela viu com olhos novos seu corpo branco, sem um pelo, liso, seco, ossudo em certos pontos. Teve vergonha dele e se apressou em apagar a lâmpada, pois esse corpo era aquele de Jesus em marfim sobre uma cruz do século XVIII, e relações, uma semelhança mesmo, com a divindade ou sua imagem desagradavam-na.

Mas com essa desolação, uma alegria nova nascia nela.

A alegria que precede os suicídios. De sua vida cotidiana, Divina tinha medo. Sua carne e sua alma azedavam. Chegou para ela o período das lágrimas, como diríamos o período das chuvas. Desde que fez a noite, girando o botão da luz, por nada no mundo ela daria um passo fora da cama, onde se julga em segurança, assim como se julga em segurança em seu corpo. Sente-se bastante bem protegida pelo fato de estar em seu corpo. Fora reina o pavor. No entanto, certa noite, ela ousou abrir a porta da mansarda e avançar um passo no andar escuro. A escada estava cheia dos lamentos das sereias que chamavam para o fundo. Não eram precisamente queixas nem cantos, nem também muito precisamente sereias, mas era nitidamente um convite à loucura ou à morte, pela queda. Louca de terror, ela entrou na mansarda. Era o instante que precede a campainha dos despertadores. Se os medos lhe eram poupados, de dia ela conhecia outro suplício; ela enrubescia. Por um sim, por um não, ela se tornava a Escarlatíssima, a Púrpura, a Eminente. Que não se pense que ela tinha vergonha de sua atividade. Tinha sabido muito bem e muito jovem penetrar intensamente no desespero, para, em sua idade, não ter se livrado da vergonha. Divina, intitulando-se uma velha puta puteira, simplesmente se prevenia dos deboches e xingamentos. Mas enrubescia a propósito de pequenas coisas que pareciam anódinas, que julgamos insignificantes, até o momento em que, olhando isso melhor, ela reconhecia que o rubor viera no instante em que a humilhavam sem intenção de fazer isso. Um nada humilhava Divina. Dessas humilhações que, Culafroy ainda, a punham abaixo do chão, apenas pelo poder das palavras. As palavras retomavam com ela seu sortilégio de caixas, no fim das contas vazias de tudo o que não é o mistério. As palavras fechadas, seladas, herméticas, se se abrem, seus sentidos escapam por saltos que assaltam e levam a um profundo desconcerto. Filtro, que é uma palavra da feitiçaria, levou-me à velha solteirona que faz café, e aí mistura chicória, e filtra; pela borra de café (é um lance de prestidigitação), ela me leva à feitiçaria. Uma manhã, de repente, Divina acha o nome Mitridate. Ela se abriu um dia, mostrou a Culafroy sua virtude, e a criança, recuando de séculos em séculos, até os mil e quinhentos, enfiou-se na Roma dos Pontífices. Vamos dar uma olhada nessa época da vida de Divina. Como o único veneno que ele conseguiu era o acônito, toda noite, em longo roupão com pregas, ele abria a porta de seu quarto, que era no nível do jardim, pulava o gradil — gesto de apaixonado, de ladrões, de dançarina, de sonâmbulo, de bufão — e saltava no pomar, limitado por uma cerca de sabugueiros, de amoreiras, de acácias, mas onde souberam arrumar, entre os canteiros de legumes, cercaduras de resedá e malmequer. Culafroy, numa área de mais densa vegetação, colhia folhas de acônito Napel, media-as com um duplo decímetro, aumentava a dose a cada vez, enrolava e engolia. Mas o veneno tinha a dupla virtude de matar e de ressuscitar dentre os mortos aqueles que ele matara, e, rapidamente, ele agia. Pela boca, a Renascença tomava posse da criança como o Homem-Deus faz com a menininha que, pondo a língua para fora, mas piedosamente, engole a hóstia. Os Borgia, os Astrólogos, os Pornógrafos, os Príncipes, as Abadessas, os *Condottieri* recebiam-no nu em seus joelhos duros sob a seda, ele punha ternamente a face contra um pau ereto, de pedra sob a seda, de pedra inquebrável, como deve ser o peito dos negros do jazz sob o cetim nacarado de seus casacos.

Era numa alcova verde, para festas que se encerram com a morte em forma de punhais, de luvas perfumadas, de hóstia celerada. Ao luar, Culafroy tornava-se esse mundo de envenenadores, pederastas, ladrões, magos, guerreiros, cortesãs, e a natureza, em torno dele, o pomar, permanecendo o que eram, deixavam-no sozinho, possuidor de uma época e possuído por ela, em seu caminhar descalço, ao luar, em torno dos canteiros de repolho e alface, onde ficavam um ancinho e uma enxada abandonados, livres para levantar e arrastar brocados com gestos altivos. Nenhum episódio saído da História ou de um romance organizava a massa de sonho: só o murmúrio de algumas palavras mágicas espessava a treva de onde se liberava um pajem ou um cavaleiro, belo pauzudo, desfeito por uma noite nos lençóis de tecido fino... *"Datura fastuosa, Datura stramonium, Belladona..."*

Como o frescor da noite que caía em seu vestido branco dava-lhe arrepios, ele se aproximava da janela inteiramente aberta, insinuava-se sob a barra de apoio, fechava a janela e deitava numa cama imensa. Com o dia, ele se tornava de novo o escolar pálido, tímido, que o peso dos livros curvava. Mas não há noites enfeitiçadas sem que os dias não preservem algumas marcas que são para a alma o que a olheira é para os olhos. Ernestine vestia-o com uma calça muito curta de sarja azul, recoberta por um jaleco preto de estudante que se abotoava nas costas com botões de porcelana branca; ela o calçava com tamancos de madeira empretecidos e meias de algodão preto que escondiam a barriga da perna ainda bem discreta. Ele não estava de luto por ninguém e era tocante vê-lo todo de preto. Pertencia à raça das crianças atormentadas, logo enrugadas, vulcânicas. As emoções devastam os rostos, arrancam a paz, incham os lábios, enrugam as testas, agitam as sobrancelhas com tremores e convulsões sutis. Os colegas chamavam-no de "Culatra" e essa palavra, pronunciada no meio às brincadeiras, o esbofeteava. Mas esse tipo de criança, como os vagabundos, têm em suas sacolas astúcias encantadoras ou terríveis para fazer com que se abram diante delas refúgios delicados e quentes onde se bebe vinho tinto que embriaga e onde se é amado em segredo. Pelo teto da escola da cidadezinha, como um ladrão apanhado, Culafroy se evadia, e entre os estudantes, que nem desconfiavam, durante os recreios clandestinos (a criança é o recriador do céu e da terra), ele encontrava João-das-Faixas-Negras. Terminada a aula, ele entrava na casa mais próxima da escola, e assim evitava participar dos mistérios vudu dos estudantes que às quatro horas se viam livres dos pais e dos professores. Seu quarto era um reduto com móveis de mogno, decorado com gravuras coloridas de paisagens de outono, que ele não olhava, já que aí ele só encontrava o rosto das três ninfas verdes. A infância abandona os mitos convencionais outorgados a uma infância convencional; ela zomba das fadas de iluminuras, dos monstros decorativos, e minhas fadas eram o açougueiro esbelto de bigode pontudo, a professora tísica, o farmacêutico; todo mundo era fada, isto é, isolado pelo halo de uma existência inabordável, inviolável, através do qual eu só percebia gestos cuja continuidade — portanto a lógica e o que ela tem de tranquilizador — me escapava, e cada um de seus fragmentos me fazia uma nova indagação, palavra a palavra: inquietava-me.

Culafroy entrava em seu quarto. Logo ei-lo em seu Vaticano, pontífice soberano. Põe sua sacola carregada de livros e cadernos numa cadeira de palha, puxa uma caixa sob a cama. Aí se amontoam velhos brinquedos, álbuns de imagens rasgados ou com beiradas dobradas, um urso de pelúcia, sem pelo, e dessa cama de sombras, dessa tumba de glórias ainda fumarentas e irradiantes, arranca um violino meio acinzentado que ele próprio confeccionou. Seu gesto hesitante o enrubesce. Experimenta essa humilhação, mais forte que a vergonha verde de uma cusparada nas costas, que ele recebera ao fabricá-lo — mas não ao concebê-lo — havia oito dias apenas, com a capa cartonada do álbum de imagens, com um pedaço de cabo de vassoura e quatro fios brancos: as cordas. Era um violino achatado e cinza, um violino com duas dimensões, com apenas a placa harmônica e o braço, onde corriam quatro fios brancos, geométricos, rigorosos na extravagância, um espectro de violino. O arco era uma vareta de aveleira cuja casca ele havia raspado. Quando uma primeira vez Culafroy pedira a sua mãe que ela lhe comprasse um violino, ela havia vacilado. Estava pondo sal na sopa. Aos olhos dela, não se havia apresentado com precisão nenhuma dessas imagens: um rio, chamas, auriflamas com escudos, um salto Luís XV, um pajem com roupa azul, a alma sinuosa, perversa do pajem, mas a perturbação que cada uma delas causava, um mergulho num lago de tinta negra, essa perturbação a manteve por um momento entre a vida e a morte, e, quando dois ou três segundos mais tarde, ela voltou a si, um estremecimento nervoso agitou-a fazendo tremer a mão que punha sal na sopa. Culafroy não sabia, por suas formas torturadas, que um violino inquietava sua sensível mãe e passeava em seus sonhos em companhia de gatos ágeis, nos cantos das paredes, sob varandas onde ladrões partilham o roubo da noite, onde outros apaches se enrolam em torno de um bico de gás, nas escadas que rangem como violinos que esfolamos vivos. Ernestine chorou de raiva por não poder matar o filho, pois Culafroy não era o que se pode matar, ou antes podemos ver que o que matamos nele lhe permitiu um outro nascimento: as varas, palmatórias, palmadas, tabefes perdem seu poder ou antes mudam de virtudes. A palavra violino não foi mais pronunciada. Para estudar música, isto é, para fazer os mesmos gestos que não sei mais qual bonito garoto de uma revista, Culafroy fabricou o instrumento, mas, diante de Ernestine, nunca mais quis dizer a palavra que começa por viol. A fabricação fez-se no maior segredo, à noite. De dia, ele o enfiava no fundo da caixa de brinquedos velhos. Toda noite, ele o tirava. Humilhado, aprendia sozinho a pôr os dedos da mão esquerda sobre os fios brancos, segundo os conselhos de um velho método encontrado na mansarda. Cada estudo silencioso o esgotava. O decepcionante rangido que o arco arrancava das cordas dava à sua alma arrepios. Seu coração se estirava e desfiava em silêncios crispados — espectros de sons. A afronta o perseguia durante a aula e ele estudava em estado de vergonha perpétua, sorrateiro e humilhado como ficamos no Ano-Novo. Furtivos, sussurrados, são nossos votos, como devem ser aqueles, entre eles, dos empregados altivos e dos leprosos. Já que se trata de gestos reservados aos patrões, experimentamos o sentimento frequente de nos servir de seus trajes para nos receber. Eles nos incomodam, como deve incomodá-lo o fraque sem forro de seda que o aprendiz de chefe dos garçons veste. Certa noite, Culafroy teve um gesto largo, desmesurado de trágico. Um gesto que ultrapassava o quarto, entrava na noite em que ele continuava até as estrelas, entre as Ursas e mais distante que elas, depois, semelhante à serpente que morde a cauda. Ele entrava no escuro do quarto, e na criança que aí se afogava. Puxou o arco da ponta até a base, lentamente, magnificamente essa última laceração acabou de serrar sua alma: o silêncio, a sombra e a esperança de separar esses diversos elementos, que caíram, cada um de seu lado, fizeram desmoronar assim um ensaio de construção. Ele deixou seus braços se abaterem, o violino e o arco, chorou como um garoto. As lágrimas corriam por seu pequeno rosto achatado. Sabia uma vez mais que nada havia a fazer. A rede mágica que ele havia tentado roer se apertou em torno dele, isolando-o. Esvaziado, aproximou-se do pequeno espelho da penteadeira e olhou seu rosto pelo qual sentia a ternura que se tem por um cachorrinho sem beleza, quando esse cachorro é seu. O escuro se estabelecia, vindo não se sabe de onde. Culafroy deixou-o ir em frente. O que lhe interessava era só o rosto no espelho e suas mudanças: o globo das pálpebras luminosas, a auréola de sombra, a mancha negra da boca, o indicador sempre iluminado que apoiava a cabeça abaixada. Sua cabeça abaixada, a fim de que ele se visse no espelho, obrigava-o a levantar os olhos e assim se observar da maneira sorrateira que assumem os atores no cinema: "Eu poderia ser um grande artista". Ele não formulou nitidamente essa ideia, mas o esplendor que se ligava a ela fez com que baixasse um pouco mais a cabeça. "O peso do destino", julgou ele. No jacarandá brilhante da penteadeira, viu uma cena fugitiva e semelhante em essência a muitas outras que o visitavam com frequência: um garoto estava agachado sob uma janela com grades, num quarto escuro onde ele mesmo passeava com as mãos nos bolsos.

Capitais surgiam no meio de sua infância arenosa. Capitais como cactos debaixo do céu. Cactos como sóis verdes, irradiantes com raios agudos, encharcados de curare. Sua infância, como um saara, bem minúsculo ou imenso — não se sabe — abrigado pela luz, o perfume e o fluxo de encanto pessoal de uma gigantesca magnólia florida que subia num céu profundo como uma gruta, acima do sol invisível e, no entanto, presente. Essa infância secava em sua areia queimada, com, em instantes rápidos como traços, magros como eles, magros como esse paraíso que vemos entre as pálpebras de um mongol, uma visão sumária da magnólia invisível e presente; esses instantes eram em tudo semelhantes àquele de que o poeta diz:

Vi no deserto
Teu céu aberto...

Ernestine e seu filho moram na única casa da cidadezinha que era, como a igreja, coberta de ardósia. Era uma grande construção de pedra de cantaria, retangular, dividida em duas partes por um corredor que se abria como uma brecha heroica entre as rochas. Ernestine tinha grandes rendimentos, deixados por seu marido, que se suicidara jogando-se nos fossos verdes do castelo que havia na localidade. Ela poderia ter vivido no luxo, ser servida por vários empregados, deslocar-se entre imensos espelhos que se erguiam do tapete ao teto dourado. Ela recusava para si o luxo e a beleza que matam o sonho. O amor também. No passado, o amor a havia posto na terra e aí a havia mantido com um punho de lutador habituado a derrubar os fortes. Aos vinte anos, dera nascimento a uma lenda: quando mais tarde acontecer de os camponeses falarem dela, eles não poderão mais não evocar o ser de rosto todo envolto em faixas, como um rosto de aviador ferido, o mesmo rosto de Weidmann, menos a boca e os olhos, com faixas de gaze, a fim de manter as camadas espessas com um creme de beleza especial que protegia sua pele do ardor do sol e do feno, quando ela vinha no verão remexer o feno para o secar na casa de seu pai. Mas, como um ácido, o amargor havia passado sobre ela, corroendo as delicadezas. Agora, ela temia tudo aquilo de que não se pode falar de modo simples e familiar, sorrindo. Esse temor sozinho provava o perigo de uma recaída no poder da Glutona (a Beleza). Se eram frouxas, eram também firmes as amarras que a ligavam e a entregavam a poderes cujo contato ou apenas aproximação a transtornavam. Tratava-se de arte, religião, amor, que são envoltos em sagrado (pois do sagrado, que chamam, infelizmente, de o espiritual, não ri nem sorri: ele é triste. Se ele é o que tem a ver com Deus, Deus é, portanto, triste? Deus é, portanto, uma ideia dolorosa? Deus é, portanto, o mal?), abordados sempre com uma polidez que os conserva. A cidadezinha tinha entre seus patrimônios um velho castelo feudal cercado de fossos ruidosos por conta de suas rãs, um cemitério, a casa da mãe solteira e a própria mãe solteira, uma ponte de três arcos de pedra sobre três arcos de água clara, onde pesava toda manhã uma bruma espessa, que acabava por se erguer no cenário. O sol a talhava em farrapos, que iam por um instante vestir as árvores magras e negras como crianças ciganas.

As ardósias azuis e cortantes, as pedras de granito da casa, as vidraças das altas janelas isolavam Culafroy do mundo. As brincadeiras dos meninos que moravam depois do rio eram brincadeiras desconhecidas, que a matemática e a geometria complicavam. Eles brincavam ao longo das cercas vivas, e tinham, como espectadores atentos, os bodes e os potros dos campos. Esses que brincavam, atores-crianças saídos da escola, saídos do lugarejo, retomavam sua personalidade agreste, tornavam-se novos boiadeiros, buscadores de ninhos de melros, trepadores, cortadores de centeio, ladrões de ameixas. Se eram para Culafroy, sem que eles próprios pudessem identificar isso com muita clareza, mas desconfiando, um povo de demônios sedutores, inconscientemente Culafroy exercia sobre eles um encanto que ele detinha por seu isolamento, pelo refinamento e pela lenda de Ernestine e do teto de ardósia de sua casa. Mesmo o odiando, não havia menino que não sonhasse com ele, invejando seu corte de cabelo, a elegância de sua pasta de couro. A casa de ardósia devia conter fabulosas riquezas no meio das quais Culafroy tinha o encanto de se deslocar lentamente, o privilégio de ousar gestos familiares como tamborilar num móvel ou deslizar no soalho, num cenário que eles julgavam principesco, de ali sorrir como delfim, talvez jogar cartas. Culafroy parecia secretar um mistério real. Os filhos de reis são muito frequentes entre as crianças para que os estudantes da cidadezinha pudessem levar este a sério. Mas eles cometeram um crime contra ele ao divulgarem tão claramente uma origem que todos guardavam bem escondida, que lesava sua Majestade. Pois a ideia de realeza é deste mundo; se não a detém pela virtude das transmissões carnais, o homem deve adquiri-la e com ela se paramentar em segredo, para não ser tão aviltado a seus próprios olhos. Como os sonhos e os devaneios das crianças se entrecruzavam na noite, cada uma possuía a outra à sua revelia, de modo violento (eram mesmo violações), quase total. A cidadezinha, que recriavam para seu próprio uso, e onde, já o dissemos, as crianças eram soberanas, se enredava nos hábitos, que não lhe causavam estranheza, de uma cidadezinha de noites estranhas, onde enterravam natimortos ao entardecer, levados ao cemitério por suas irmãs em caixas de pinho estreitas e envernizadas como estojos de violino; onde outras crianças corriam nas clareiras e colavam o ventre nu, mas ao abrigo da lua, diretamente no tronco das faias e dos carvalhos vigorosos, tanto quanto os montanheses adultos de coxas curtas, que intumesciam até fazer arrebentar os calções de camurça, num lugar desprovido de sua casca, de modo a receber na pele tenra das pequenas barrigas brancas as descargas da seiva na primavera; onde a italiana passava espiando os velhos, os doentes, os paralíticos, nos olhos dos quais ela colhia a alma, escutando-os morrer (os velhos morrem como as crianças nascem), mantendo-os à sua mercê, e sua mercê não era sua graça; uma cidadezinha de dias não menos estranhos que as noites, onde cortejos, nos dias de Corpus Christi ou de Rogações, atravessavam o campo crispado pelo sol do meio-dia, de procissões compostas de meninas com cabeças de porcelana, trajadas com vestidos brancos e coroadas com flores de tecido, de coroinhas balançando no vento turíbulos recobertos de azinhavre, mulheres tesas em seu tafetá negro ou verde, homens enluvados de negro sustentando um baldaquim de porte oriental, ornado com penas de avestruz, sob o qual o padre se deslocava carregando um ostensório. Debaixo do sol, entre o centeio, os pinheiros, a alfafa, e se emborcando nos lagos, com os pés no céu.

***

Isso fez parte da infância de Divina. Muitas outras coisas, de que falaremos mais tarde. Seria preciso voltar a ela.

Digamos já que nunca seus amores a haviam feito temer a cólera de Deus, o desprezo de Jesus ou o desgosto confeitado da Virgem Santa, nunca antes de Gabriel lhe falar disso, pois, desde que reconheceu em si a presença de sementes destes temores: cólera, desprezo, desgostos divinos, Divina fez de seus amores um deus acima de Deus, de Jesus e da Virgem Santa, a que eles se submetiam como todo o mundo, ao passo que Gabriel, apesar de seu temperamento de fogo, que faz com que seu rosto com frequência enrubesça, temia o Inferno, pois não gostava de Divina.

E quem a amava ainda, a não ser Gostoso?

Nossa Senhora das Flores sorria e cantava. Ele cantava como uma harpa eólica, uma brisa azulada passando pelas cordas de seu corpo; cantava com seu corpo; não amava. A polícia não suspeitava dele. Ele não suspeitava da polícia. Tal era a indiferença desse menino, que sequer comprava os jornais: ia em frente de acordo com sua melodia.

Divina achava que Gostoso estava no cinema, Nossa Senhora, ladrão de mostruários, numa grande loja, mas... Sapatos americanos, chapéu muito flexível, corrente de ouro no pulso — em suma, tudo do cafetão —, Gostoso ao entardecer descia a escada da mansarda, e... Veio o inevitável soldado. De onde ele vem? Será da rua, de um bar onde Divina estava sentada? A porta giratória, quando girava, apresentava, a cada giro, como o mecanismo de um campanário de Veneza, um sólido arqueiro, um pajem ágil, um exemplar da Alta-Viadagem, um desses cafetões cujos ancestrais dos casebres, quando sustentavam a srta. Adna, usavam argolas nas orelhas, e entre cujas pernas hoje, quando vão ao bulevar, jorram, voam assobios agudos.

Gabriel apareceu. Vejo-o também seguir por uma rua quase vertical, correndo, semelhante a esse cachorro enfeitiçado que foi à cidadezinha pela rua principal, e se pode pensar que deu com Divina ao sair de uma mercearia de bairro onde ele acabava de comprar um cone-surpresa, no momento em que a campainha da porta envidraçada soava um duplo toque. Eu gostaria de falar com vocês sobre os encontros. Tenho a ideia de que o instante que os provocava — ou provoca — se situa fora do tempo, que o choque mancha o arredor, espaço e tempo, mas talvez me engane, pois quero falar desses encontros que provoco, imponho aos homens de meu livro. Talvez se trate desses instantes fixados no papel como ruas populosas, sobre cujos numerosos transeuntes, por acaso, meu olhar se ponha: uma suavidade, uma ternura os situam fora do instante; estou encantado e, não sei por que, essa agitação é mel para meus olhos. Eu me desvio, depois olho ainda, mas não encontro mais nem a suavidade nem a ternura. A rua torna-se triste para mim, como uma manhã de insônia, minha lucidez retorna, trazendo-me a poesia que esse poema havia expulsado: algum rosto de adolescente, mal discernido nela, havia iluminado os passantes, depois desapareceu. O sentido do Céu não me é mais estrangeiro. Portanto, Divina encontrou Gabriel. Ele passou diante dela, expondo suas costas como um muro, uma falésia. Esse muro não era tão largo, mas dele despejava-se sobre o mundo tanta majestade, isto é, força serena, que ele pareceu a Divina ser de bronze, a muralha de trevas de onde se alça uma águia negra, com as asas totalmente abertas.

Gabriel era soldado.

O exército é o sangue vermelho que corre dos ouvidos do artilheiro; é o pequeno caçador da neve crucificado sobre os esquis, um sipahi sobre seu cavalo de nuvem parado bem à beira da Eternidade, os príncipes mascarados e os assassinos fraternos na Legião; nas Equipagens da Frota, é uma aba que substitui a braguilha na calça dos marinheiros excitáveis, a fim de que, diz-se para tudo desculpar, eles não se prendam nos cordames durante as manobras; enfim, são os próprios marinheiros que encantam as sereias que se enroscam em torno dos mastros como as prostitutas em torno dos cafetões; envolvendo-se nas velas, brincam com elas como uma espanhola com o leque, rindo às escâncaras, ou com as duas mãos nos bolsos, eretos na ponte que os balança, assobiam a verdadeira valsa dos marinheiros.

— E as sereias se deixam levar?

— Elas sonham com esse lugar, onde o parentesco entre seu corpo e o dos marinheiros acaba. Onde começa o mistério? — perguntam-se elas. É então que cantam.

Gabriel era da infantaria, vestido de azul-celeste, um tecido espesso e felpudo. Mais tarde, quando o tivermos visto melhor e a atenção estiver menos voltada para ele, faremos seu retrato. Divina o chama, naturalmente, de Arcanjo. Depois ainda: "Meu licor". Ele se deixa adorar sem vacilar. Ele aceita. Por medo de Gostoso, por medo sobretudo de machucá-lo, Divina não ousou levar o soldado à mansarda. Ela o encontra à noite, no passeio central do bulevar onde ele lhe conta gentilmente a história de sua vida, já que nada sabe além disso. E Divina:

— Você não me conta a tua vida, Arcanjo, mas uma passagem subterrânea da minha, que eu ignorava.

Divina ainda: "Eu te amo como se você estivesse em meu ventre", ou ainda:

— Você não é meu amigo, você é eu mesma. Meu coração ou meu sexo. Um galho de mim.

E Gabriel, emocionado, mas sorrindo de orgulho:

— Ah! Sua vagabundinha...

Seu sorriso fazia com que no canto da boca aparecessem algumas delicadas bolhas de espuma branca.

Príncipe-Monsenhor ao cruzar com eles à noite, os dedos arredondados em anel como os de um padre que prega, diz a Divina como se lança um olhar furtivo: "Você não perde tempo!", e parte, tendo os unido.

Outros ainda, no percurso de Blanche até Pigalle, os abençoam também desse modo, consagram o casal.

Divina, que está envelhecendo, sua de angústia. Trata-se de uma pobre mulher que se indaga: "Ele me amará? Ah! ter descoberto um amigo novo! Adorá-lo de joelhos e só de olhar, ele me perdoa, simplesmente. Por artimanhas penso em levá-lo ao amor". Ouvi dizer que se pode fazer com que os cachorros se afeiçoem à pessoa misturando todo dia em sua sopa uma colher de urina do dono: Divina tenta o recurso. A cada jantar para o qual convida o Arcanjo, ela acha um jeito de pôr na comida um pouco de sua urina.

Fazer-se amar. Lentamente levar o ingênuo em direção a esse amor, como em direção a uma cidade proibida, uma cidade misteriosa, uma Tombuctu negra e branca, negra e branca e emocionante como o rosto do amante sobre cuja face dança a sombra da face do outro. Ensinar ao Arcanjo, forçá-lo a aprender, a dedicação do cachorro. Encontrar a criança inerte e no entanto quente, depois, graças a carícias, senti-la ainda se aquecer, sob meus dedos intumescer, encher-se, saltar como vocês sabem o quê. Divina ser amada!

No sofá da mansarda, ela se contorce, rola como uma apara de madeira que vai surgindo da plaina. Ela contorce os braços vivos, enrolados, desenrolados, brancos, estranguladores de sombras. Era mesmo preciso que um dia ela fizesse com que Gabriel fosse lá em cima. Com as cortinas cerradas, ele se acha numa treva tanto mais maciça porque ali mofava há anos, como perfume de incenso congelado, a essência sutil dos peidos ali eclodidos.

Num pijama de seda azul com detalhes brancos, Divina estava deitada no sofá. Os cabelos nos olhos, a barba feita, a boca pura e o rosto liso pela loção de barbear. Ela de qualquer modo parecia ter acordado mal.

— Senta.

Com uma mão, indicou um lugar perto dela, na beirada do sofá e estendeu a ponta dos dedos com a outra.

— Então, tudo bem?

Gabriel usava o uniforme azul-celeste. Na barriga o cinturão de couro, mal afivelado, pendia.

O tecido grosso e o azul tão fino, Divina ficava de pau duro com isso. Ela dirá mais tarde: "Eu ficava de pau duro por causa de sua calça". Um tecido fino e também azul a teria emocionado menos que um grosso tecido negro, pois ele é o tecido do clero rural, e o de Ernestine, e o tecido grosso cinza, o tecido das Crianças da assistência pública.

— Essa lã não te arranha?

— Você é maluca. Eu uso uma camisa, e também uma cueca. A lã não encosta na pele.

Espantoso, não é, Divina, que com uma roupa azul-celeste ele ouse ter olhos e cabelos tão negros?

— Olha, tem Cherry, pegue o que você quiser. Me passa um copo.

Gabriel, sorrindo, serve-se de uma taça de licor. Bebe. Está sentado de novo na beirada do sofá. Um ligeiro mal-estar entre os dois.

— Me diga, está abafado aqui, posso tirar o casaco?

— Ora, tire o que você quiser.

Ele desabotoa o cinturão, tira o casaco. O barulho do cinturão povoa a mansarda com um grupo de soldados suarentos, de volta das manobras. Divina, eu já o disse, também está vestida de azul-celeste, que flutua em torno de seu corpo. Ela é loura e sob esse amarelo pálido seu rosto parece um pouco enrugado; como diz Mimosa, ele está amarrotado (Mimosa diz isso debochadamente, para ferir Divina), mas esse rosto agrada a Gabriel. Divina, que queria saber, tremendo como a chama de uma vela, lhe pergunta:

— Envelheci, daqui a pouco vou fazer trinta anos.

Gabriel então tem a delicadeza inconsciente de não a lisonjear com uma mentira que diria: "Não parece". Ele responde:

— Mas é nessa idade que se está melhor. Compreende-se tudo bem melhor.

Acrescenta:

— É a idade verdadeira.

Os olhos, os dentes de Divina luzem e fazem luzir os do soldado.

— Então, as coisas estão indo mal.

Ele ri, mas o sinto sem graça.

Ela está feliz. Gabriel agora está relaxado, todo encostado nela, azul pálido: dois anjos, cansados de voar, que se encarapitaram num poste telegráfico, e que o vento fez cair no buraco de um fosso de urtigas, não são mais castos.

Certa noite, o Arcanjo virou fauno. Ele segurava Divina contra si, face a face, e seu membro súbito mais vigoroso, por debaixo dela, procurava a penetração. Quando achou, recurvando-se um pouco, ele entrou. Gabriel tinha adquirido uma tal virtuosidade que podia, permanecendo imóvel, dar a seu pau um frêmito comparável ao de um cavalo irritado. Ele forçou com seu ímpeto habitual e sentiu tão intensamente sua potência que — com a garganta e o nariz — relinchou de vitória, tão impetuosamente, que Divina acreditou que Gabriel com todo seu corpo de centauro a penetrava; ela desfaleceu de amor como uma ninfa na árvore.

Os jogos recomeçaram com frequência. Os olhos de Divina tornaram-se reluzentes e sua pele mais delicada. O Arcanjo desempenhava a sério seu papel de fodedor. Ele cantava a *Marselhesa*, pois, desde esse instante, se orgulha de ser francês e um galo gaulês, algo de que só os homens podem se orgulhar. Depois morreu na guerra. Certa noite, foi ver Divina no bulevar:

— Tenho uma permissão, eu a pedi por sua causa. Vem comer, agora tenho alguma grana.

Divina ergueu os olhos para seu rosto:

— Então você me ama, Arcanjo?

Gabriel fez um movimento de aborrecimento, mexendo com seus ombros:

— Você quer uns tapas — disse ele, os dentes cerrados. — Você não vê?

Divina fechou os olhos. Sorriu. Com voz surda:

— Vai, Arcanjo. Vai embora, eu já te vi bastante. Você me dá alegria demais, Arcanjo.

Falava como uma sonâmbula que falasse, ereta, rígida, e na face um sorriso fixo.

— Vai embora, eu cairia em teus braços. Oh! Arcanjo.

Murmurou:

— Oh! Arcanjo.

Gabriel foi embora sorrindo, a passos largos, lentos, pois calçava botas. Morreu na guerra da França e os soldados alemães o enterraram onde ele caiu, na grade de um castelo da Touraine. Sobre seu túmulo pôde ir sentar-se Divina, lá fumar um Craven com Jimmy.

Nós a reconhecemos sentada lá, as longas pernas cruzadas, cigarro na mão, à altura da boca. Ela sorriu, quase feliz.

Ao entrar no Café Graff, Divina percebeu Mimosa, que a viu. Elas se fizeram um pequeno sinal com os dedos, uma brincadeira com os dedos:

— Oi! E tua Nossa Senhora, amiga?

— Oh! Nem me fale. Ela já foi. A Nossa Senhora foi embora, levantou voo. Levada pelos anjos. Ela foi roubada de mim. Mimo, você me vê Toda Chorosa. Faça uma novena, vou vestir o hábito.

— Tua Nossa Senhora deu no pé? Deu às pernas, tua Nossa Senhora? Mas isso é horrível. É uma putinha!

— Vamos esquecer, vamos esquecer dela.

Mimosa quis que Divina se sentasse à sua mesa. Ela disse que estava livre de clientes por toda a noite:

— Estou na folga do domingo, poxa. Toma um gim, menina.

Divina estava inquieta. Não gostava de Nossa Senhora a ponto de sofrer com a ideia de que ele seria denunciado, caso ele tivesse feito algo de errado, mas ela se lembrava de que Mimosa tinha engolido sua foto como se engole a Eucaristia, e se mostrara muito ofendida quando Nossa Senhora lhe havia dito: "Você é uma piranha". Ela, porém, sorriu, aproximou seu sorriso bem perto do rosto de Mimosa, como para beijá-lo, e os rostos ficaram súbito tão próximos que lhe pareceu assistir a suas bodas. Ambas as bichonas ficaram horrorizadas. Sempre sorrindo divinamente, Divina murmurou:

— Eu te detesto.

Ela não o disse. A frase formou-se em sua garganta. Depois, logo seu rosto se fechou como um trevo no crepúsculo. Mimosa não compreendeu nada. Divina sempre tinha guardado para si a singular comunhão de Mimosa, pois temia que, se tomasse conhecimento dela, Nossa Senhora mudasse de opinião e fizesse propostas em forma de coquetismos a sua rival. Nossa Senhora era coquete mais que uma bichona. Ele era puta como um michê. Para si mesma, Divina explicava-se que queria poupar Nossa Senhora das Flores do pecado do orgulho, porque Divina, como se sabe, tinha muita dificuldade para ser imoral e só o conseguia ao preço de longos desvios que lhe causavam sofrimento. Seu personagem é travado por mil sentimentos e seus contrários, que se misturam, se desenredam, se atam, se desatam, criando uma mixórdia louca. Ela se forçava. Seu primeiro desejo era desta ordem: "Mimosa não deve saber nada; é uma safada que eu detesto". Esse era um desejo puro, nascido diretamente do fato. Divina, porém, não o sentia de modo algum dessa forma, os santos e as santas do Céu velavam em surdina; eles não assustavam Divina porque são terríveis, isto é, vingadores de pensamentos maus, mas porque são de gesso, com os pés apoiados em rendas, em meio a flores, e, apesar disso, são oniscientes. Mentalmente, ela dizia: "Nossa Senhora é tão orgulhoso! E tão bobo!". Isso subentendia bem a primeira proposição, que vinha como conclusão natural. Mas sua postura moral permitia que fosse enunciada. Era por um esforço, um arrojo que ela chegava a dizer: "Ela não vai ficar sabendo de nada, essa safada" (Mimosa), mas, mesmo desse modo, dissimulava seu ódio sob um disfarce de brincadeira, pois dizia de Mimosa: "Ela". Se Divina dissesse "Ele", teria sido mais grave. Veremos isso mais tarde, Divina não era suficientemente presunçosa para acreditar que Mimosa lhe oferecia um assento para usufruir de sua presença. Desconfiada, disse bem alto:

— Agora estou sendo um Sioux.

— Você é o quê? — perguntou Mimosa.

Divina arrebentou de rir:

— Ah! Sou mesmo a Mulher Louca.

Sem dúvida, Roger, o homem de Mimosa, devia ter farejado alguma coisa duvidosa. Ele queria explicações. A experiência tinha provado a Divina que ela não estava à altura de lutar contra Mimosa II. Pois, se não reconhecia em que momentos se exercia a finura de sua amiga, ela tivera muitas provas de sua finura de detetive. "Para Mimo, um nada já lhe dá alguma informação." Ninguém além dela podia distinguir esse nada e fazer com que ele falasse:

— Então, você vai embora? E você leva a Nossa Senhora? Você é maldosa. E egoísta.

— Escute, meu anjo, eu te vejo mais tarde. Hoje, estou com pressa.

Divina beijou a palma de sua mão, soprou em cima na direção de Mimosa (apesar de seu sorriso, Divina ficou de repente com o rosto grave da dama do Larousse, que espalha para todos os ventos a semente do dente-de-leão) e se foi como que pelo braço de um amigo invisível, isto é, pesada, cansada e enlevada.

Quando dizia que Nossa Senhora era orgulhoso e, tomando conhecimento de que Mimosa engolira sua foto, que ele estaria mais bem-disposto a seu respeito, Divina se enganava. Nossa Senhora não é orgulhoso. Ele teria dado de ombros sem nem mesmo sorrir e teria dito simplesmente:

— Ela trabalha duro, a menina. Olha que ela come papel.

Essa indiferença se devia talvez ao fato de que Nossa Senhora nada sentia como Mimosa e não imaginava que se pudesse experimentar alguma emoção incorporando literalmente a imagem de um ser desejado, absorvendo-o pela boca, e ele teria sido incapaz de reconhecer aí uma homenagem prestada à sua virilidade ou à sua beleza. Podemos concluir que ele não tinha nenhum desejo dessa ordem. No entanto, nós o veremos, a veneração era parte dele. Quanto a Divina, notemos que um dia ela tinha respondido a Mimosa: "Nossa Senhora nunca será muito orgulhoso. Quero fazer dele uma estátua de orgulho", pensando: que ele seja petrificado de orgulho, depois: moldado no orgulho. A juventude tenra de Nossa Senhora, pois ele tinha seus momentos de suavidade, não preenchia a necessidade sentida por Divina de ser submissa a uma dominação brutal. As ideias de orgulho e de estátua associavam-se com muita justeza, e a elas a ideia de rigidez maciça. Mas se vê que o orgulho de Nossa Senhora não passava de um pretexto.

Como eu disse, Gostoso-de-Pé-Pequeno não ia mais à mansarda, e também não encontrava mais Nossa Senhora no arvoredo das Tulherias. Ele não suspeitava que Nossa Senhora estava a par de suas fraquezas. Em sua mansarda, Divina vivia apenas de chá e pesar. Comia seu pesar e o bebia; esse alimento amargo secara seu corpo e corroera seu espírito. Os cuidados que ela tomava, os institutos de beleza, nada fazia com que ela não fosse magra e não tivesse a pele de um cadáver. Usava uma peruca, que ela fixava com muita arte, mas o tule da armação era visível nas têmporas. O pó e o creme escondiam mal o ajuste com a pele da testa. Dava para pensar que sua cabeça fosse artificial. Na época em que ainda estava na mansarda, Gostoso poderia rir de todos esses arranjos, se fosse um cafetão qualquer, mas ele era um cafetão que ouvia vozes. Ele não ria, ele não sorria. Era belo e cioso de sua beleza, compreendendo que, se a perdesse, perderia tudo; os difíceis encantos para reter essa beleza colada em si, se não chegavam a tocá-lo, deixavam-no frio, não lhe arrancavam nenhum sorriso cruel. Era natural. Tantas amantes velhas se maquiavam diante dele, que ele sabia que os desgastes na beleza se reparam sem mistério. Nos quartos de hotéis de prostituição, ele assistia a reconstituições hábeis, surpreendia as hesitações da mulher que segura no ar o bastão de ruge. Várias vezes, ele havia ajudado Divina a colar a peruca. Empregava para isso gestos destros, e, se se pode dizer, naturais. Tinha aprendido a amar essa Divina. Impregnou-se bem de todas as monstruosidades que a compunham. Passou-as em revista: a pele muito branca e seca, a magreza, as cavidades dos olhos, as rugas empoadas, os cabelos colados, os dentes de ouro. Não deixava nada passar. Disse para si que tudo isso existia; continuou a trepar com isso. Conheceu o gozo e foi conquistado de fato. Gostoso o vigoroso, todo e sempre músculos e pelos quentes, estava gostando mesmo de um viado artificial. As astúcias de Divina não tinham nada a ver com isso. Gostoso se jogava inteiro nessa espécie de desregramento. Depois, pouco a pouco, ele se cansara. Foi deixando Divina de lado e a largou. Na mansarda, ela teve então desesperos terríveis. Sua velhice a fazia deslocar-se num caixão. Ela chegou a não mais ousar um gesto, uma maneira, as pessoas que a encontraram nessa época pela primeira vez disseram que ela parecia apagada. Ela ainda se ligava aos prazeres da cama e do vestíbulo; ela frequentava os banheiros públicos, mas então devia pagar seus amantes. Durante os amores, ela vivia transes loucos, temendo, por exemplo, um homem exaltado que, quando ela estivesse de joelhos, desarranjasse seus cabelos ou, muito brutalmente, puxasse sua cabeça contra ele e arrancasse sua peruca. Seu prazer se enchia de um monte de incômodos minúsculos. Ela ficava na mansarda para aí se masturbar. Dias e noites, ficava deitada, com as cortinas fechadas na janela dos mortos, na Baia dos Defuntos. Bebia chá, comia bolos. Depois, com a cabeça sob os lençóis, combinava surubas complicadas, a dois, três ou quatro, durante as quais todos os parceiros concordavam em ter prazer em cima dela, nela e por ela. Ela relembrava os quadris estreitos, mas vigorosos, os quadris de aço que a haviam perfurado. Indiferente a seus gostos, ela os acolhia. Ela aceitava ser a finalidade única de todos esses cios, e seu espírito se esforçava para percebê-los simultaneamente se perderem numa volúpia acudindo de todos os lados. Seu corpo tremia da cabeça aos pés. Ela sentia passar através dela personalidades que lhe eram estranhas. Seu corpo gritava: "O deus, eis o deus!". Ela caía muito cansada. Em breve o prazer se enfraquecia. Divina então se revestia do corpo de um homem; súbito forte e musculoso, ela se via dura como ferro, as mãos nos bolsos, assobiando. Ela se via fazendo o ato sobre ela mesma. Ela sentia enfim seus músculos, como quando de seu ensaio viril, crescerem e se endurecerem nas coxas, nas omoplatas, nos braços, e isso a machucava. Esse fogo também se aboliu. Ela secava. Seus olhos nem estavam com olheiras.

Foi então que ela buscou a lembrança de Alberto e se satisfez com ele. Era um vagabundo. A cidadezinha inteira desconfiava dele. Era um ladrão, brutal, grosseiro. As moças faziam muxoxo quando se dizia seu nome diante delas, mas suas noites e súbitas evasões nas duras horas do trabalho eram ocupadas pelas coxas vigorosas dele, suas mãos pesadas, que sempre inchavam seus bolsos e acariciam seus quadris, permaneciam imóveis ou se mexiam suavemente, com precaução, erguendo o tecido estirado ou dilatado da calça. Suas mãos eram largas e espessas, com dedos curtos, com polegar magnífico, com monte de Vênus imponente, maciço, suas mãos que pendiam de seus braços como blocos de grama. Foi numa noite de verão que as crianças, que são os mensageiros habituais das notícias perturbadoras, informaram à cidadezinha que Alberto pescava cobras. "Pescador de cobras, isso vai bem com ele", pensaram as velhas. Era uma razão a mais para os infernos. Estudiosos ofereciam um valor interessante por cada cobra que se capturasse viva. Por erro, brincando, Alberto pegou uma, entregou-a viva, e recebeu o valor prometido. Assim nasceu sua nova situação, que o satisfazia, e o deixava irado contra si mesmo. Não era um super-homem nem um fauno imoral: era um rapaz com pensamentos banais, mas embelezado pela volúpia. Ele parecia estar em contínuo gozo ou em contínua embriaguez. Infalivelmente, Culafroy teria de encontrá-lo. Era o verão em que ele perambulava pelos caminhos. Assim que ao longe viu a silhueta dele, compreendeu que a chave e a finalidade de seu passeio estavam ali. Alberto estava imóvel na beira do caminho, quase na plantação de centeio, como se esperasse alguém, suas duas belas pernas afastadas na atitude do Colosso de Rodes ou na que nos mostraram, tão altivos e sólidos debaixo de seus capacetes, os sentinelas alemães. Culafroy gostou dele. Passando diante dele, indiferente e destemido, o garoto enrubesceu e baixou a cabeça, ao passo que Alberto, um sorriso nos lábios, o olhava andar. Digamos que ele tivesse dezoito anos, e, no entanto, Divina o revê como um homem.

Ele voltou no dia seguinte. Alberto estava lá, sentinela ou estátua, na beira do caminho. "Oi!", disse ele com um sorriso que torcia sua boca. (Esse sorriso era a particularidade de Alberto, era ele próprio. Qualquer um podia ter ou podia adquirir a rigidez de seus cabelos, a cor de sua pele, sua postura, mas não seu sorriso. Quando agora Divina procura Alberto desaparecido, ela quer pintá-lo nela mesma inventando com sua própria boca o sorriso dele. Ela dá a seus músculos a contração que lhe parece ser a boa, que — assim crê quando sente sua boca se torcer — a torna semelhante a Alberto, até o dia em que, ao ter a ideia de fazê-lo na frente de um espelho, ela se dá conta de que suas caretas não têm nenhuma relação com esse riso que já qualificamos de estrelado.) "Oi!", murmurou Culafroy. Foi tudo o que se disseram, mas Ernestine, desde esse dia, teve de se habituar a vê-lo desertar a casa de ardósia. Certo dia:

— Você quer ver minha sacola?

Alberto mostrava um pequeno cesto de vime trançado, apertado, fechado por uma correia. Nesse dia, ele só continha uma cobra elegante e raivosa.

— Posso abrir?

— Não, não, não abra — disse ele, pois tem sempre em relação aos répteis essa repulsa ainda mais forte que ele.

Alberto não abriu a tampa, mas pôs sua mão dura e delicada, marcada pelos espinheiros, na nuca de Culafroy, que ficou a ponto de se ajoelhar. Num outro dia, três cobras misturadas se enroscavam. As cabeças delas estavam recobertas por um pequeno capuz de couro duro, apertado no pescoço por um laço.

— Você pode encostar nelas, não vão te fazer nada.

Culafroy nem mexia. Tal como ante a aparição de um fantasma ou de um anjo do céu, ele não poderia correr, paralisado de horror. Não conseguia virar a cabeça, as cobras fascinavam-no, mas ele se sentia a ponto de vomitar.

— Então, está com medo? Anda, fala, eu era assim antes.

Não era verdade, mas ele queria tranquilizar a criança. Alberto pôs grave, calma, soberanamente a mão na mistura de répteis, e tirou um, longo e fino, cuja cauda se instalou, como a corda de um chicote, mas sem ruído, em torno de seu braço nu. "Toca!", disse, e ao mesmo tempo levou a mão da criança sobre o corpo escamoso e gelado, mas Culafroy fechou o punho, e só suas falanges entraram em contato com a cobra. Isso não era tocar. O frio o surpreendeu. Entrou-lhe nas veias e a iniciação prosseguiu. Véus caíam, e o olhar de Culafroy não saberia identificar diante de quais quadros graves e amplos. Alberto pegou outra cobra e a pôs sobre o braço nu de Culafroy, onde ela se enrolou do mesmo jeito como se enrolara a primeira.

— Está vendo, elas não te fazem nada. — (Alberto falava das cobras no feminino.)*

Alberto, sensível, sentia irromper na criança, como sob seus dedos sua pica crescer, a emoção que a tornava rígida e a fazia tremer. E pelas cobras nascia a amizade insidiosa. No entanto, ele não as havia ainda tocado, quer dizer, sequer roçado com o órgão do tato, a ponta dos dedos, ali onde os dedos são preenchidos por uma bem pequena elevação sensível, por onde os cegos leem. Foi preciso que Alberto lhe abrisse a mão e nela fizesse deslizar o corpo gelado, lúgubre. Isso foi a revelação. A partir desse instante, pareceu-lhe que uma quantidade de cobras poderia invadi-lo, escalá-lo e se insinuar sobre ele sem que ele experimentasse outra coisa que não uma alegria amigável, uma espécie de ternura, embora a mão soberana de Alberto não tivesse deixado a sua, nem mesmo uma de suas coxas, e desse modo ele não era mais inteiramente ele mesmo. Culafroy e Divina, de gostos delicados, serão sempre obrigados a amar o que abominam, e isso constitui um pouco de sua santidade, pois se trata de renúncia.

Alberto ensinou-lhe a colheita. É preciso esperar meio-dia, quando as cobras dormem sobre as pedras, ao sol. A gente se aproxima bem delicadamente, pega-as pelo pescoço, bem perto da cabeça, entre as duas falanges do indicador e do dedo médio curvados, a fim de que não deslizem nem mordam; em seguida, rapidamente, quando assobiam de desespero, é preciso encapuzar a cabeça, apertar o laço e pô-las na caixa. Alberto usava uma calça de veludo cotelê, polainas, uma camisa

---

* A palavra em francês para "serpente" é masculina.

cinza com mangas dobradas até o cotovelo. Era belo, como todos os homens deste livro são, poderosos e ágeis, desconhecedores de sua própria graça. Seus cabelos duros e obstinados, que caíam sobre seus olhos, até sua boca, teriam sido, sozinhos, suficientes para lhe conferir um prestígio de uma coroa aos olhos do menino frágil e cacheado. Eles se encontravam em geral de manhã, pelas dez horas, perto de uma cruz de granito. Falavam por um instante sobre as meninas e partiam. A colheita não tinha sido feita. Como o centeio e o trigo metálicos eram invioláveis para todos os outros, eles aí encontravam um abrigo seguro. Entravam obliquamente, arrastavam-se, de repente se achavam no meio do campo. Estendiam-se pelo chão e esperavam meio-dia. Culafroy brincou primeiro com os braços de Alberto; no dia seguinte, com suas pernas; no dia seguinte a esses dias, com o resto, e essa lembrança encantou Divina, que se revê, fazendo bochechas encovadas, como um garoto que assobia. Alberto violou o garoto por todas as partes, até ele próprio desabar de cansaço.

Um dia, Culafroy disse:

— Vou voltar, Berto.

— Está bem, então até de noite, Lou.

Por que "até de noite"? A frase saiu tão espontaneamente da boca de Alberto, que Culafroy a achou natural, e respondeu:

— Até de noite, Berto.

No entanto, o dia tinha acabado, eles só se reveriam no dia seguinte e Alberto sabia disso. Ele sorriu com ar meio tolo pensando que havia soltado uma frase em que não havia pensado. De sua parte, Culafroy não determinava com precisão o sentido dessa despedida. A frase tinha mexido com ele, como o fazem certos poemas ingênuos, cujo sentido lógico e gramatical só nos surge depois que já usufruímos de seu encanto. Culafroy ficou efetivamente enfeitiçado. Na casa de ardósias, era o dia de lavar roupa. No varal do jardim, as roupas penduradas formavam um labirinto por onde deslizavam espectros. Era natural que Alberto o esperasse ali. Mas a que hora? Ele nada havia estabelecido. O vento agitava os lençóis brancos, como um braço de atriz o faz com um cenário de tela pintada. A noite espessava-se com a suavidade habitual e construía uma arquitetura rígida de amplos planos, com sombras amontoadas. O passeio de Culafroy começou no momento em que a lua esférica e fumarenta subiu ao céu. O drama ia representar-se ali. Alberto viria para roubar? Ele precisava de dinheiro "para sua galinha", dizia ele. Ele tinha uma galinha; assim, tratava-se de um verdadeiro galo. Para roubar, era possível: um dia ele se informara sobre o mobiliário da casa de ardósia. Essa ideia agradou a Culafroy. Ele esperou que Alberto viesse também para isso. A lua subia no céu com uma solenidade calculada para impressionar os humanos insones. Mil ruídos que compõem o silêncio das noites se comprimiam em torno do garoto, como um coro trágico, com a intensidade de uma música de metais, e o insólito das casas de crime e ainda das prisões onde — horror — jamais se ouve o ruído de um molho de chaves. Culafroy andava de pés descalços, entre os lençóis. Vivia minutos lépidos como minuetos, feitos de inquietação e ternura. Aventurou mesmo um passo de dança sobre as pontas, mas os lençóis, formando divisórias suspensas e corredores, os lençóis imóveis e sorrateiros como cadáveres, unindo-se, podiam aprisioná-lo e sufocá-lo, como acontece de o fazerem os galhos de certas árvores dos países quentes com os selvagens imprudentes que repousam em sua sombra. Se ele só tocava no chão por um gesto ilógico de seu tenso peito do pé, esse gesto poderia fazer com que decolasse, deixasse a terra e se lançasse em meio a mundos de onde não voltaria nunca mais, no espaço onde nada poderia detê-lo. Descansou os pés no chão com as solas inteiras, a fim de que elas aí o mantivessem com mais segurança. Pois sabia dançar. De um *Cinémonde* tinha arrancado esta notícia: "Uma pequena bailarina fotografada com seu vestido de tule armado, os braços em balão, a ponta, como um ferro de lança, cravada no chão". E sob a imagem, esta legenda: "A graciosa Ketty Ruphlay, de doze anos". Com um sentido divinatório espantoso, esse garoto, que nunca vira um dançarino, que nunca vira um palco, nenhum ator, compreendeu o artigo de toda uma página em que se tratava de figuras, de *entrechats*, de *jetés battus*, tutus, sapatilhas, cortina, luz de cena, balé. Pelo andamento da palavra Nijinsky (a subida do N, a descida do gancho do j, o salto do gancho do k e a queda do y, forma gráfica de um nome que parece querer desenhar o impulso, com suas recaídas e ricochetes sobre o palco, do saltador que não sabe em que pé se pôr), ele intuiu a leveza do artista, como saberá um dia que Verlaine só pode ser o nome de um poeta músico. Aprendeu sozinho a dançar, como sozinho tinha aprendido violino. Dançou então como brincava. Todos os seus atos foram atendidos por gestos exigidos não pelo ato, mas por uma coreografia que transformava sua vida num perpétuo balé. Conseguiu rapidamente fazer pontas, fez por toda a parte: no depósito, recolhendo pedaços de madeira, no pequeno estábulo, debaixo da cerejeira... Ele tirava os tamancos e dançava com uma espécie de sapatilha de lã preta sobre a grama, as mãos segurando os galhos baixos. Povoou o campo com uma multidão de figurinhas que se queriam dançarinas em tutus de tule branco, e continuavam sendo, no entanto, um escolar pálido, com avental preto, procurando cogumelos ou dentes-de-leão. Seu grande temor era o de ser descoberto, sobretudo por Alberto. "O que vou lhe dizer?" Refletindo sobre o gênero de suicídio que poderia salvá-lo, decidiu-se pelo enforcamento. Voltemos a essa noite. Ele se espantava e se assustava ao menor movimento dos galhos, ao menor sopro um pouco seco. A lua tocou dez horas. Então veio a inquietação dolorosa. O garoto descobriu em seu coração e em sua garganta o ciúme. Estava certo agora de que Alberto não viria, que ele iria se embriagar; eis que a ideia da traição de

Alberto era tal que ela se estabeleceu despoticamente no espírito de Culafroy, de modo que ele pronunciou: "Meu desespero é imenso". Em geral, quando sozinho, não tinha necessidade de enunciar em voz alta seus pensamentos, mas hoje uma noção íntima do trágico ordenava-lhe que observasse um protocolo extraordinário, então pronunciou: "Meu desespero é imenso". Ele fungou, mas não chorou. Em torno dele, o cenário perdera sua aparência de maravilha irreal. Nenhuma das disposições fora mudada: eram sempre os mesmos lençóis brancos postos nos arames encurvados pela carga, o mesmo céu salpicado de faíscas, mas o sentido era diferente. O drama que aí se representava estava em sua fase patética, no desenlace: só restava o ator morrer. Quando escrevo que o sentido do cenário não era mais o mesmo, não quero dizer que o cenário tenha sido algum dia para Culafroy, e mais tarde para Divina, outra coisa que não o que teria sido para qualquer um, a saber: uma roupa secando no varal. Ele sabia muito bem que era prisioneiro dos lençóis, e peço a vocês para verem aí o maravilhoso: prisioneiro de lençóis familiares, mas rígidos, ao luar — ao contrário de Ernestine, que, graças a eles, teria imaginado tapeçarias de brocados, ou os corredores de um palácio de mármore, ela que não podia subir um degrau de escada sem pensar na palavra arquibancada, e não teria deixado, nas mesmas circunstâncias, de ter um profundo desespero e de fazer o cenário mudar de atribuição, de o transformar num túmulo de mármore branco, de engrandecê-lo de algum modo com sua própria dor, que era bela como um túmulo, ao passo que, para Culafroy, nada havia mudado, e essa indiferença do cenário significava sobretudo que este era hostil. Cada coisa, cada objeto, era o resultado de um milagre cuja realização o maravilhava. E também cada gesto. Ele não entendia seu quarto, nem o jardim, nem a cidadezinha. Ele nada compreendia, sequer que uma pedra fosse uma pedra, e essa estupefação diante do que existe — cenário que, por haver, acaba por não existir mais — o deixava como uma presa contorcida de emoções primitivas e simples: dor, alegria, orgulho, vergonha...

Adormeceu, como no teatro um pierrô bêbado, desabado em suas mangas bufantes, na grama e sob a iluminação violenta da lua. No dia seguinte, nada disse a Alberto. A pesca e o descanso no centeio foram o que eram todo meio-dia. À noite, Alberto tivera por um instante a ideia de rondar em torno da casa de ardósias, com as mãos nos bolsos, assobiando (assobiava admiravelmente, com estridências de metal, e sua virtuosidade não era seu menor atrativo. Esse assobio era mágico. Enfeitiçava as meninas. Os rapazes invejavam-no, compreendendo seu poder. Talvez ele tivesse encantado as cobras), mas ele não foi, pois o lugar lhe era hostil, sobretudo se, anjo mau, ele fosse à noite. Dormiu.

Eles continuaram seus amores em meio às cobras. Divina lembra-se disso. Ela pensa que essa foi a mais bela época de sua vida.

Uma noite no bulevar, ela encontra Seck Gorgui. O grande negro, ensolarado, embora não passasse de uma sombra do Arcanjo Gabriel, buscava aventura.

Estava vestido com um terno cinza de lã fina, que se colava em seus ombros e coxas, e seu paletó era mais impudico que o calção muito exato com que Jean Borlin vestia seu escroto arredondado. Ele usava uma gravata rosa, camisa de seda creme, anéis de ouro e falsos ou verdadeiros diamantes (que importa!), na extremidade dos dedos espantosas unhas longas, escuras, e claras em sua base, como autênticas avelãs que têm um ano. Logo em seguida, Divina tornou-se de novo a Divina de dezoito anos, pois pensou, vagamente, porém ingenuamente, que, sendo negro e nascido nos países quentes, Gorgui não podia reconhecer sua velhice, distinguir suas rugas nem sua peruca. Ela disse:

— Então, aí está você! Estou encantada.

Seck ria:

— Tudo bem, e você?

Divina colava-se nele. Ele se mantinha firme, ereto, embora um pouco inclinado para trás, imóvel e sólido na postura de um garoto atrapalhado com a pasta que arqueia as pernas nervosas para mijar contra nada, ou ainda na pose em que vimos que Lou descobriu Alberto, Colosso de Rodes, que é a pose mais viril das sentinelas, coxas afastadas, postas sobre botas entre as quais, subindo até sua boca, eles instalam o fuzil-baioneta, apertado com as duas mãos.

— O que você tem feito? Você toca sax?

— Não, acabou, estou divorciado. Deixei Banjo para lá! — diz ele.

— Por quê? A Banjo era bem simpática.

Aqui, Divina ultrapassou sua boa natureza, e acrescentou:

— Um pouquinho cheia, um pouquinho redonda, mas, no fim das contas, era uma pessoa muito boa. E agora?

Gorgui estava livre nessa noite. Ele fazia justamente a vida, estava esperando fregueses. Precisava de dinheiro. Divina recebeu o golpe sem se mexer.

— Quanto, Gorgui?...

— Cinco luíses.

Era exato. Ele teve seus cem francos e seguiu Divina até a mansarda. Os negros não têm anos. A srta. Adeline saberia ensinar-nos que, se querem contar, eles se confundem em seus cálculos, pois sabem bem que nasceram na época da fome, da morte de três tigres, da floração das amendoeiras, e essas circunstâncias, misturadas aos números, permitem que nos percamos. Gorgui, nosso negro, era vivo e vigoroso. Um movimento de cintura fazia o quarto vibrar, como Village, o assassino negro, fazia com sua cela na prisão. Eu quis encontrar nesta, onde escrevo hoje, o cheiro de carniça que o negro de altivo aroma espalhava, e graças a ele, posso um pouco melhor dar vida a Seck Gorgui. Eu já disse como gosto dos cheiros. Os cheiros fortes da terra, das latrinas, dos quadris de árabes e sobretudo o cheiro de meus peidos, que não é o de minha merda, cheiro detestado, a tal ponto que, mesmo aqui, me escondo sob as cobertas e recolho em minha mão fechada como cone meus peidos esmagados que levo a meu nariz. Eles me abrem tesouros enterrados de felicidade. Aspiro. Inalo. Sinto-os, quase sólidos, descerem através de minhas narinas. Mas só me encanta o cheiro de meus peidos, e os do mais belo rapaz me causam horror, basta mesmo que eu tenha dúvida de que um cheiro venha de mim ou de outra pessoa para que eu não o aprecie mais. Assim, quando o conheci, Clément Village enchia sua cela com um cheiro mais forte que a morte. A solidão é suave. É amarga. A gente acredita que a cabeça deva aí se esvaziar de todos os registros passados, desgaste precursor de purificação, mas vocês compreendem bem, ao me lerem, que não é nada disso. Eu estava exasperado. O negro curou-me um pouco. Parecia que sua extraordinária potência sexual era suficiente para me acalmar. Ele era forte como o mar. Sua irradiação era mais repousante que um remédio. Sua presença era conjuratória. Eu dormia.

Entre seus dedos rolava um soldado cujos olhos não são mais que dois pontinhos desenhados por minha pena em seu liso rosto rosa; não posso mais encontrar um soldado azul sem que eu não o veja deitado sobre o peito do negro, e que logo não me incomode o cheiro de gasolina que, com o seu, empesteava a cela. Era numa outra prisão da França, onde os corredores tão longos quanto os dos palácios reais, com suas linhas retas, construíam e teciam geometrias onde deslizavam, minúsculos pela escala dos corredores, com chinelos de feltro, prisioneiros contorcidos. Passando diante de cada porta, eu aí lia uma etiqueta que indicava a categoria de seu ocupante. As primeiras traziam: "Reclusão", as seguintes: "Degredo", outras: "T. F.".

Aqui, recebo um choque. O trabalho forçado materializava-se ante meus olhos. Cessando de ser verbo, ele se fazia carne. Nunca estive no extremo do corredor, pois me parecia estar no fim do mundo, no fim de tudo, no entanto ele me fazia sinais, emitia apelos que me tocavam, e irei sem dúvida também ao fim do corredor. Acredito, embora saiba que é falso, que, nas portas, se lê: "Morte" ou talvez, o que é mais grave: "Pena capital".

Nessa prisão, cujo nome não direi, cada detento tinha um pequeno pátio, onde cada tijolo do muro trazia uma mensagem para um amigo: "B. A. A. do Sebasto — Jacquot do Topol dito V. L. F. a Lucien da Chapelle", uma exortação, em ex-voto à mãe, ou um pelourinho: "Polo do Gyp's Bar é uma dedo-duro". Era ainda nessa prisão que, no dia do Ano-Novo, o vigia chefe dava a cada um de presente um saquinho de sal grosso.

Quando entrei em minha cela, o grande negro pintava de azul seus soldadinhos de chumbo, dos quais o maior era menor que o menor de seus dedos. Pegava-os por uma coxa, como no passado Lou-Divina pegava as rãs, e lhes passava em todo o corpo uma camada de azul, depois os punha no chão, onde secavam numa grande desordem, uma confusão minúscula e irritante, que o negro aumentava ao pô-los perto um do outro de modo lúbrico, pois a solidão também aguçava sua lubricidade. Acolheu-me com um sorriso e um franzir da testa. Ele voltava da central de Clairvaux, onde passara cinco anos, e, de passagem por aqui havia um ano, esperava sua partida para os trabalhos forçados. Havia matado sua mulher, depois, pondo-a sentada numa almofada de seda amarela com pequenos buquês verdes, ele a emparedara, dando à alvenaria a forma de um banco. Ele ficou chateado por eu não me lembrar dessa história, que vocês leram nos jornais. Já que essa infelicidade havia destruído sua vida, que ela servisse para sua glória, pois é um mal pior que ser Hamlet e não ser príncipe:

— Sou Clément — disse ele. — Clément Village.

Suas grandes mãos com palma rosada torturavam, acreditava eu, os soldados de chumbo. Sua testa redonda e tão livre de rugas quanto a de uma criança (testa mulherica, teria dito Gall) inclinava-se muito perto deles.

— Faço soldados.

Aprendi a pintá-los. A cela estava cheia deles. A mesa, o aparador, o chão estavam recobertos por esses minúsculos guerreiros, frios e duros como cadáveres, para os quais seu número e sua pequenez inumana criavam uma alma singular. À noite, eu os afastava com o pé; estendia meu colchão, e dormia no meio deles. Como os habitantes de Liliput, eles me amarraram e, para me soltar, ofereci Divina ao Arcanjo Gabriel.

De dia, o negro e eu trabalhávamos em silêncio. Todavia, eu estava certo de que, um dia ou outro, ele me contaria sua aventura. Não gosto desse tipo de histórias. A despeito de mim mesmo, penso no número de vezes que o narrador a teve de recitar, e me parece que ela me chega como um vestido que vai sendo passado adiante até... Enfim, tenho minhas histórias. As que emergem de meus olhos. As prisões têm suas histórias silenciosas, e os guardas, e mesmo os soldados de chumbo, que são ocos. Ocos! Como o pé de um soldado de chumbo se havia quebrado, o cotoco mostrou um buraco. Essa certeza de seu vazio interior encantou-me e desolou-me. Em casa, havia um busto em gesso da rainha Maria Antonieta. Durante cinco ou seis anos, vivi perto sem o perceber, até o dia em que, como seu coque miraculosamente se quebrou, vi que o busto era oco. Fora preciso que eu saltasse no vazio para vê-lo. Que me importam então essas histórias de negros assassinos quando tais mistérios: o mistério do nada e do não me fazem seus sinais e se revelam, como na cidadezinha eles se revelaram a Lou-Divina. A igreja aí desempenhava seu papel de caixa de surpresa. Os ofícios haviam habituado Lou às magnificências, e cada festa religiosa o perturbava, porque ele via sair de algum esconderijo os candelabros dourados, os lírios de esmalte branco, as toalhas bordadas de prata, da sacristia, as casulas verdes, violeta, brancas, negras, de moiré ou de veludo, as alvas, as sobrepelizes inteiriçadas, as hóstias novas. Hinos inesperados e inauditos soavam, entre eles o mais perturbador, esse *Veni Creator*, que é cantado nas missas de casamento. O encanto do *Veni Creator* era o dos confeitos e dos botões de flor de laranjeira em cera, o encanto do tule branco (a este se acrescenta ainda um outro encanto, mais singularmente ostentado pelas geleiras, e falaremos dele de novo), braçadeiras franjadas dos que fazem a primeira comunhão, meias brancas; era o que sou levado a chamar: o encanto nupcial. É importante falar dele, pois é aquele que encanta no mais alto dos céus o menino Culafroy. E não posso dizer por quê.

Sobre o anel de ouro posto num tecido branco estendido na bandeja que ele segura diante dos noivos, o padre, com seu hissope, dá quatro pequenos golpes em cruz, que deixam no anel quatro pequenas gotas.

O hissope está sempre úmido com uma gotinha, como o pau de Alberto que fica duro de manhã e que acaba de mijar.

As abóbadas e as paredes da capela da Virgem são caiadas, e a Virgem tem um avental azul como a gola dos marinheiros.
Diante dos fiéis, o altar está bem arranjado; diante de Deus, há, com a poeira e as teias de aranha, uma desordem de madeira.

As bolsas da mulher que pede espórtula são feitas de um resto da seda rosa do vestido da irmã de Alberto. Mas as coisas da igreja tornaram-se familiares para Culafroy; logo a do lugarejo vizinho ainda pôde sozinha compor para ele espetáculos novos. Pouco a pouco, ela se esvaziou de seus deuses, que fugiam com a aproximação do menino. A última pergunta que ele lhes fez recebeu uma resposta dura como uma bofetada. Num meio-dia, o pedreiro reparava o pórtico da capela. Trepado no cume de uma escada dupla, para Culafroy, ele não pareceu ser um arcanjo, pois esse menino nunca pôde levar a sério o maravilhoso dos fazedores de imagens. O pedreiro era o pedreiro. Um belo tipo, de resto. Sua calça de veludo desenhava bem sua bunda e flutuava em torno de suas pernas. No colarinho de sua camisa cavada, seu pescoço brotava com pelos duros como um tronco de árvore brota da vegetação fina das matas. A porta da igreja estava aberta. Lou passou por sob os degraus da escada, baixou a cabeça e os olhos sob um céu habitado por uma calça de veludo cotelê, insinuou-se até o coro. O pedreiro, que o tinha visto, nada disse. Esperava que o garoto pregasse alguma peça no padre. Os tamancos de Culafroy bateram nas lajes até o lugar onde elas são recobertas por um tapete. Ele se deteve sob o lustre e se ajoelhou muito cerimoniosamente num genuflexório com tapeçaria. Suas genuflexões e seus gestos se fizeram cópia fiel daqueles que a irmã de Alberto executava nesse genuflexório todo domingo. Ele se adornava com a beleza deles. Assim, os atos só têm valor estético e moral na medida em que aqueles que os realizam são dotados de poder. Pergunto-me ainda o que significa a emoção que se manifesta em mim, diante de uma canção inepta, do mesmo modo que o faz o encontro com uma obra-prima reconhecida. Esse poder nos é delegado o bastante para que o sintamos em nós, e isso torna suportável o gesto de nos abaixar para subir num carro, porque, no momento em que nos abaixamos, uma memória imperceptível faz de nós uma estrela, ou um rei, ou um meliante (mas se trata ainda de um rei), que se abaixava do mesmo modo e que vimos na rua ou na tela. Erguer-me na ponta do pé direito e levantar o braço direito para pegar na parede meu pequeno espelho ou pegar no aparador minha tigela, é um gesto que me transforma em princesa de T..., que um dia vi fazer esse movimento para repor no lugar um desenho que ela me havia mostrado. Os padres que retomam os gestos simbólicos se sentem penetrados pela virtude não do símbolo, mas do primeiro executante; o padre que enterrou Divina, refazendo na missa os gestos sorrateiros de roubos e arrombamentos, se adornava com gestos, despojos opimos, de um ladrão guilhotinado.

Assim, desde que pegava algumas gotas na pia de água benta da entrada, a bunda e os peitos duros de Germaine se enxertaram em Culafroy, como mais tarde se enxertaram músculos, e ele teve de usá-los segundo a moda do dia. Depois, rezou, com atitude e murmúrio, enfatizando a inclinação da cabeça e a lentidão nobre do sinal da cruz. Chamados de sombra vinham de todos os cantos do coro, de todas as estalas do altar. A pequena lâmpada luzia; ao meio-dia, ela procurava um homem. O pedreiro assobiador sob o pórtico era do mundo, da Vida, e Lou, sozinho aqui, se sentia dono da grande confusão. Responder aos chamados dos clarins, ir pela sombra plena como um sólido... Ele se levantou, silencioso, seus tamancos, pondo-se à sua frente, levavam-no com infinitas precauções sobre a lã alta do tapete, e o cheiro do velho incenso, venenoso, tanto quanto o do velho tabaco de um cachimbo escurecido pelo uso, tanto quanto um hálito de amante, insensibilizava os temores que nasciam, novos e apressados, a cada um de seus gestos. Ele se movia com lentidão, com músculos cansados, moles como os de um escafandrista, entorpecidos por esse cheiro que recuava tão bem o instante, que Culafroy não parecia estar ali hoje. O altar achou-se subitamente ao alcance de sua mão, como se Lou tivesse dado por desatenção uma passada de gigante, ele se sentiu sacrílego. As epístolas estavam caídas sobre a mesa de pedra. O silêncio era um silêncio particular, presente, que os ruídos do exterior não cortavam. Eles se esmagavam sobre as paredes espessas da igreja como frutos podres jogados pelos meninos, se os ouvíssemos, eles não incomodavam em nada o silêncio.

— Cula!

O pedreiro chamava.

— Psiu! Não grita na igreja.

As duas falas provocaram uma rachadura imensa no edifício do silêncio, esse silêncio das grandes residências que sofrem roubos. Como as cortinas duplas do tabernáculo estavam mal unidas, deixando uma fenda tão obscena quanto uma braguilha desabotoada, permitiam que avançasse a pequena chave que mantém a porta fechada. A mão de Culafroy estava sobre a chave, quando retomou seus sentidos para logo os perder de novo. O milagre! O sangue deve correr das hóstias se eu pegar uma! As histórias de judeus contadas de modo leviano, de judeus sacrílegos, que mordiam as Santas Espécies, histórias de prodígios, nas quais hóstias, caídas das línguas de crianças, mancham de sangue o piso e as toalhas, histórias de salteadores simoníacos prepararam esse pequeno momento de angústia. Não se pode dizer que o coração de Lou bateu mais forte, ao contrário — uma espécie de digital, que se chama lá de dedo-da-virgem, diminuía sua cadência e sua força —, nem que seus ouvidos zumbissem: o silêncio saía deles. Erguido na ponta dos pés, havia encontrado a chave. Não respirava mais. O milagre. Esperava ver as estátuas de gesso caírem de seu nicho e o derrubarem por terra; estava certo de que elas o fariam; para ele, já tinha acontecido antes de ter acontecido. Esperou a danação com a resignação do condenado à morte: sabendo-a iminente, esperou-a em paz. Só agia, portanto, depois da realização virtual do ato. O silêncio (esse foi elevado ao quadrado, ao cubo) estava a ponto de fazer explodir a igreja, de fazer das coisas de Deus fogo de artifício. O cibório estava ali. Ele o tinha aberto. O ato pareceu-lhe tão insólito que ele teve a curiosidade de se olhar ao realizá-lo. O sonho quase se despedaçou. Lou-Culafroy pegou as três hóstias e as deixou cair no tapete. Elas desceram com hesitação, planando como folhas que caem em tempo calmo. O silêncio arremessava-se sobre o menino, sacudia-o como o teria feito um rebanho de boxeadores, fazia com que tocasse a terra com os ombros. Deixou escapar o cibório, que, caindo na lã, produziu um som oco.

E o milagre ocorreu. Não houve milagre. Deus fraquejou. Deus estava oco. Somente um buraco com qualquer coisa em volta. Uma forma bonita, como a cabeça em gesso de Maria Antonieta, como os soldadinhos, que eram buracos com um pouco de chumbo fino em torno.

Assim, eu vivia no meio de uma infinidade de buracos em forma de homens. Eu deitava num colchão posto no chão, pois só havia uma cama, onde Clément dormia, e de baixo eu o olhava, estendido, como sobre um banco, sobre a pedra do altar. Por toda a noite, ele só se deslocava uma vez para ir às latrinas, ele cumpria essa cerimônia no maior mistério. Em segredo, em silêncio. Sua história, ei-la tal como ele a contou para mim. Era de Guadalupe e dançarino no Caprice Viennois. Morava com sua amante, uma holandesa chamada Sonia, num pequeno apartamento em Montmartre. Eles aí viviam como vimos que viviam Divina e Gostoso, isto é, uma vida magnífica e despreocupada, que um sopro pode destruir — pensam os burgueses, que sentem bem a poesia das vidas de criadores de poesia: dançarinos negros, boxeadores, prostitutas, soldados, mas que não veem que essas vidas têm um vínculo terrestre, já que são cheios de sustos. Pelo amanhecer de maio de 1939, houve entre eles uma dessas cenas habituais entre cafetões e putas, pois o ganho era insuficiente. Sonia falou em ir embora. Ele a esbofeteou. Ela urrou. Ela o insultou em alemão, mas como o prédio era povoado por pessoas cheias de tato, ninguém ouviu. Ela teve então a ideia de buscar sua mala escondida debaixo da cama, e começou a amontoar em silêncio sua lingerie em desordem. O grande negro aproximou-se dela. Com as duas mãos nos bolsos, disse-lhe:

— Deixa isso, Sonia.

Talvez ele tivesse um cigarro na boca. Ela continuava a encher a mala com meias de seda, vestidos, pijamas, toalhas.

— Deixa isso, Sonia!

Ela enchia. A mala estava posta sobre a cama. Clément derrubou sobre ela sua amante, que escorregou, deitada para trás, e cujo equilíbrio perdido lhe pôs sob o nariz os pés ainda calçados com sapatos prateados. A holandesa soltou um grito bem fraco. O negro a havia agarrado pelos tornozelos, e a havia levantado como um manequim, com um gesto vertiginoso, um gesto de sol, fazendo uma meia-volta rápida sobre si mesmo, ele quebrou a cabeça dela num dos pés da pequena cama de cobre. Clément me contava o caso com seu modo de falar suave de crioulo, em que faltam os r, arrastando o fim das frases.

— Compreende, seu Jean. Bati a cabeça dela ali, a cabeça dela ali rebentada na cama de metá.

Tinha entre os dedos um soldadinho, cujo rosto simétrico só exprimia idiotia e causava essa impressão de mal-estar que é também dada pelos desenhos primitivos, pelos mesmos desenhos que os detentos gravam nas paredes das prisões e rabiscam nos livros da biblioteca, em seus peitos que eles mandam tatuar, que mostram os perfis com um olho de frente. Clément contou-me, enfim, os transes em que o pôs a sequência do drama: o sol, diz-me ele, entrava pela janela da pequena moradia, e que nunca antes ele havia observado essa característica do sol: a malevolência. Ele era a única coisa viva. Mais que um acessório, o sol era uma testemunha triunfal, insidioso, importante como testemunha (as testemunhas são quase sempre da acusação), ciumento como atrizes por não serem a estrela do espetáculo. Clément abriu a janela, mas então lhe pareceu que acabava de confessar publicamente seu crime; a rua entrou em massa no quarto, transtornando a ordem e a desordem do drama para fazer sua participação. A atmosfera fabulosa manteve-se por algum tempo. O negro inclinou-se à janela, bem no fundo da rua viu o mar. Não sei se, tentando reconstituir o estado de espírito do criminoso que ultrapassa o horror desastroso de seu ato, eu não esteja buscando secretamente verificar qual será o melhor método (o que melhor convém à minha natureza) para também, chegado o momento, não sucumbir ao horror. Depois, todos os meios para se livrar de Sonia surgiram-lhe de uma só vez, agrupados, enlaçados, apertados, oferecendo-se à escolha como numa banca. Ele não se lembrava de ter ouvido falar de um cadáver emparedado, e, no entanto, foi esse o meio que achou ter sido designado antes que ele o tivesse escolhido. "Então, fechei a porta com a chave. Pus a chave no bolso. Tirei a mala de cima da cama, desfiz as cobertas. Deitei Sonia. É engraçado, seu Jean, pus Sonia ali. O sangue tinha corrido no rosto dela." Foi então que começou essa longa vida de heroísmo que durou um dia inteiro. Por um esforço poderoso de vontade, ele escapou à banalidade — agora seu espírito numa região sobre-humana, onde era deus, criando de uma só vez um universo singular onde seus atos escapavam ao controle moral. Ele se sublimou. Fez-se general, sacerdote, sacrificante, oficiante. Havia ordenado, vingado, sacrificado, oferecido, não havia matado Sonia. Usou com instinto desconcertante esse artifício para justificar seu ato. Os homens dotados de louca imaginação devem ter de volta essa grande faculdade poética: negar nosso universo e seus valores, a fim de agir sobre ele com desenvoltura soberana. Como alguém que supera seu horror pela água e pelo vazio onde vai entrar pela primeira vez, ele respirou profundamente, e, decidido a ser o mais frio possível, fez-se insensível e ausente. O irremediável cumpriu-se, ele a tal se resignava e se acomodava, depois enfrentava o remediável. Como de um casaco, ele se livrou de sua alma cristã. Santificou seus atos com uma graça que nada devia a um Deus que condena o assassinato. Tapou os olhos do espírito. Durante todo um dia, como que automaticamente, seu corpo ficou à mercê de ordens que não vinham daqui de baixo. Não era tanto o horror do assassinato que o assustava: ele tinha medo do cadáver. A morta branca o confundia, ao passo que uma morta negra o teria inquietado menos. Então saiu do apartamento, fechou-o cuidadosamente, e foi, na primeira hora do dia, para um canteiro de obras buscar dez quilos de cimento. Dez quilos seriam suficientes. Num bairro afastado, para os lados do bulevar de Sebastopol, comprou uma colher de pedreiro. Na rua, tinha recuperado sua alma de homem, tratava-se de um homem, dando a sua atividade um sentido banal: fazer uma pequena parede. Comprou cinquenta tijolos, que arrastou para uma rua vizinha da sua e lá deixou dentro de um carrinho de mão alugado. Já era meio-dia. Levar os tijolos para o apartamento foi toda uma história. Ele fez dez viagens, do carrinho ao apartamento, levando cinco ou seis de cada vez, e dissimulando-os sob um casaco posto sobre o braço. Quando todos os materiais estavam prontos no quarto, ele voltou a seu empíreo. Descobriu a morta; então ele estava só. Ele a pôs contra a parede, perto da lareira, já que sua ideia era de emparedá-la de pé, mas o cadáver estava dobrado sobre si mesmo; ele tentou estender as pernas, mas elas tinham a dureza da madeira e com isso sua forma definitiva. Os ossos quebraram com estalos; ele a deixou então sentada no pé da parede, e começou a obra. A obra do gênio deve muito à colaboração das circunstâncias e do artífice. Acabado o trabalho, Clément viu que ele lhe havia dado, maravilhosamente exata, a forma de um banco. Isso foi conveniente para ele. Trabalhava como um sonâmbulo ausente, voluntário; recusou ver o abismo para escapar à vertigem-loucura, essa mesma vertigem a que mais tarde, cem páginas mais tarde, Nossa Senhora das Flores não resistiu. Sabia que se tivesse recuado, isto é, deixado essa atitude, severa como uma barra de aço onde se agarrava, ele teria naufragado. Naufragado, isto é, corrido ao posto de polícia e se desmanchado em lágrimas. Ele compreendia isso e o dizia para si mesmo enquanto trabalhava, misturando as exortações às invocações. Durante todo o relato, os soldadinhos de chumbo corriam, rápidos, entre seus grossos dedos ligeiros. Eu prestava atenção. Clément era belo. Vocês sabem pelo *Paris-Soir* que ele morreu, quando da revolta de Caiena. Mas era belo. Talvez fosse o mais belo negro que já vi. Como acariciarei com a lembrança a imagem que, graças a ele, vou compor de Seck Gorgui, eu o quero tão belo, nervoso e banal! Talvez seu destino o embelezasse ainda, como essas canções banais que ouço aqui à noite e que se tornam pungentes por me chegarem através das celas e das celas de condenados a trabalhos forçados culpados. Seu nascimento longínquo, suas danças à noite, seu crime, enfim, eram elementos que o envolviam com poesia. Sua testa, eu já o disse, era arredondada e lisa, seus olhos sorridentes, com cílios longos e recurvos. Era delicado e altivo. Com voz de eunuco, cantarolava velhas canções das Ilhas. Por fim, a polícia o pegou não sei como.

Os soldadinhos continuavam seu trabalho de invasão, e um dia o contramestre trouxe o soldado que havia a mais. Village disse-me choramingando:

— Estou cheio, seu Jean, olha outro soldado.

Desde esse dia, tornou-se mais taciturno. Eu sabia que ele me odiava, sem que me fosse possível perceber por que, e também, sem que nossas relações de camaradagem sofressem com isso. Começou, no entanto, a manifestar seu ódio, sua irritação com todos os tipos de mesquinhezes contra as quais eu nada podia, pois ele era invulnerável. Certa manhã, ao despertar, sentou na cama, olhou o quarto e o viu cheio de tolas figurinhas espalhadas por toda parte, insensíveis e maliciosas como uma população de fetos, como carrascos chineses. A tropa subia em vagas repugnantes no assalto ao gigante. Ele se sentia virar. Afundava num mar absurdo e, com o remoinho de seu desespero, me arrastava para o naufrágio. Peguei um soldado. Havia deles no chão e por toda parte, mil, dez mil, cem mil! Embora eu segurasse aquele que eu havia pegado, no côncavo quente da palma de minha mão, ele permanecia gelado, sem respiração. O quarto tinha azul por toda parte, uma lama azul num pote, manchas azuis nas paredes, em minhas unhas. Azul como o avental da Imaculada Conceição, azul como os esmaltes, azul como um estandarte. Os soldadinhos levantavam uma vaga que fazia o quarto balançar:

— Olha pra mim.

Clément estava sentado na cama e deixava escapar pequenos gritos agudos. Seus longos braços se erguiam e caíam, inertes, sobre os joelhos (as mulheres fazem assim). Ele chorava. Seus belos olhos estavam inchados de lágrimas que corriam até a boca: "Ai! Ai!". Mas eu, aqui, inteiramente só, me lembro apenas desse músculo elástico que ele enfiava sem nele pôr a mão, lembro desse membro vivo ao qual eu queria erguer um templo. Outros foram tomados por ele. E Divina por Seck Gorgui e outros por Diop, por N'golo, por Smaïl, por Diagne.

Com Gorgui, Divina ficou rapidamente perdida. Ele brincou com ela como o gato com o rato. Foi cruel.

Com a face pousada sobre o peito negro — sua peruca está bem colada —, Divina pensa de novo nessa língua tão forte quando a sua está mole. Tudo em Divina é mole. Ora, moleza ou dureza não passam de uma questão de tecidos onde o sangue abunda mais ou menos, e Divina não é anêmica. É ela que é mole. Ou seja, cujo caráter é mole, as faces moles, a língua mole, o pau flexível. Em Gorgui tudo isso é duro. Divina fica espantada por poder haver relação entre essas diferentes coisas moles. Já que dureza equivale a virilidade... Se Gorgui só tivesse uma coisa dura... e já que se trata de uma questão de tecido. A explicação escapa a Divina, que só pensa nisso: "Sou a Toda Mole".

Gorgui morou então na mansarda que voa sobre as asas das tumbas, sobre as colunas dos túmulos. Trouxe sua roupa, seu violão e seu saxofone. Passava horas a tocar de cor melodias ingênuas. Na janela, os ciprestes estavam atentos. Divina não tinha por ele nenhuma ternura em especial, preparava sem amor o chá para ele, mas, como suas economias estavam indo embora, ela voltara ao trabalho na calçada, e isso lhe evitava o tédio. Ela cantava. A seus lábios vinham melodias informes em que a ternura se misturava à ênfase, como nos cantos primitivos que, sozinhos, podem provocar comoções, como certas orações, salmodias, como atitudes graves, solenes, dirigidas por um código de liturgia primitiva, de que o riso puro e blasfematório é banido, ainda completamente enxovalhadas pelos desejos das divindades: Sangue, Medo, Amor. No passado, Gostoso bebia pernods baratos; hoje, Gorgui bebe coquetéis feitos com bebidas caras, em compensação come pouco. Certa manhã, talvez pelas oito horas, Nossa Senhora bateu na porta da mansarda. Divina está enrodilhada na sombra odorante, tanto quanto uma savana o pode ser, do negro lealmente adormecido de costas. As batidas na porta a acordaram. Sabe-se, já há algum tempo, que à noite ela usava pijama. Gorgui continuava a dormir. Ela se arrastou sobre o ventre nu e ardente dele, passou a perna por cima batendo nas coxas úmidas, mas firmes, e disse:

— Quem é?

— Sou eu.

— Eu quem?

— Merda, você me reconhece, ou não? Me deixa entrar, Divina.

Ela abriu a porta. Mais eficaz que a visão do negro, o odor informou Nossa Senhora.

— Que fedor. Você tem um inquilino. Nada mal. Veja só, preciso deitar, estou quebrado. Tem um lugar?

Gorgui acordou. Estava sem graça por estar de pau duro, como se costuma ficar pela manhã. Naturalmente ele era pudico, mas os brancos lhe haviam ensinado o impudor, e, em sua grande vontade de se parecer com eles, ele os superava. Temendo que seu gesto parecesse ridículo, não puxou sobre si as cobertas. Simplesmente, estendeu a mão a Nossa Senhora, que ele não conhecia. Divina os apresentou um ao outro.

— Você quer chá?

— Se você quiser.

Nossa Senhora estava sentado na cama. Acostumava-se com o cheiro. Enquanto Divina preparava o chá, ele desamarrava os sapatos. Os cadarços estavam com nós. Pode-se imaginar que se tinha calçado e descalçado sem luz. Tirou o casaco e o jogou no tapete. A água logo ia ferver. Ele se esforçou para tirar de uma só vez meias e sapatos, pois suava nos pés e temia que isso fosse sentido no quarto. Não o conseguiu fazer por completo, mas seus pés não cheiravam a nada. Ele se continha para não dar uma olhada no negro, pensava: "É ao lado da Bola de Neve que eu vou ter de roncar? Será que ele vai embora?". Divina não estava muito segura de Gorgui. Não sabia se ele não era um dos muitos espiões da polícia de costumes. Não interrogou Nossa Senhora. Enquanto isso, Nossa Senhora parecia ele mesmo. Nem os olhos nem os cantos da boca estavam cansados, só os cabelos estavam um pouco amarfanhados. Alguns sobre os olhos. Um pouco, de qualquer jeito, sua cara de ressaca. Ele esperava na beirada da cama, com os cotovelos nos joelhos, coçando a cabeleira.

— Já ferveu a água?

— Está fervendo.

No pequeno fogareiro elétrico, a água fervia. Divina derramou-a sobre o chá. Preparou três xícaras. Gorgui se sentara. Ele despertava por lentas impregnações dos objetos e das criaturas, a começar por ele mesmo. Sentia-se ser. Emitia algumas ideias tímidas: calor, um desconhecido, fico de pau duro, chá, manchas nas unhas (o rosto da americana que não quis apertar a mão de um de seus amigos), oito horas e dez minutos. Ele não se lembrava que Divina lhe havia falado desse rapaz desconhecido. Todas as vezes que ela o apresentou, Divina sempre disse: "Um amigo", pois o assassino lhe recomendou que nunca o chamasse de Nossa Senhora diante de um desconhecido. Na sequência, isso não tem mais nenhuma importância. Gorgui o olha ainda uma vez. Vê seu perfil um pouco desviado, o dorso de sua cabeça. É mesmo essa cabeça presa na parede com um alfinete. Mas ele fica melhor ao natural, e Nossa Senhora, voltando-se ligeiramente para ele:

— Me diz uma coisa, cara, você vai me dar um lugarzinho. Não ronquei esta noite.

— Tudo bem, fica à vontade. Estou me levantando.

Sabemos que Nossa Senhora nunca se desculpava. Parecia, não que tudo lhe fosse devido, mas que tudo devia acontecer (e acontecia na ordem), que nada se dirigia a ele, nenhuma atenção especial, nenhum sinal de estima, que tudo enfim se passava segundo uma ordem de possibilidade única.

— Ei, Divina, você passa minha calça? — disse o negro.

— Espera, bebe o chá.

Divina estendeu-lhe uma xícara e outra a Nossa Senhora. E assim era retomada a vida a três na mansarda encarapitada sobre os mortos, as flores cortadas, os coveiros bêbados, os fantasmas sorrateiros lacerados pelo sol. Os fantasmas não são nem de fumaça nem de um fluido opaco ou translúcido; são claros como o ar. Nós os atravessamos de dia, sobretudo de dia. Algumas vezes, são desenhados em traços de pena sobre nossas feições, sobre uma de nossas pernas, cruzando suas coxas com as nossas, num de nossos gestos. Divina passou vários dias com esse Marchetti de ar límpido, que foi embora com Nossa Senhora, que o desencaminhou — e quase assassinou —, cujo fantasma Nossa Senhora não atravessava sem sempre arrastar em seu gesto farrapos brilhantes, insensíveis aos olhos de Gostoso e de seu grande amigo (ele talvez quisesse dizer "bom amigo", um dia ele disse "belo amigo"). Ele pega um cigarro. Mas é Marchetti que, com um piparote, o faz saltar do maço. Um pouco por toda parte, farrapos do fantasma Marchetti agarram-se a Nossa Senhora. Desse jeito Nossa Senhora é irreconhecível. Esses trapos de fantasma não se ajustam bem nela. Ele parece de verdade estar disfarçado, mas só como o sabem fazer os pobres camponeses na época do Carnaval, com saias, chales, mitenes, botinas de botões e salto Luís xv, capelinas, lenços subtraídos dos armários das avós e das irmãs. Pouco a pouco, pétala a pétala, Nossa Senhora das Flores desfolha sua aventura. Verdadeira ou falsa? As duas coisas. Com Marchetti, ele assaltou um cofre-forte dissimulado numa espécie de armário, um contador. Cortando o fio elétrico que o ligava a uma campainha no cômodo do vigia, Marchetti (um belo corso louro de trinta anos, campeão de luta greco-romana) põe um dedo nos lábios e diz:

— Está silencioso.

Agachados, num tapete, sem dúvida, terão procurado o número e o encontrado depois de se terem confundido até o desespero em combinações, que misturavam suas idades, seus cabelos, os rostos lisos de seus amores, múltiplos e submúltiplos. Enfim, essa trapalhada se organizou numa rosácea e a porta do cofre se abriu. Embolsaram trezentos mil francos e um tesouro de joias falsas. No carro, no caminho para Marselha (porque, mesmo que não se tivesse a ideia de ir embora, depois de golpes parecidos, sempre se vai para um porto. Os portos ficam no fim do mundo), Marchetti, sem outra razão a não ser seu nervosismo, bateu na têmpora de Nossa Senhora. Seu anel de ouro fez correr sangue. Enfim (Nossa Senhora ficou sabendo disso mais tarde, pela confissão que Marchetti fez a um colega), seu amigo pensou em matá-lo com seu revólver. Em Marselha, feita a partilha, Nossa Senhora confiou-lhe todo o produto do roubo, e Marchetti foi embora, abandonando o menino.

— É um filho da puta, Divina, você não acha?

— Você estava apaixonado — disse Divina.

— Você é louca, vai.

Mas Marchetti era belo. (Nossa Senhora fala da blusa que moldava seu tronco, parecendo veludo, ele sente que ali está encerrado o encanto que subjuga. A mão de ferro na luva de veludo.) Corso louro de olho... azul. A luta era... greco-romana. A corrente... de ouro. Na têmpora de Nossa Senhora, o sangue correu. Por fim, ele devia a vida àquele que, tendo acabado de assassiná-lo, o ressuscitava. Marchetti, por sua graça, o devolvia ao mundo. Depois, na mansarda, Nossa Senhora faz-se triste e alegre. Seria possível dizer que ele canta um poema de morte com uma melodia de minueto. Divina escuta. Ele diz que Marchetti, pego, será confinado. Do Confinamento, ele irá embora. Nossa Senhora não sabe ao certo o que é o Confinamento, pois só ouviu uma vez um jovem lhe dizer, falando dos tribunais: "Eles mandam mesmo para o confinamento", mas ele desconfia que isso deve ser terrível. Para Divina, que conhece as prisões e seus hóspedes pensativos, Marchetti vai preparar-se segundo os ritos, como ela explica a Nossa Senhora, talvez como fez um condenado à morte que cantou numa noite, do crepúsculo da véspera à aurora do dia em que sua cabeça rolou na serragem, todas as canções que sabia. Marchetti cantará canções com a voz de Tino Rossi. Fará sua trouxa. Escolherá as fotos de suas mais belas amantes. Também a de sua mãe. Beijará a mãe no parlatório. Partirá. Depois será o mar, isto é, a ilhota do diabo, os negros, as fábricas de rum, os cocos, os colonos que usam panamá. A Bonita! Marchetti será a Bonita! Ele *será* a Bonita. Enterneço-me ao pensar nisso, e sobre seus belos músculos submetidos aos músculos de outros brutos, chorarei de ternura. O cafetão, o sedutor, o carrasco dos corações será a rainha dos forçados. Seus músculos gregos servirão para quê? Será chamado de

Fofinha, até a chegada de um bandido mais jovem. Mas não. E Deus tem piedade dele? Um decreto não permite mais o envio para Caiena. Os Relegados ficam até o fim de seus dias nas maciças Centrais. Abolidas a oportunidade, a esperança da Bonita. Eles vão morrer com a nostalgia dessa pátria que é sua verdadeira pátria, que eles nunca viram, e que lhes é recusada. Ele tem trinta anos. Marchetti ficará entre quatro paredes brancas até o fim dos fins, e para não se consumir no tédio, será sua vez de elaborar essas vidas imaginárias, nunca realizadas, sem esperança de algum dia o serem, será a morte da Esperança. Vidas opulentas, cativas de uma cela em forma de dado de jogar. Estou bem satisfeito. Que por sua vez esse cafetão arrogante e tão bonito conheça os tormentos reservados aos fracos. Ocupamos nossas faculdades a nos dar papéis esplêndidos por meio de vidas de luxos; inventamos tantas que ficamos fracos para viver na ação, e, se uma delas viesse, por acaso, a se realizar, não saberíamos ficar alegres com isso, pois esgotamos as delícias secas, e várias vezes lembramos a lembrança de sua ilusão, das mil possibilidades de glória e de riquezas. Somos blasés. Temos quarenta, cinquenta, sessenta anos; só conhecemos a pequena miséria vegetativa, somos blasés. É sua vez, Marchetti. Não invente meios de fazer fortuna, não compre o conhecimento de um caminho seguro para o contrabando, não procure uma coisa nova (são todas usadas, arquiusadas) para enganar os joalheiros, furtar as mulheres, ludibriar os padres, distribuir carteiras de identidade falsas, pois, se você não tem peito para tentar a fuga possível, resigne-se a ter de repente uma boa jogada (sem precisar ao certo para você mesmo o que ela pode ser): o que te tire para sempre dos problemas, e usufrua disso como puder, no fundo de tua cela. Pois eu te odeio com amor.

DIVINARIANA (*continuação*)

Apesar da abjeção em que vocês poderiam situá-la, Divina reina ainda no bulevar. A uma nova (talvez quinze anos) mal-arrumada, e que zomba do piscar de olhos, um cafetão diz, sacudindo-a:

— Ela é a Divina; você é uma putinha suja.

Divina foi encontrada na feira pelas oito horas da manhã. Um cesto de compras na mão, ela pechinchava legumes, violetas, ovos.

À noite, nesse mesmo dia, cinco amigas em torno do chá:

— Vejam, minhas queridas, vejam a Divina casada com Deus. Ela se levanta com as galinhas para ir comungar, a Arrependidíssima.

O coro das amigas:

— Pidade, pidade, para a Divaina!

No dia seguinte:

— Amiga, na delegacia de polícia mandaram Divina ficar nua. Ela estava toda esfolada. Tinha sido espancada. O Gostoso dela bate nela.

O coro das amigas:

— Hu! Hu! Hu! a Divina bem que apanha.

Ora, Divina usava diretamente na pele um cilício colante, insuspeitado por Gostoso e pelos clientes.

Alguém fala a Divina (é um soldado que quer se reengajar):

— O que eu poderia fazer para viver, já que não tenho dinheiro?

Divina:

— Trabalha.

— Não se acha trabalho logo.

Ele quer tentar Divina e insiste:

— Então?

Ele espera que ela responderá, ou pensará: "Roubar". Mas Divina não ousou responder, porque, pensando em sua atitude em situação semelhante, ela se viu dando de comer na mão aos pássaros suas migalhas da fome, e pensou: "Mendigar".

Divina:

— Vimos ciclistas, enrolados em guirlandas da canção que eles assobiam, descer vertiginosamente à noite a ladeira celeste das colinas, nós os esperávamos no vale, aonde nos chegam sob forma de pequenos montes de lama.

Os ciclistas de Divina fazem brotar em mim um antigo pânico.

É preciso que a todo custo eu volte a mim, que tenha confiança de modo mais direto. Eu quis fazer este livro com elementos transpostos, sublimados, de minha vida de condenado, temo que ele nada diga de minhas obsessões. Embora eu me esforce para ter um estilo descarnado, mostrando o osso, eu gostaria de enviar a vocês, do fundo de minha prisão, um livro carregado de flores, de anáguas brancas como neve, de fitas azuis. Nenhum outro passatempo é melhor.

O mundo dos vivos nunca está muito longe de mim. Eu o afasto o mais que posso por todos os meios de que disponho. O mundo recua até não ser mais do que um ponto de ouro num céu tão tenebroso que o abismo entre nosso mundo e o outro é tal que nada resta mais de real além de nosso túmulo. Então, começo aí uma existência de verdadeiro morto. Cada vez mais, corto, podo essa existência de todos os fatos, sobretudo os mais mínimos, aqueles que poderiam mais rapidamente lembrar-me que o verdadeiro mundo está exposto a vinte metros daqui, bem no sopé das muralhas. Entre meus cuidados, afasto de início aqueles que melhor poderiam lembrar-me que foram necessários por conta de uma ocupação social estabelecida: fazer um nó duplo em meus cadarços, por exemplo, me lembraria muito que, no mundo, eu o fazia para que não se desatassem ao longo dos quilômetros de caminhada que eu me concedia. Não abotoo minha braguilha. Fazê-lo me obrigaria a me rever diante do espelho ou na saída dos mictórios. Canto o que nunca teria cantado lá; por exemplo, este terrível: "Nós é que somos aqueles à margem, os apaches, os meliantes...", que, desde que eu cantava aos quinze anos em La Roquette, volta-me à memória toda nova vez que vou para a prisão. Leio o que nunca leria em outro lugar (e acredito nisso): os romances de Paul Féval. Acredito no mundo das prisões, em seus hábitos reprovados. Aceito aí viver como aceitaria, morto, viver num cemitério, desde que ali vivesse como verdadeiro morto. Mas não é preciso que o desvio tenha a ver com a diferença das ocupações, mas com sua essência. Nada fazer de limpo, de higiênico: a limpeza e a higiene são do mundo terrestre. É preciso alimentar-se das intrigas de tribunais. Alimentar-se de sonho. Não ser vaidoso e se enfeitar com novos enfeites, outros além de uma gravata e das luvas: mas renunciar à vaidade. Empregar uma outra linguagem. E se julgar de fato aprisionado para a eternidade. Isso é "construir uma vida": renunciar aos domingos, às festas, ao tempo que está fazendo. Não fiquei espantado quando descobri os hábitos dos prisioneiros, esses hábitos que fazem deles homens à margem dos vivos: cortar longitudinalmente os fósforos, fabricar isqueiros, partilhar um cigarro entre dez, andar em círculos na cela etc. Acho que eu tinha essa vida em mim até então secreta e que basta eu ser posto em contato com ela para que me seja, do exterior, revelada em sua realidade.

Mas, agora, tenho medo. Os sinais perseguem-me e eu os persigo pacientemente. Encarniçam-se em me perder. Não vi, quando ia para o tribunal, no terraço de um café, sete marinheiros interrogando os astros por meio de sete copos de cerveja leve, em torno de uma mesa redonda que talvez gire; depois um ciclista que levava uma mensagem de deus para deus, tendo entre os dentes, seguro por um arame, um lampião redondo, aceso, cuja chama, tornando-o rosado, esquentava seu rosto? Maravilha tão pura, que ele ignora ser maravilha. Os círculos e os globos perseguem-me: laranjas, bolas de bilhar japonês, lanternas venezianas, arcos de saltimbancos, bola redonda do goleiro que usa uma camisa de futebol. Será necessário que eu estabeleça, regule toda uma astronomia interna.

Medo? E que me pode acontecer de pior do que o que me acontecerá? Fora o sofrimento físico, nada temo. A moral só tem a ver comigo por um fio. No entanto, tenho medo. Na véspera do julgamento, não me dei conta de repente de que tinha esperado esse instante durante oito meses, quando já nem mais pensava nele? Há poucos instantes em que escapo ao horror. Poucos instantes em que não tenho uma visão, ou uma percepção horrorizada dos seres e dos acontecimentos. Mesmo e sobretudo daqueles que habitualmente são considerados os mais belos. Ontem, numa dessas celas estreitas da Ratoeira onde se espera a hora de subir para a sala do juiz de instrução, éramos doze, de pé, colados um no outro. Eu estava no fundo, perto das latrinas e de um jovem italiano que contava rindo aventuras insignificantes. Mas elas, por conta de sua voz, de seu sotaque, de seu francês, vibravam de modo patético. Tomei-o por um animal metamorfoseado em homem. Eu sentia que ele podia, num dado momento, diante desse privilégio que eu lhe atribuía, fazer de mim, por seu simples desejo, mesmo não expresso, um chacal, uma raposa, uma galinha-d'angola. Talvez eu me hipnotizasse diante desse privilégio que eu lhe atribuía. Num dado momento, trocou umas frases ingênuas e mortais com um garoto-cafetão. Disse entre outras coisas: "Depenei a mulher", e, na estreita cela, ele subitamente estava tão perto de mim que pensei que quisesse me amar, e tão feroz que pensei que ele queria dizer: "Depenei a mulher" como se diz de um coelho: "Eu o esfolei", isto é, cortei em pedaços ou ainda como se diz: "Depena o velho". E ele disse ainda: "Assim, o Diretor disse: você é um sujeito esquisito, e eu respondi: Fique sabendo que os esquisitos como eu valem bem os esquisitos como o senhor". Penso nessa palavra na boca dos bebês. É horrível. O horror maravilhoso foi tal que, com a lembrança desses momentos (era a propósito dos jogos de dados), me pareceu que os dois garotos estavam suspensos no ar, sem sustentação, com os pés erguidos do chão, que eles gritavam suas falas em silêncio. Acho de modo tão firme que me lembro que estavam no ar, que sem querer minha inteligência busca saber se não tinham à disposição uma coisa que lhes permitisse erguer-se, um mecanismo escondido, uma mola invisível, sob o chão, enfim não sei o que de plausível. Mas como nada disso era possível, minha lembrança vagueia no horror sagrado do sonho. Instantes assustadores — e que eu busco — em que não se pode contemplar seu corpo nem seu coração sem aversão. Por toda parte encontro um incidente banal, aparentemente inofensivo, que me mergulha no mais imundo horror: como se eu fosse um cadáver perseguido pelo cadáver que sou. É o cheiro das latrinas. A mão que vejo, com uma aliança, é a do condenado à morte, quando ele a estende para fora da janelinha de sua cela a fim de pegar a cumbuca de sopa que o ajudante lhe passa: como ele ficava invisível, essa mão é como que a mão do deus de um templo maquinado, e essa cela onde a luz é conservada noite e dia é o amálgama Espaço-Tempo da antecâmara da morte — vigília de armas que vai durar quarenta e cinco vezes vinte quatro horas. É Gostoso sem calça, sentado na latrina de louça branca. Seu rosto está crispado. Quando, pendurados por um momento, caem esses torrões quentes, uma lufada de cheiro me avisa que esse herói louro estava entupido de merda. E o sonho me engole num bloco. São as pulgas que me mordem, pois sei que são maldosas e que me mordem com uma inteligência, de início humana, depois mais que humana.

Você conhece algum veneno-poema que fizesse explodir minha prisão num ramalhete de miosótis? Uma arma que matasse o jovem perfeito que me habita e me obriga a dar asilo a toda uma população animal?

Andorinhas se aninham sob seus braços. Elas aí construíram um ninho de terra seca. Lagartas de veludo cor de fumo se misturam aos cachos de seus cabelos. Debaixo de seus pés, um enxame de abelhas, e ovos de áspides por trás de seus olhos. Nada o comove. Nada o perturba além das pequenas comungantes que mostram a língua para o padre unindo as mãos, baixando os olhos. Ele é frio como a neve. Sei que é sorrateiro. O ouro mal o faz sorrir, mas, se ele sorri, tem a graça dos anjos. Que cigano estaria suficientemente pronto para me livrar dele com um punhal inevitável? Falta vivacidade, golpe de vista, uma bela indiferença. E... o assassino tomaria seu lugar. Ele voltou esta manhã de um périplo por umas espeluncas, terá visto marinheiros, mulheres, uma delas deixou em sua face a marca de uma mão sangrando. Ele pode ir para muito longe, mas é fiel como um pombo. Numa noite dessas, uma velha atriz tinha deixado sua camélia na botoeira dele; eu quis amassá-la, as pétalas caíram no tapete (mas que tapete? minha cela tem o chão de pedras lisas) em grossas gotas de água transparentes e mornas. Agora, mal ouso olhá-lo, pois meus olhos atravessam sua carne de cristal, e tantos ângulos duros aí fazem tantos arcos-íris que é por isso que eu choro. Fim.

Não parece muito para vocês, mas esse poema me aliviou. Eu o caguei.

Divina:

— De tanto me dizer que não vivo, aceito ver as pessoas não me considerarem mais.

Se as relações de Gostoso, devido a suas traições, se reduziram, Divina tinha aumentado as dela. Em seu caderno, célebre por sua estranheza, onde uma página a cada duas era confusa por conta de um emaranhado de volutas a lápis que intrigaram Gostoso, até o dia em que Divina confessou que essas páginas eram os dias de cocaína, para contas, dívidas, encontros, já lemos os nomes das três Mimosas (uma dinastia de Mimosas reinava em Montmartre desde os triunfos de Mimosa a Grande, cheia de fru-frus de alto nível), da Rainha Oriana, da Primeira Comunhão, da Bico de Pata, de Sonia, Clairette, Volumosa, a Baronesa, Rainha da Romênia (por que era chamada de Rainha da Romênia? Disseram-nos um dia que ela teria gostado de um rei, que ela amava às escondidas o rei da Romênia, por causa do porte de cigano que o bigode e os cabelos negros lhe davam. Sendo sodomizada por um homem que representa dez milhões de homens, ela sentia a porra de dez milhões de homens escorrer nela, enquanto um pau, como um mastro, a levava ao meio dos sóis), Sulfurosa, Monique, a Leo. Elas frequentavam, à noite, bares pequenos que não tinham a alegria fresca e o candor dos lugares de dança mais vagabundos. Aí as pessoas se amavam, mas com medo, nessa espécie de horror que nos dá o sonho mais gracioso. Nossos amores têm alegrias tristes, e, se temos espírito mais vivaz que os apaixonados de domingo à beira d'água, nosso espírito vivaz atrai a infelicidade. Um riso só eclode aqui a partir de um drama. É um grito de dor. Num desses bares: como toda noite, Divina pôs em seus cabelos uma pequena coroa de baronesa com pérolas falsas. Ela parece uma águia coroada dos heraldistas, tendões do pescoço aparentes sob as penas de seu boá. Gostoso está diante dela. Em torno, noutras mesas, as Mimosas, Antinea, Primeira Comunhão. Fala-se das boas amigas ausentes. Judite entra e, diante de Divina, se inclina até o chão:

— Boa noite, senhora!

— A idiota — clama Divina.

— *Die Puppe hat gesprochen* — diz um jovem alemão.

Divina ri escancaradamente. A coroa de pérolas cai no chão e se quebra. Condolências a que a alegria maldosa dá riquezas de tonalidade: "A Divina está descoroada!... É a Grande Decaída!... A pobre Exilada!...". As pequenas pérolas rolam pela serragem espalhada no soalho, onde são semelhantes às contas de vidro que os ambulantes vendem por ninharia às crianças, e estas são semelhantes às contas de vidro que enfiamos diariamente nos quilômetros de fio de latão, com que, em outras celas, tecemos coroas mortuárias semelhantes àquelas que entulhavam o cemitério de minha infância, enferrujadas, quebradas, esfarelando-se com o vento e a chuva, só conservando na ponta de um fraco fio de latão escurecido um pequeno anjo de porcelana rosa com asas azuis. No cabaré, todas as bichas estão de súbito ajoelhadas. Só os homens se mantêm eretos. Então, Divina solta um riso em cascata estridente. Todo mundo está atento: é seu sinal. De sua boca aberta, ela arranca a dentadura, pondo-a na cabeça, e, com o coração na garganta, mas vitoriosa, exclama com voz alterada, e os lábios recolhidos na boca:

— Então, merda, senhoras, vou ser rainha de qualquer jeito.

Quando eu disse que Divina era feita de uma água pura, eu deveria ter especificado que ela era talhada em lágrimas. Mas fazer seu gesto era pouca coisa ao lado da grandeza que lhe era necessária para realizar este: tirar dos cabelos a dentadura, enfiá-la na boca e aí ajeitá-la.

Para ela não era nada parodiar uma coroação real. Quando vivia com Ernestine na casa de ardósias:

A nobreza é prestigiosa. O mais igualitarista dos homens, se não quiser admitir isso, experimenta esse prestígio e a ele se submete. Duas atitudes diante dela são possíveis: a humildade ou a arrogância, que, uma e outra, são o reconhecimento explícito de seu poder. Os títulos são sagrados. O sagrado circunda-nos e nos subjuga. É a submissão da carne à carne. A Igreja é sagrada. Seus ritos lentos, carregados e pesados de ouro como galeões espanhóis, com sentido antigo, bem longe da espiritualidade, dão-lhe um império terrestre como aquele da beleza e o da nobreza. Culafroy, de corpo leve, não podendo escapar a esse poder, a ele se entregava voluptuosamente, como teria feito com a Arte, se a tivesse conhecido. A nobreza tem nomes pesados e estranhos como nomes de cobras (já tão difíceis quanto os nomes de velhas divindades perdidas), estranhos como signos e escudos ou animais venerados, tótens das velhas famílias, gritos de guerra, títulos, peles, esmaltes — escudos que fechavam a família com um segredo, como um selo sela um pergaminho, um epitáfio sela um túmulo. Ela encantava a criança. Seu cortejo no tempo, indistinto e, no entanto, certo, e presente, cortejo de guerreiros rudes, de que ele era, acreditava ele, a culminação, portanto eles próprios — cortejo que só tivera como razão de ser chegar a este resultado: uma criança pálida, prisioneira de uma cidadezinha de casebres —, comovia-o mais que um cortejo atual e visível de soldados queimados de sol, de que ele teria sido o chefe. Mas ele não era nobre. Ninguém na cidadezinha era nobre, em todo caso ninguém apresentava traços disso. Um dia, porém, entre as coisas abandonadas na mansarda, descobriu uma velha história de Capefigue. Mil nomes de cavaleiros e barões de armas aí estavam consignados, mas ele só viu um: Picquigny. Ernestine tinha como sobrenome de solteira Picquigny. Sem dúvida, ela era nobre. Citemos a passagem de *História constitucional e administrativa da França* de Capefigue (página 477): "... Uma sessão preparatória e secreta dos Estados, realizada por Marcel e os legisladores de Paris. Eis de resto como ela se deu. Jean de Picquigny e várias outras pessoas de armas foram ao castelo onde o rei de Navarra era cativo. Jean de Picquigny era governador do Artois, e as pessoas de armas, burgueses de Amiens, plantaram escadas ao pé das muralhas e surpreenderam os guardas, a que não fizeram nenhum mal...". Para ter precisões sobre essa família, ele leu por inteiro a *História* de Capefigue. Se as tivesse tido a sua disposição, teria fuçado bibliotecas, decifrado manuscritos ilegíveis, e é assim que nascem as vocações de eruditos, mas ele só descobriu essa ilhota emergindo de um mar de nomes prestigiosos. Por que então Ernestine não tinha a partícula de nobreza? Onde estavam as armas? Quais eram mesmo suas armas? Ernestine conhecia esse trecho do livro e sua própria nobreza? Menos jovem e sonhador, Culafroy teria observado que a página 447 tinha o canto gasto pelo suor dos dedos. O pai de Ernestine conhecia o livro. O mesmo milagre o havia aberto no mesmo lugar, e lhe havia mostrado o nome. Agradava a Culafroy que a nobreza fosse de Ernestine mais que dele mesmo, e já nesse traço poderíamos ver um sinal de seu destino. Poder aproximar-se dela, usufruir de sua intimidade, de seus favores especiais, convinha-lhe, como a muitos agrada ser o favorito de um príncipe mais que ser o próprio príncipe, ou sacerdote de um deus mais que o próprio deus, pois assim pode receber a Graça. Culafroy não pôde conter-se e deixar de contar sua descoberta, e, não sabendo como abordar a questão com Ernestine, disse-lhe diretamente:

— Você é nobre. Vi seu nome numa velha história da França.

Ele sorria ironicamente, para tornar crível seu desprezo por essa aristocracia, cuja fatuidade o professor apontava suntuosamente, toda vez que o estudo nos levava à noite do 4 de agosto. Culafroy pensava que o desprezo indica indiferença. As crianças, e a sua em primeiro lugar, intimidavam Ernestine mais ou menos tanto quanto me intimida um empregado doméstico; ela enrubesceu e se julgou descoberta; ou se julgou descoberta e enrubesceu, não sei. Ela também se queria nobre. Tinha feito a mesma pergunta a seu pai, que enrubesceu do mesmo modo. Essa *História* devia estar na família há muito tempo, desempenhando de algum jeito o papel de pergaminho, e talvez fosse Ernestine que, esgotada por uma imaginação muito fértil

que fazia dela uma condessa miserável, uma ou várias marque-
sas carregadas de brasões e coroas, a tivesse relegado ao sótão,
longe dela, para escapar a sua magia; mas não sabia que ao pô-
-la acima de sua cabeça, ela não poderia nunca dela se libertar,
sendo o único meio eficaz enterrá-la em terra bem úmida, ou
afogá-la, ou queimá-la. Ela não respondeu, mas se ele pudesse
ter lido nela, Culafroy teria visto as devastações que aí causava,
sozinha, essa nobreza não reconhecida, de que ela não estava
certa e que, a seus olhos, a punha acima dos moradores da cidadezinha e dos turistas das cidades. Ela descreveu o brasão.
Pois agora conhecia a ciência heráldica. Fora até Paris para in-
vestigar no Hozier. Com ele, aprendera História. Nós o dizía-
mos, os sábios não agem de outro modo nem por outros motivos. O filólogo não admite (de resto nada sabe a respeito) que
seu gosto pela etimologia vem da poesia (como crê, ou poderia crer, pois é um poder carnal que o incita) contida na palavra
"escravo", em que se encontram, se ele quiser, a palavra "chave"
e a palavra "joelho". É porque ele aprende um dia que a fêmea
do escorpião devora seu macho, que um jovem se torna ento-
mologista, e um outro se torna historiador quando vem a saber
que Frederico II da Alemanha fazia com que crianças fossem
criadas na solidão. Ernestine tentou evitar a vergonha dessa
confissão: sua cobiça da nobreza, pela confissão rápida de um
pecado menos infame. Essa astúcia é velha: a astúcia das con-
fissões parciais. Espontaneamente, confesso um pouco, a fim
de poder melhor ocultar o mais grave. O juiz de instrução disse
a meu advogado que, se eu estivesse fingindo, eu fingia muito
bem: mas não fingi de uma ponta à outra da instrução. Mul-
tipliquei os erros de defesa, foi uma felicidade. O funcionário do tribunal ficou com ar de acreditar que eu simulava ingenuidade, mãe do desajeitamento. O juiz, antes, parecia aceitar
minha boa fé. Ambos se enganavam. É verdade que eu assina-
lava detalhes comprometedores, que eles de início ignoravam.

(Por várias vezes, eu tinha dito: "Era de noite", circunstância que agravava meu caso, como o juiz me indicou, mas pensando também que um delinquente astuto não o teria confessado: era preciso que eu fosse novato. Foi na sala do juiz que me veio à cabeça dizer que "era de noite", pois, dessa mesma noite eu tinha detalhes a esconder. Eu já tinha pensado em ornar a acusação com um novo delito, à noite, mas, como eu não havia deixado nenhum traço, não dava importância a isso. Depois a importância germinou e cresceu — ignoro por quê — e digo maquinalmente: "à noite", maquinalmente, mas com insistência. Todavia, num segundo interrogatório, compreendi de súbito que eu não confundia suficientemente os fatos e as datas. Eu estava calculando e prevendo com um rigor que desconcertou o juiz. Era muita habilidade. Eu só tinha de me preocupar com meu caso: ele tinha vinte. O juiz interrogou-me então — não sobre o que ele deveria ter-me interrogado, se tivesse sido mais fino ou se tivesse tido mais tempo, e para o que eu tivesse previsto respostas — mas sobre detalhes bastante grosseiros, em que não havia me detido, porque não imaginava que um juiz pudesse pensar nisso.) Ernestine não teve tempo bastante para inventar um crime: ela descreveu o brasão: "É de prata e azul com dez partes, e com um leão de gules, enfeitado e abrilhantado com ouro para completar. Como cimeira, Melusina". Eram as armas dos Lusignan. Culafroy escutava esse poema esplêndido. Ernestine conhecia na ponta da língua a história dessa família, que inclui reis de Jerusalém e príncipes de Chipre. Seu castelo bretão teria sido construído por Melusina, mas nisso Ernestine não se detinha: estava na lenda, e seu espírito, para construir o irreal, queria materiais sólidos. A lenda é vento. Ela não acreditava nas fadas, criaturas fabricadas para desviar de seu reto caminho os sonhadores de audaciosas alegorias, mas suas grandes comoções lhe vinham na leitura de uma frase histórica: "... O ramo de Ultramar... As armas que cantam...".

Ela sabia que mentia. Procurando ilustrar-se por meio de uma linhagem antiga, sucumbia ao chamado da noite, da terra e da carne. Buscava raízes para si. Queria sentir, arrastando-a a seus pés, a força dinástica, que foi brutal, muscular, fecundante. Enfim, as figuras heráldicas, propriamente, a ilustravam.

Diz-se que a posição sentada do *Moisés* de Michelangelo foi imposta pela forma compacta do bloco de mármore que iria ser trabalhado. Em todas as épocas, apresentam-se a Divina mármores estranhos que a fazem realizar obras-primas. Culafroy, no jardim público, quando de sua fuga, terá essa oportunidade. Ele seguia pelas aleias quando, tendo chegado ao extremo de uma delas, deu-se conta de que teria de voltar atrás, a fim de não ser obrigado a andar no gramado. Vendo-se fazer isso, pensou: "Ele deu meia-volta", e a palavra volta, logo apreendida no voo, fez com que executasse uma ágil meia-volta sobre si mesmo. Ele ia começar uma dança de gesticulação contida, esboçada, só de intenções, se a sola solta de seu sapato não tivesse se arrastado na areia e feito um barulho de vulgaridade vergonhosa (pois ainda se deve observar isto: que Culafroy ou Divina, de gostos delicados, isto é, afetados, enfim corteses — pois na imaginação nossos heróis apresentam a atração de mocinhas por monstros — sempre se viram em situações que lhes repugnavam). Ele ouviu o barulho da sola. Essa lembrança à ordem fez com que baixasse a cabeça. Assumiu muito naturalmente uma atitude meditativa, e voltou em passos lentos. Os frequentadores do jardim olharam-no passar. Culafroy viu que observavam sua palidez, sua magreza, suas pálpebras baixadas, pesadas e redondas como bolas de gude. Inclinou ainda mais a cabeça, seu passo tornou-se ainda mais lento, e tão mais lento, que ele próprio se tornou por inteiro a atitude do fervor vocativo, e — não pensou — mas disse num grito murmurado:

— Senhor, estou entre vossos eleitos.

Durante alguns passos, Deus levou-o rumo a seu trono.

Divina — voltemos a ela — estava no bulevar encostada a uma árvore. Não havia jovens que não a conhecessem. Três desses bandidinhos aproximaram-se dela. Primeiro, vieram rindo não se sabe de quê, talvez de Divina, depois a cumprimentaram, e pediram notícias do trabalho. Divina segurava um lápis, o lápis maquinalmente atuou em suas unhas, desenhou uma renda irregular, depois, mais conscientemente, um losango, uma rosácea, uma folha de azevinho. Os bandidinhos debochavam dela. Diziam que os cacetes deviam fazer mal, que os velhos...; que as mulheres têm mais atrativos...; que eles são cafetões, eles... e outras coisas, que dizem sem dúvida sem maldade, mas que machucam Divina. Seu incômodo aumenta. São pequenos meliantes bem jovens, e ela tem trinta anos, poderia fazer com que se calassem com as costas da mão. Mas eles são homens. Todos jovens ainda, mas o músculo e o olhar duros. E os três ali, assustadoramente inflexíveis, semelhantes às Parcas. As faces de Divina ardem. Ela finge ocupar-se seriamente do desenho de suas unhas e de só se ocupar disso: "Olha o que eu poderia dizer, pensou ela, para fazer com que eles acreditem que não estou perturbada". E estendendo a mão, com as unhas expostas, aos meninos, sorridente, ela disse:

— Vou lançar uma moda. É, uma nova moda. Olhem, é bonito. As mulheres-nós e as mulheres-outras vão mandar desenhar renda em suas unhas. Vão mandar vir artistas da Pérsia, eles pintarão miniaturas que serão olhadas com lupa! Ah! Meu Deus!

Os três bandidinhos ficaram confusos, e um deles, por todos os outros, disse:

— Divina é tudo.

Eles foram embora.

É daí e desse momento que data a moda das unhas enfeitadas com miniaturas persas.

Divina achava que Gostoso estivesse no cinema e Nossa Senhora, prospector de vitrines, numa grande loja. Sapatos americanos, chapéu muito mole, corrente de ouro no pulso, Gostoso, pelo anoitecer, descia a escada. Seu rosto perdia, passada a porta do prédio, seus reflexos de aço azul, sua dureza de estátua. Seus olhos se suavizavam até não terem mais que o olhar, até não serem mais que dois buracos por onde passava o céu. Mas ele gingava sempre ao andar. Ia até as Tulherias e se sentava numa cadeira de ferro.

Vindo não se sabe de onde, assobiando ao vento, com uma mecha de cabelo ao ar, Nossa Senhora chegava e se instalava numa segunda cadeira. E começava:

— Aonde você chegou?

— Ganhei a batalha, forçosamente. Então, estou numa festa. Você entende, os oficiais dão uma festa em minha homenagem, e com razão. Então, distribuo condecorações. E você?

— Eu... Eu ainda sou só o rei da Hungria, mas você, você se vire para que eu seja escolhido imperador do Ocidente. Entende? Será fantástico isso, Gostoso. E fico contigo.

— Tudo bem.

Gostoso passou o braço em torno do pescoço de Nossa Senhora das Flores. Ia beijá-lo. De repente, de Nossa Senhora pularam oito rapazes selvagens: planos, pareciam separar-se dele como se tivessem formado sua espessura, sua própria estrutura, e saltavam sobre Gostoso como que para enforcá-lo. Era um sinal. Ele se desenlaçou do pescoço de Nossa Senhora, e o jardim estava tão calmo que ele (o jardim), sem rancor, perdoou. A conversa foi retomada, imperial e real. Nossa Senhora e Gostoso entremeavam suas duas imaginações, enguirlandavam-se como dois violinos estirando sua melodia, como Divina enrolava suas mentiras às de seus clientes, a ponto de formar uma trapalhada mais apertada que uma mata de cipós na floresta brasileira, onde nenhum dos dois estava certo de dar continuidade mais a seu próprio tema do que ao do outro. Esses jogos eram levados adiante conscientemente, não para enganar, mas para encantar. Iniciados à sombra no passeio central, ou diante dos cafés com creme amornados, prosseguiam até o balcão do hotel de encontros. Aí, as pessoas dizem o nome discretamente e mostram os documentos, discretamente; mas os clientes se afogavam sempre nessa água pura e esperta que Divina vinha a ser. Sem procurar, ela desfazia a mentira com uma palavra ou um movimento de ombro, com um piscar dos cílios; assim, causava uma perturbação deliciosa, algo como essa emoção que sinto com a leitura de uma frase, com a visão de um quadro, com a audição de um motivo musical, quando enfim identifico um estado poético. É a solução elegante, súbita, luminosa, clara, de um conflito em minhas profundezas. Tenho a prova disso pela paz que sucede à minha descoberta. Mas esse conflito é da espécie desses nós que os marinheiros chamam de nó de puta.

Como explicaremos que Divina tem agora mais de trinta anos? Pois é preciso que tenha a minha idade, para que eu tranquilize enfim minha necessidade de falar de mim, simplesmente, como tenho necessidade de me queixar e de tentar que um leitor goste de mim! Houve um período, que vai dos vinte aos vinte e sete anos, em que Divina, ao mesmo tempo que aparecia algumas vezes, em intervalos irregulares, entre nós, prosseguiu a existência complicada, sinuosa, ondeante, de uma mulher sustentada. Esse foi o período do luxo pesado. Ela fez um cruzeiro pelo Mediterrâneo, depois mais longe ainda entre as ilhas da Sonda, num iate branco, vogou sempre acima dela mesma e de seu amante, um jovem americano modestamente orgulhoso de seu ouro. Quando voltou, com o iate se aproximando de Veneza, um cineasta se apaixonou por ela.

Viveram alguns meses em imensas salas, boas para guardas gigantes, para cavaleiros montados em seus cavalos, de um palácio em mau estado.

Em seguida, houve Viena, no fundo de um hotel dourado, aconchegado sob as asas de uma águia negra. Aí dormir nos braços de um *milord* inglês, no fundo de uma cama com cortina e baldaquim. Depois, houve passeios numa pesada limusine. Retorno a Paris. Montmartre e as colegas da área. E repartida para um elegante castelo Renascença, em companhia de Guy de Roburant. Ela foi então uma nobre castelã. Pensava na mãe e em Gostoso. Gostoso recebia dela remessas de dinheiro, às vezes joias, que ele usava um dia e revendia rapidamente, a fim de pagar os jantares dos amigos. Depois retornos a Paris, e novas partidas, e tudo isso num luxo aquecido, dourado. Tudo isso num conforto tal, que me basta evocá-lo de vez em quando, em seus detalhes mais aconchegantes, para que as humilhações de minha pobre vida de prisioneiro desapareçam, para que eu me console; console com a ideia de que esse luxo existe. E, se me é recusado, evoco-o com um fervor tão desesperado que às vezes (mais de uma vez) acreditei mesmo que ia ser preciso um nada — um pequeno deslocamento, imperceptível, do plano em que vivo — para que esse luxo me cercasse, fosse real, e realmente meu, que teria sido necessário apenas um pequeno esforço de meu pensamento para que eu descobrisse as fórmulas mágicas que abrem as comportas.

E invento para Divina os mais aconchegantes apartamentos onde eu mesmo me espojo.

Enfim, de volta, ela se mistura mais ainda à vida das bichas. Ela se multiplica nos bares minúsculos. Ela se agita, se eriça, e acha que, no meio de todos os nossos gestos, está jogando, espalhando-as em torno dela, pétalas de rosas, rododendros e papoulas, como, na cidadezinha, as meninas jogavam nos percursos de Corpus Christi. Sua grande amiga-inimiga é Mimosa II. Para compreendê-la, seguem-se "Mimosarianas".

A Divina:

— Gosto que meus amantes tenham pernas arqueadas, como os jóqueis, para melhor ajustá-las em torno de minhas coxas quando me cavalgam.

No Tabernáculo, as bichas:

Uma, marquês de?

— Mimosa II mandou pintar as armas do conde de A... em sua bunda. Trinta e seis retângulos de nobreza no traseiro; com tintas de cor.

Divina apresentou-lhe Nossa Senhora das Flores. Num outro dia, mostrou-lhe, bom caráter que era, uma pequena fotografia do assassino, feita em cabine fotográfica.

Mimosa pega a foto, põe na língua estendida e a engole.

— Eu adoro a tua Nossa Senhora, eu a comungo.

Sobre Divina, a Primeira Comunhão:

— Pense bem, a Divina faz como as grandes atrizes de tragédia, sabe jogar com as cartas que tem. Se a fachada degringola, ela mostra o perfil, se este fracassa, então, são as costas. Como Mary Garden, ela faz um pequeno barulho nas coxias.

Toda as bichas do Tabernáculo e dos bares das redondezas, sobre Mimosa:

— É uma peste.

— A Malvada.

— Uma piranha, minhas amigas, uma piranha.

— Uma diaba.

— Venenosa.

**

Divina aceita com leveza essa vida de mariposa. Embebeda-se um pouco de álcool e luz de neon, mas sobretudo do capitoso dos gestos delas Todas e de suas palavras ruidosas. "Essa vida agitada me deixa doida", e ela dizia "agitada" como se diz dos cabelos "com franja", boca "à Pompadour", chá "à russa". Mas na mansarda, as ausências de Gostoso aumentavam. Ele ficava noites sem aparecer. Toda uma rua de mulheres, a rua da Charbonnière, tomara conta dele, depois uma só mulher. Não o veremos mais por bastante tempo. Ele parara de surrupiar nas vitrines, ele se deixava sustentar. Sua pica maciça fazia maravilhas e suas mãos de renda esvaziavam a bolsa de sua cafetina. Depois foi a vez de Nossa Senhora desaparecer, mas este, nós o reencontraremos em breve.

Que importaria a Divina e a mim o destino dos Marchetti magníficos, se não me lembrasse o que sofri no retorno de minhas aventuras onde eu me magnificava, e se não lembrasse a Divina sua impotência. Em primeiro lugar, o relato de Nossa Senhora abranda o tempo atual, pois as próprias palavras de que se serve o assassino são essas palavras mágicas que tão belos pilantras cuspiam como estrelas, como esses extraordinários bandidinhos que pronunciam a palavra "dólar" com um sotaque verdadeiro. Mas que dizer de um dos mais estranhos fenômenos poéticos: que o mundo inteiro — e o mais terrivelmente triste dele mesmo, o mais negro, calcinado, seco até o jansenismo, o mundo severo e nu dos operários de fábrica — seja envolto por maravilhas, que são as canções populares perdidas no vento, por vozes profundamente ricas, douradas, adiamantadas, brilhantes ou sedosas; e essas canções têm frases em que não posso pensar sem vergonha, se sei que são cantadas pelas bocas graves dos operários, onde se encontram palavras como: sucumbo... ternura... embriaguez... jardim de rosas...

residência… degraus de mármore… amantes… meu amor… joias… coroa… ó minha rainha… cara desconhecida… salão dourado… bela mundana… cesta florida… tesouro de carne… declínio dourado… meu coração te adora… carregado de flores… cor da noite… requintada e rosa… enfim essas palavras de um luxo feroz, palavras que devem talhar-lhe a carne como o faria um punhal incrustado de rubis. Eles as cantam, sem pensar muito talvez, eles as assobiam também, com as mãos nos bolsos. E eu, pobre envergonhado, estremeço ao saber que o mais duro dos operários se coroa a cada hora do dia com uma e outra dessas guirlandas de flores: resedás e rosas desabrochadas entre as vozes ricas, douradas, adiamantadas, que são outras tantas meninas, simples ou suntuosas, pastoras e princesas. Vejam como são belos! Todos os seus corpos encurvados pelas máquinas, como uma locomotiva que é inaugurada, enfeitam-se, como se enfeitam também com expressões emocionantes os corpos sólidos dos cem mil bandidinhos que encontramos, pois uma literatura popular, ligeira por ser não escrita, leve e voando de boca em boca, ao vento, diz deles: "Minha carinha bonita", "Pilantrinha", "Belo cafajeste", "Bandidinho" (vale observar que o diminutivo quando aplicado a mim ou a algum dos objetos que me dizem respeito de perto, me transtorna, mesmo se me disserem: "Jean, teus *cabelinhos*" ou "teu *dedinho*", e aí fico irritado). Essas expressões têm certamente uma relação melódica com jovens, a beleza sobre-humana cujo prestígio depende do imundo do sonho, tão poderosa, que de uma só vez ela nos faz penetrar nela mesma, e tão espontaneamente que experimentamos o sentimento de a "possuir" (nos dois sentidos da palavra: estar pleno dela e superá-la numa visão exterior), de a possuir de modo tão absoluto que não há mais lugar, nessa posse absoluta, para a menor indagação. Certos animais, por seu olhar, fazem-nos assim possuir de uma só vez seu ser absoluto: as cobras, os cães. Num piscar de olhos, nós "os conhecemos" e a tal ponto que acreditamos que são eles que conhecem, e experimentamos com isso alguma inquietação misturada com horror. Essas expressões cantam. E os pequenos meliantes, belos cafajestes, bandidinhos, carinhas bonitas, são sensíveis, como um cristal é em relação ao dedo, a essas inflexões musicais, que seria necessário anotar aqui para bem apresentá-las, que, acredito quando as vejo surgir na canção das ruas, vão passar desapercebidas por elas. Mas a ver seus corpos ondular ou se crispar, reconheço que perceberam bem as inflexões e que seu ser inteiro marca sua relação.

É essa parte atroz da infância de Lou-Divina que estava destinada a suavizar sua amargura. Pois foi vista na prisão, quando de sua fuga da casa de ardósias. Detalhes da prisão, não há o que fazer com eles. Um simples policial basta para lhe dar transes dignos de um condenado à morte, sobressaltos pelos quais todo homem passou, como também todo homem em sua vida conheceu a exaltação de uma coroação de realeza. As crianças que fogem invocam todas o pretexto de serem maltratadas; não se acreditaria nelas, mas sabem tão bem enfeitar esse pretexto com circunstâncias tão novas, tão adaptadas a elas mesmas, a seu nome e até a seu rosto, tão singulares enfim, que todas as lembranças dos romances e crônicas sobre as crianças roubadas, sequestradas, aviltadas, vendidas, abandonadas, violadas, violentadas, torturadas, voltam à toda, e as pessoas mais desconfiadas, como os juízes, os padres e os policiais, sem o dizer, pensam: "Nunca se sabe", e as fumaças de enxofre que sobem, lentas, das páginas carregadas dos romance populares, os embalam, louvam, acariciam. Culafroy inventou uma história de madrasta. Foi posto então na prisão; não por maldade, dureza de coração, mas hábito. Sua cela era escura, pequena e habitada. Num canto escuro, um monte de cobertas sujas se agitou e liberou uma pequena cabeça morena, suja, desgrenhada e sorridente.

— E aí, cara?

Culafroy nunca tinha visto algo tão sujo quanto essa cela, nem nada tão sórdido quanto essa cabeça. Não respondeu, chocado. À noite, sozinho, com o entorpecimento que a noite causa, pôde soltar a língua, torná-la confiante.

— Você saiu da casa de seus pais?

Silêncio.

— Olha, você pode falar. Comigo, não tem problema. Somos homens.

Ele riu e fechou os olhos pequenos. Revirando-se em seu pacote de trapos sujos, ele produziu um barulho de ferragens sendo arrastadas. O que pensar? Era noite. Pela claraboia fechada, o céu gelado luzia, tendo estrelas livres e em movimento. E o milagre, essa catástrofe de horror, explodiu, radioso no entanto como a solução de um problema de matemática, assombro de exatidão. O bandidinho puxou coquetemente suas cobertas e perguntou:

— Você me ajuda a tirar minha perna?

Ele tinha um pedaço de madeira, mantido, por um sistema de correias e anéis, no cotoco cortado abaixo do joelho. Em relação a todas as enfermidades, Culafroy tinha a mesma repulsa que diante dos répteis. O horror o assaltou, o horror que o afastou das cobras; mas Alberto não estava mais ali para lhe comunicar, por sua presença, seu olhar, a imposição de suas mãos grandes, a carga de fé que levanta montanhas. O outro garoto tinha desfeito as ligações e liberado o resto da coxa. Por um esforço sublime, Lou triunfou. Levou a mão à madeira como ao fogo, puxou-a para si e se viu com o aparelho bruscamente apertado contra seu peito. Era um membro agora vivo, um indivíduo, como um braço ou uma perna separados do tronco por uma cirurgia. A perna de pau passou a noite de pé, uma noite de vigília, apoiada num canto, contra a parede. O pequeno doente pediu ainda a Lou para cantar, mas, pensando em Alberto, Lou respondeu que estava de luto, e essa razão não os espantou, nem a um nem a outro. Culafroy a tinha também dado a fim de que ela lhe fosse um adereço, para que musselinas pretas o protegessem do frio e do desamparo.

— Tenho vontade, às vezes, de fugir para o Brasil, mas com essa minha perna fodida, não é nada fácil.

Para o perneta, o Brasil era uma ilha depois dos mares e dos sóis, onde homens com compleição de atletas, com rostos rudes, se agachavam à noite em torno de fogueiras gigantes como as de São João, para descascar, em tiras finas e frisadas, laranjas enormes, que eles seguram numa mão, tendo na outra a faca, como os antigos imperadores das imagens seguram o globo de ouro e o cetro. Essa visão o obcecava a tal ponto que ele disse: "... sóis...". Era a palavra-poema que caía dessa visão e começava a petrificá-la; o cubo de noite da cela, onde rodopiavam como sóis (confundidos numa mistura com as pernas de um acrobata com camisa azul executando um grande sol em torno de uma barra fixa) as laranjas atraídas pela palavra "Brasil". Lou então, deixando brotar um fragmento de pensamento que caminhava nele havia já algum tempo, pronunciou: "O que o povo pede?". Era uma frase que ele havia murmurado mentalmente numa noite em que previu a si mesmo na prisão. Mas ele se previu no mogno da penteadeira, ou antes uma percepção inconsciente não associou o lugar (seu quarto) e o momento passado com a palavra e o momento atual (mas o que trazia então essa lembrança do quarto?), superpondo as duas ideias a ponto de fazê-lo crer numa previsão?

Os garotos dormiram. Em seguida, foram confiados a um patronato — ou colônia — para a Recuperação da Infância. Chegando à casa de correção, puseram Lou-Divina na cela desde o primeiro dia. Ele aí ficou, agachado, um dia inteiro. Estava atento ao que ele desconfiava ser o mistério das crianças malditas (no braço eles fazem a tatuagem: "Crianças da infelicidade"). No pátio, numa cadência muito lenta, pequenos pés, sem dúvida sujos, levantavam tamancos pesados. Percebia-se a ronda, bocas fechadas, dos garotos castigados.

Numa pausa, ele ouviu isto:

— ... pela janela do chaveiro.

— ...

— É Germain.

— ...

— É, se eu o encontrar esta noite.

— ...

— Sabe, isso dá trabalho.

A voz que ele ouvia era surda — como as lanternas dos antigos perambuladores —, dirigida no sentido de um único ponto por uma mão em concha desenhando uma boca de criança séria. Ela se dirigia, do pátio, a um amigo numa cela, que Culafroy não ouvia responder. Talvez se tratasse de um detido que fugira da prisão central, que se encontrava a pouca distância do reformatório de jovens. Assim, o reformatório vivia à sombra de todos esses sóis brilhantes em suas celas cinza — os homens — e os garotos esperavam que a idade lhes desse a possibilidade de irem entre os grandes que eles veneravam, que eles imaginavam, fanfarronando diante dos guardas, insolentes e soberbos. Os garotos esperavam então, por fim, poder cometer crimes verdadeiros, como pretexto para ir para o inferno.

No patronato, os outros bandidinhos desempenhavam com muita habilidade seu papel de demônios reveladores. Seu vocabulário era entenebrado por fórmulas conjuratórias, seus gestos eram faunescos, florestais, ao mesmo tempo que evocadores de becos, de trechos de sombra, de muralhas, de cercas escaladas. Nesse pequeno mundo, e regulando-o exatamente o bastante para que só se percebesse dele um riso impudico, passavam, levadas como bailarinas em suas saias infladas, as religiosas. Logo em seguida, Culafroy compôs para elas um balé grotesco. Segundo o roteiro, saíam todas para o pátio claustrado e, como se elas, as Irmãs Bêbadas guardiãs das noites hiperbóreas, estivessem embriagadas de champanhe, elas se agachavam, erguiam os braços, sacudiam a cabeça. Em silêncio. Depois se organizavam em círculo, giravam ao modo dos escolares nas rondas, enfim, como os dervixes rodopiantes, giravam em torno delas mesmas até cair, morrendo de rir, enquanto o capelão, dignamente, passaria no meio delas carregando o ostensório. O sacrilégio da dança — o sacrilégio de tê-lo imaginado — perturbava Culafroy, como o teria perturbado, se tivesse sido homem, o estupro de uma judia.

Muito rápido, apesar de sua tendência ao devaneio ou por causa talvez desse devaneio, ele se tornou semelhante aos outros na aparência. Se seus colegas de turma o tinham afastado de suas brincadeiras, ele devia isso à casa de ardósias, que fazia dele um príncipe. Mas aqui, ele não passava, aos olhos dos outros garotos, de um vagabundo recolhido como eles, um delinquente sem outra estranheza, mas ela tem peso, que não a de vir de um lugar um pouco distante. Seu ar finamente cruel, seus gestos exagerados pela obscenidade e pela vulgaridade, tinham formado dele uma tal imagem que os meninos cínicos e cândidos o reconheceram como um dos deles, e ele, por uma preocupação de ser conscencioso, de ser até o fim da aventura o suposto personagem, por polidez, ele ainda se conformou a isso. Não queria decepcionar. Participou dos lances pesados. Com alguns outros de uma pequena brigada fechada como um bando, ajudou a cometer um pequeno roubo no interior do patronato. A senhora Superiora era, dizia-se, de uma ilustre família. A quem solicitava algum favor, ela respondia: "Sou apenas a serva da serva do Senhor". Um tal pedestal orgulhoso confunde. Ela perguntou a Lou por que ele tinha roubado. Ele não soube o que responder:

— Porque os outros me consideram ladrão.

A senhora Superiora não compreendeu nada dessa delicadeza de criança. Foi declarado hipócrita. Culafroy, de resto, tinha por essa religiosa uma aversão que nasceu de maneira estranha: no dia de sua chegada, ela o havia levado à parte para sua pequena sala, que era uma cela esmeradamente arrumada, e lhe havia falado da vida cristã. Lou escutou-a tranquilamente, foi levado a lhe responder com uma frase que começava assim: "No dia de minha primeira comunhão...", mas um lapso fez com que ele pronunciasse: "No dia de meu casamento...". Confuso, perdeu pé. Teve de fato o sentimento de ter cometido uma incongruência. Enrubesceu, gaguejou, fez esforços para voltar à superfície; tudo foi em vão. A senhora Superiora olhava-o tendo nos lábios o que ela chamava de seu sorriso de misericórdia. Culafroy, atemorizado por ter causado em si mesmo um tal redemoinho num fundo lamacento de onde ele subia com vestido de cauda de cetim branco, coroado com flores de laranjeira artificiais, odiava a velha por ter sido causa e testemunha da mais bela e sorrateira aventura. "De meu casamento!"

Veja-se o que eram as noites no patronato — ou colônia. As cabeças desaparecem sob as cobertas nas redes imobilizadas do dormitório. O chefe já foi para seu quartinho, que fica na extremidade do dormitório. O silêncio se impõe durante uma meia hora, o silêncio da selva, carregado de suas pestilências, de seus monstros de pedra e como que atento aos suspiros contidos dos tigres. Segundo o rito, de entre os mortos as crianças renascem. As cabeças prudentes como as das cobras, inteligentes também, astutas, peçonhentas e venenosas, erguem-se, depois os corpos inteiros saem das redes, sem que os ganchos façam ruído. O aspecto geral do dormitório — visto do alto — não se altera. A astúcia dos internos sabe puxar as cobertas, enchê-las para que pareçam conter corpos deitados. Tudo se passa embaixo. Rápido, arrastando-se, os camaradas se reúnem. A cidade suspensa fica deserta. Os blocos de aço batendo nos sílex incendeiam o pavio dos isqueiros e se acendem cigarros finos como canudinhos. Fuma-se. Estendidos sob as redes, em pequenos grupos, estabelecem-se rigorosos planos de fuga, todos destinados ao fracasso. Os internos vivem. Sabem-se livres e donos da noite, e se organizam num reino severamente administrado com seu déspota, seus pares e os plebeus. Acima deles, repousam as brancas redes abandonadas. A grande ocupação noturna, a que mais convém para encantar a noite, é a fabricação das tatuagens. Mil e um pequenos golpes de uma fina agulha atingem a pele até esta sangrar, e as figuras mais extravagantes para vocês mostram-se nos lugares mais inesperados. Quando o rabino desenrola lentamente a Torá, um mistério toma de arrepios toda a epiderme, assim como quando se vê um interno despir-se. Todo o azul desfigurado numa pele branca reveste de um prestígio obscuro mas poderoso o menino que dele está coberto, como uma coluna indiferente e pura se torna sagrada sob os entalhes dos hieróglifos. Como um totem. Às vezes as pálpebras deles são marcadas, as axilas, as virilhas, as nádegas, o pênis e até a planta dos pés. Os signos eram bárbaros; pensamentos, arcos, corações transfixados, gotejando sangue, rosto sobre outro rosto, estrelas, crescentes de lua, traços, flechas, andorinhas, cobras, navios, punhais triangulares e inscrições, divisas, avisos, toda uma literatura profética e terrível.

Sob as redes, entre a magia das ocupações, amores nasciam, prosperavam, morriam, com todo o aparato dos amores habituais: ódios, cupidezes, ternuras, consolos, vinganças.

O que fazia da colônia um reino distinto do reino dos vivos era a mudança dos símbolos e, em certos casos, dos valores. Os internos tinham seu dialeto aparentado ao das prisões, e assim, uma moral e uma política particulares. O regime governamental, misturado à religião, era o da força, protetora da Beleza. Suas leis são observadas com seriedade, são inimigos do riso que poderia destruí-los. Mostram uma rara aptidão para a atitude trágica. O crime começa com o boné mal posto. Essas leis não nasceram de decretos abstratos: foram ensinadas por algum herói proveniente de um céu de força e de Beleza, cujas condições temporais e espirituais são de fato de direito divino. Eles não escapam, de resto, aos destinos dos heróis, e, no pátio da colônia, pode-se, diariamente, no meio dos mortais, encontrá-los sob os traços de um ajudante de padeiro ou de serralheiro. A calça dos internos só tem um bolso: está aí ainda algo que os isola do mundo. Um só bolso, à esquerda. Todo um sistema social é desfeito por esse simples detalhe na roupa. A calça deles só tem um bolso, como os tão apertados culotes do diabo não têm bolso, como a dos marinheiros não tem braguilha, e sem dúvida se sentem humilhados por isso, como se lhes tivessem amputado um atributo sexual masculino — é bem disso que se trata; os bolsos, que desempenham um papel tão grande na infância, são para nós um sinal de superioridade em relação às meninas. Na colônia, como na marinha, é a calça que conta, e se você quiser ser homem "você defende suas calças". Admiro que os adultos tenham tido a audácia de destinar seminários à infância que se prepara para o papel de personagens de sonho e que tenham sabido tão bem reconhecer os detalhes que fariam das crianças esses pequenos monstros maldosos ou graciosos, ou ágeis, ou cintilantes, ou obscuros, ou pérfidos, ou simples.

Foram as roupas das freiras que deram a Culafroy a ideia de fugir. Ele só teve de pôr em ação um plano que as roupas conceberam por elas mesmas. As religiosas deixavam por noites inteiras sua roupa pendurada num secador, elas fechavam suas meias e seus chapéus numa sala de costura, de que Culafroy percebeu logo a porta e o modo de abri-la. Com prudência de espião, falou de seu plano com um garoto esperto.

"Se um cara quisesse...

— Então, a gente foge?

— ... Claro!

— Você acha que a gente vai poder ir longe?

— Com certeza. Mais longe do que assim — (ele mostrava seu uniforme ridículo) —, e depois poderemos pedir esmola."

Não falem de inverossimilhança. O que vai se seguir é falso e ninguém é obrigado a aceitá-lo como coisa certa. A verdade não é meu ponto forte. Mas "é preciso mentir para ser verdadeiro". E mesmo para ir além. De que verdade quero falar? Se é bem verdade que sou um prisioneiro, que represento (que se representa) cenas da vida interior, você não exigirá nada além de uma representação.

Nossos meninos esperaram então uma noite favorável a seus nervos, para cada um roubar uma saia, um casaco e um chapéu; encontrando, porém, só sapatos muito pequenos, conservaram seus tamancos. Pela janela do lavabo, saíram para a rua negra. Devia ser meia-noite. Vestir-se sob um pórtico foi coisa rápida; eles se ajudaram reciprocamente e puseram os chapéus com cuidado. Por um instante, a escuridão foi inquietada pelo roçar de lãs, de alfinetes entre os dentes, do cochichar destas palavras: "Aperta meu cordão... Anda". Numa ruela, lançaram-se suspiros de uma janela. Essa tomada de véu fez da cidade um claustro escuro, a cidade morta, o vale da Desolação.

Sem dúvida, no patronato, demoraram a se dar conta do roubo das roupas, pois nada foi feito no correr do dia "para deter os fugitivos". Eles andaram rapidamente. Os camponeses quase não se espantaram; antes, ficaram maravilhados por ver nos caminhos essas duas pequenas freiras com rosto grave, uma de tamancos, a outra mancando, apressarem-se assim, com gestos delicados: dois dedos finos que levantavam três dobras de uma pesada saia cinza. Depois a fome crispou o estômago deles. Não ousaram pedir a ninguém um pouco de pão, e, como estavam no caminho que leva à cidadezinha de Culafroy, sem dúvida aí teriam chegado rapidamente, se à noite o cão de um pastor não tivesse se aproximado fungando de Pierre. O pastor, que era jovem e criado no temor de Deus, assobiou para o cão, que não obedeceu. Pierre julgou-se descoberto. Partiu, com pernas de ágil medo. Correu mancando até um pinheiro isolado na beira do caminho, e o escalou. Culafroy teve a presença de espírito de subir numa outra árvore mais próxima. Vendo isso, o cão pôs-se de joelhos sob o céu azul, no ar da noite, e fez a oração: "Já que as freiras, como as pegas, fazem seus ninhos nos pinheiros-mansos, Senhor, concedei-me a remissão de meus pecados". Depois, tendo feito o sinal da cruz, levantou-se e se juntou ao rebanho. A seu dono, o pastor, ele contou de novo o milagre dos pinheiros, e todas as cidadezinhas nos arredores foram disso avisadas nessa noite mesma.

Falarei ainda de Divina, mas dela em sua mansarda, entre Nossa Senhora, coração de mármore, e Gorgui. Se fosse mulher, Divina não seria ciumenta. Sem rancor, aceitaria ir sozinha, à noite, pegar os clientes entre as árvores do bulevar. Que lhe importaria que seus dois homens passassem juntos suas noites? Ao contrário, uma atmosfera familiar, uma luz de abajur lhe seriam agradáveis; mas Divina é *também* homem. Antes de tudo, ela tem ciúmes de Nossa Senhora, que não tem malícia, é jovem e belo. Ele corre o risco de obedecer às simpatias de seu nome: Nossa Senhora, sem malícia e astuta como uma inglesa. Ele pode provocar Gorgui. É fácil. Imaginemos os dois, à tarde, no cinema, lado a lado na noite artificial.

— Você tem um lenço, Seck?

Dito e feito, sua mão já está sobre o bolso do negro. Oh! Gesto fatal. Divina tem ciúme de Gorgui. O negro é seu homem, essa pilantra da Nossa Senhora é bonita e jovem. Debaixo das árvores do bulevar, Divina procura os velhos clientes e a angústia de um duplo ciúme a lacera. Depois, sendo Divina homem, ela pensa: "Preciso alimentar os dois *juntos*. Sou o escravo". Ela fica amarga. No cinema, comportados como escolares (mas, como em torno dos escolares, que — basta — baixam juntos a cabeça atrás da carteira, ronda, prestes a eclodir, um pequeno ato louco), Nossa Senhora e Gorgui fumam e só veem imagens. Daí a pouco, irão beber um chope, sem desconfiança, e voltarão para a mansarda, mas não sem que Nossa Senhora tenha espalhado pelo passeio pequenas cápsulas que Gorgui, sob seus calçados com pontas de aço, se diverte em explodir; assim, como os assobios entre os cafetões, entre suas panturrilhas estouram faíscas.

Os três vão sair da mansarda, estão prontos. Gorgui está com a chave. Cada um com um cigarro na boca. Divina acende um fósforo de cozinha (toda vez ela põe fogo em sua própria fogueira), acende seu cigarro, o de Nossa Senhora e estende a chama para Gorgui:

— Não — diz ele —, três no mesmo fósforo não: dá azar.

Divina:

— Não brinque com isso então, a gente não sabe aonde isso leva.

Ela parece cansada e deixa o fósforo cair, agora todo negro e magro como uma cigarra. Ela acrescenta:

— A gente começa por uma pequena superstição, depois cai nos braços de Deus.

Nossa Senhora pensa: "É isso, na cama do padre".

No alto da rua Lepic existe esse pequeno cabaré de que já falei: O Tabernáculo, onde se faz feitiçaria, se trituram misturas, se consultam as cartas, se interrogam os fundos de xícaras, se decifram as linhas da mão esquerda (quando a interrogamos, a sorte tem tendência a responder a verdade, dizia Divina no passado), onde belos jovens açougueiros se metamorfoseiam algumas vezes em princesas com vestidos de cauda. O cabaré é pequeno e tem o pé-direito baixo. Príncipe-Monsenhor governa. Aí se reúnem: Todas, mas sobretudo Primeira Comunhão, Banjo, a Rainha da Romênia, a Ginette, a Sonia, Persefânus,

Clorinda, a Abadessa, Agnès, Mimosa, Divina. E seus Senhores. Toda quinta-feira, a pequena porta com trava fica fechada para a clientela de burgueses curiosos ou interessados. O cabaré é entregue às "algumas que são puras". Príncipe-Monsenhor (que costumava dizer: "Faço um chorar todas as noites", falando dos cofres-fortes que ele forçava e que o alicate faz ranger) lançava os convites. Estávamos em nossa casa. Um fonógrafo. Três garçons serviam, com olhos cheios de malícia, viciosos de um vício alegre. Nossos homens jogam dados de pôquer. E nós dançamos. Para vir, é hábito nos vestirmos de nós mesmas. Nada além de loucas consumadas, que se esfregam em cafetões-garotos. Em suma, nenhuma pessoa adulta. A maquiagem e as luzes desfiguram bastante, mas com frequência põe-se uma máscara, usa-se um leque para saborear o prazer de se adivinhar pela postura da perna, pelo olhar, pela voz, pelo prazer de se enganar, de fazer se sobreporem as identidades. Seria o lugar de sonho para cometer um assassinato, que ficaria secreto ao ponto de as bichas enlouquecidas, tomadas de pânico (ainda que depressa, uma delas, por um sobressalto de severidade materna, soubesse transformar-se num policial rápido e preciso), e os pequenos cafetões, com o rosto crispado de terror, a barriga apertada, aconchegados contra elas, procurarem em vão quem é a vítima e quem é o assassino. Um crime de baile de máscaras.

Divina encontrou para essa noite seus dois vestidos de seda, de estilo 1900, que ela conserva, lembrança de antigas micaretas. Um é preto, bordado de azeviche; ela o usará e propõe o outro a Nossa Senhora.

— Você está doida, e os colegas?

Mas Gorgui insiste, e Nossa Senhora sabe que todos os amigos vão divertir-se, que nenhum debochará; eles a estimam. O vestido ganha o corpo de Nossa Senhora, nu sob a seda. Ele se sente bem. Suas pernas se aproximam, e a pele delas com sua penugem, um pouco peluda mesmo, se roça. Ele se abaixa, roda, se olha no espelho. O vestido, que tem uma armação arredondada, ressalta bem seu posterior evocador de violoncelos. Ponhamos uma flor de veludo em seus cabelos em desordem. Ele calça sapatos com tiras e saltos altos de Divina, em couro amarelo, mas que os babados do vestido dissimulam por completo. Vestiram-se muito rápido, nessa noite, porque iam ao verdadeiro prazer. Divina pôs seu vestido de seda preto, por cima um casaquinho rosa, e pegou um leque de tule com lantejoulas. Gorgui veste um fraque e gravata branca. Deu-se a cena do fósforo soprado. Desceram a escada. Táxi. O Tabernáculo. O porteiro, bem jovem, e bonito tanto quanto é possível, dá três olhadas. Nossa Senhora o encanta. Entram num fogo de artifício desencadeado em babados de sedas e musselinas que não podem se separar da fumaça. Dança-se a fumaça. Fuma-se a música. Bebe-se de uma boca à outra. Os amigos aclamam Nossa Senhora das Flores. Ele não tinha previsto que suas coxas firmes sustentariam tanto tecido. Não se importa que vejam que esteja ficando de pau duro, mas não a esse ponto, diante dos amigos. Queria esconder-se. Volta-se para Gorgui e, um pouco rosado, lhe mostra seu vestido intumescido, e murmura:

— Vai, Seck, me deixa esconder isso.

Ele gargalha um pouco. Seus olhos parecem estar molhados. Gorgui não sabe se estão assim por piada ou por dor; pega então o assassino pelos ombros, agarra-o, aperta-o contra si, encaixa entre suas coxas de colosso a dura saliência que levanta a seda, arrasta-o em seu coração por valsas e tangos que durarão até o amanhecer. Divina queria chorar de raiva, rasgar lenços de cambraia com suas unhas e seus dentes. Depois, esta situação, bem semelhante a uma anterior, lembra de repente a Divina: "Ela estava na Espanha, acho. Garotos a perseguiam gritando: 'Maricona' e lhe jogavam pedras. Ela escapou por uma via da garagem férrea e subiu num vagão parado. Os garotos continuaram, embaixo, a insultá-la e encher de pedras as portas do vagão. Divina estava agachada sob um banco, amaldiçoando com todas as suas forças a horda de meninos, odiando-os até estertorar de ódio. Seu peito se inchava: ela desejava um suspiro para não sufocar com esse ódio. Depois, sentiu ser impossível devorar os garotos, retalhá-los com os dentes e as unhas, como teria desejado, então ela os amou. O perdão brotou do excesso de sua raiva, de seu ódio, e ela se apaziguou". Ela consente, de raiva, em amar que o negro e Nossa Senhora se amem. Em torno dela está o quarto de Príncipe-Monsenhor. Ela se sentou numa poltrona; sobre um tapete, estão jogadas máscaras. Dança-se embaixo. Divina acaba de degolar todo mundo, e no espelho do armário veem-se seus dedos se crisparem em ganchos criminosos, como os do vampiro de Düsseldorf nas capas dos romances. Mas as valsas acabaram. Nossa Senhora, Seck e Divina estavam entre os últimos a deixar o baile. Foi Divina que abriu a porta, e, bem naturalmente, Nossa Senhora pegou o braço de Gorgui. A união, por um instante, destruída pelas despedidas, refizera-se tão bruscamente, desfazendo as armadilhas da hesitação, que Divina sentiu no flanco essa mordida que é dada pelo desprezo com que alguém nos abate. Ela era boa jogadora; ficou então para trás, fingindo arrumar uma liga. Às cinco horas da manhã, a rua Lepic descia em linha direta até o mar, isto é, até o passeio central do bulevar de Clichy. O amanhecer era cinza, um pouco cinza, pouco seguro dele mesmo, a ponto de cair e vomitar. O amanhecer estava nauseado quando o trio ainda estava no alto da rua. Desceram. Gorgui tinha posto de modo muito adequado seu chapéu alto na cabeça crespa, um pouco sobre a orelha. O plastrão branco ainda estava rígido. Um grande crisântemo murchava em sua botoeira. O rosto ria. Nossa Senhora segurava-o pelo braço. Desceram entre duas fileiras de lixeiras cheias de cinzas e resíduos de pentes — essas lixeiras que, toda manhã, têm os primeiros olhares tortos de festeiros, essas lixeiras que vão ziguezagueando.

Se eu tivesse de montar uma peça teatral em que as mulheres teriam um papel, eu exigiria que esse papel fosse representado por adolescentes, e avisaria o público disso, graças a um cartaz que ficaria pregado à direita ou à esquerda dos cenários durante toda a representação. Nossa Senhora, em seu vestido de seda azul pálido, com beiradas de renda Valenciennes branca, era mais que ele mesmo. Ele era ele mesmo e seu complemento. Sou louco pelos travestismos. Os amantes imaginários de minhas noites de prisioneiro são algumas vezes um príncipe — mas eu o obrigo a vestir o que serviu para um mendigo — ou algumas vezes um meliante a quem empresto roupas de realeza; meu maior prazer eu o sentiria talvez quando brincasse de me imaginar herdeiro de uma velha família italiana, mas herdeiro impostor, pois meu verdadeiro ancestral seria um belo vagabundo, andando de pés descalços debaixo do céu estrelado, e que, por sua audácia, teria tomado o lugar desse príncipe Aldini. Gosto da impostura. Nossa Senhora, então, descia a rua como só as grandes, as muito grandes cortesãs sabiam descer, ou seja, sem muito empertigamento e sem ondulações demais, sem chutar a cauda, que, indiferente, varria as pedras cinza, arrastava palhas e gravetos, um pente quebrado e uma folha de árum amarelada. O amanhecer depurava-se. Divina seguia de bem longe. Ela se irritava e os vigiava. O negro e o assassino fantasiados cambaleavam um pouco e se apoiavam nos ombros. Nossa Senhora cantava:

Taraboum dié!
*Taraboum, dié! Taraboum, dié!**

---

* Trecho de uma canção popular francesa do início do século XX, de um tipo conhecido como "canções para beber".

Ele cantava rindo. Seu rosto claro e liso, com linhas e massas conturbadas por uma noite de risos, de danças, de agitação, de vinho e de amor (a seda do vestido estava manchada), se oferecia ao dia nascente como ao beijo gelado de um cadáver. Todas as rosas de seus cabelos eram de tecido; apesar disso, elas tinham murchado sobre o latão, mas ainda cheiravam bem e compunham uma jardineira onde se teria esquecido de mudar a água. As rosas de pano estavam bem mortas. Para lhes dar de novo alguma vida, Nossa Senhora erguia o braço nu, e esse assassino tinha exatamente o gesto um pouco mais brutal do que teria tido com certeza Émilienne d'Alençon para ajeitar seu coque. De fato, ele se parecia com Émilienne d'Alençon. A anquinha desse vestido azul (o que se chamava de um traseiro falso) enternecia, até fazer o grande negro glorioso babar ligeiramente. Divina os olhava descer em direção à praia. Nossa Senhora cantava entre as lixeiras. Pensem em alguma Eugénie Buffet loura, com vestido de seda, cantando uma manhã nas aulas, ao braço de um negro em traje formal. Espanta-nos que nenhuma das janelas da rua não se tenha aberto sobre o rosto sonolento de uma vendedora de manteiga e ovos ou sobre o de seu compadre. Essas pessoas não sabem nunca o que se passa embaixo de suas janelas, e isso é muito bom. Elas morreriam de pena. A mão branca (unhas em luto) de Nossa Senhora estava toda posta sobre o antebraço de Seck Gorgui. Os dois braços roçavam-se num toque tão delicado (o cinema tinha algo a ver com isso), que, vendo, só se podia pensar no olhar das madonas de Rafael, que talvez só seja tão casto pelo que seu nome implica de pureza, pois ele ilumina o olhar do pequeno Tobias. A rua Lepic descia abrupta. O negro de fraque sorria como o champanhe sabe fazer sorrir, com esse ar de estar na festa, ou seja, ausente. Nossa Senhora cantava:

Taraboum, Taraboum, dié!
Taraboum, dié!

Fazia um friozinho. O frio da manhã parisiense gelava-lhe os ombros e fez com que seu vestido estremecesse de alto a baixo.

— Você está com frio — disse Gorgui olhando-o.

— Um tiquinho.

Sem que ninguém prestasse atenção, o braço de Seck envolveu os ombros de Nossa Senhora. Atrás deles, Divina arranja seu rosto e seus gestos, de modo que, um ou outro, caso se virasse para trás, a julgasse preocupada com um inventário inteiramente prático. Mas nenhum dos dois parecia preocupar-se com a ausência ou a presença de Divina. Ouviu-se um ângelus matinal, o ruído de uma caixa de leite. Três trabalhadores passaram no bulevar, de bicicleta, a lanterna acesa, ainda que já fosse dia. Um guarda civil voltava para casa, onde talvez fosse encontrar uma cama vazia; Divina esperou por isso, pois ele era jovem; ele passou e nem mesmo os olhou. As latas de lixo cheiravam a pia e a faxineira. Seu cheiro se agarrava à valenciana branca do vestido de Nossa Senhora e aos festonês dos babados do casaquinho rosa de Divina. Nossa Senhora continuava a cantar e o negro a sorrir. Bruscamente, todos os três ficaram à beira do desespero. O caminho maravilhoso tinha sido percorrido. Agora, era o bulevar plano e banal, asfaltado, o bulevar de todo mundo, e tão diferente desse caminho secreto que acabam de trilhar na manhãzinha bêbada de um dia, com seus perfumes, sedarias, risos, cantos, ao longo de casas que perdiam suas tripas, casas fendidas na fachada e onde, continuando, seu sono, permaneciam suspensos velhos, crianças, meliantes — meriane-meninas-flores —, barmen, tão diferente dessa senda perdida, que os três meninos se aproximaram de um táxi para escapar ao tédio de uma volta por um lugar comum. O taxi esperava justamente por isso. O motorista abriu a porta e Nossa Senhora entrou primeiro. Gorgui, por causa de sua situação no grupo, deveria ter sido o primeiro, mas se afastou, deixando a passagem livre para Nossa Senhora. Que se pense que nunca um cafetão se apaga diante de uma mulher, menos ainda diante de uma bicha, o que porém, diante dele, nessa noite, Nossa Senhora se tornara; era preciso que Gorgui o colocasse bem no alto. Divina enrubesceu quando ele disse:

— Passa, Danie.

Depois, instantaneamente, Divina voltou a ser a Divina que ela havia deixado durante a descida da rua Lepic, a fim de pensar mais rápido, pois, se se sentia "mulher", pensava como "homem". Seria possível achar que, voltando assim espontaneamente à sua verdadeira natureza, Divina era um homem maquiado, descabelado com gestos postiços; mas não se trata desse fenômeno da língua materna a que se recorre nas horas graves. Para pensar com precisão, Divina nunca devia formular em voz alta, para ela mesma, seus pensamentos. Sem dúvida, já lhe tinha acontecido de se dizer alto: "Sou uma pobre mulher", mas, tendo sentido assim, não o sentia mais, e, dizendo-o, não o pensava mais. Em presença de Mimosa, por exemplo, ela chegava a pensar "mulher" a propósito de coisas graves, mas nunca essenciais. Sua feminilidade não era apenas uma mascarada. Mas, para pensar "mulher" por completo, seus órgãos a incomodavam. Pensar é desempenhar um ato. Para agir, é preciso afastar a frivolidade e estabelecer sua ideia numa base sólida. Então vinha em sua ajuda a ideia de solidez, que ela associava à ideia de virilidade, e é na gramática que ela a encontrava a seu alcance. Pois, se, para definir um estado que ela sentia, Divina ousava empregar o feminino, ela não o podia fazer para definir uma ação que ela desempenhava. E todos os juízos "mulher" que ela fazia eram, na realidade, conclusões poéticas. Assim, Divina só então era verdadeira. Seria curioso saber a que correspondiam as mulheres no espírito de Divina e sobretudo em sua vida. Sem dúvida, ela mesma não era mulher (isto é, mulher de saia); ela só se prendia a isso por uma submissão ao homem imperioso, e para ela, Ernestine, que também não era mulher, que era sua mãe. Mas toda a mulher estava numa menina que Culafroy tinha conhecido na cidadezinha. Ela se chamava Solange. Durante os dias calcinados, ficavam sentados num banco de pedra branca, num pequeno trecho de sombra, fino, estreito como uma bainha; os pés recolhidos sob o avental para não os molhar de sol; sentiam e pensavam em comum sob a proteção da árvore com bolas de neve. Culafroy ficou apaixonado, já que fez, quando Solange foi posta no convento, peregrinações. Ele visitou o rochedo do Crotto. Essa pedra de granito servia de espantalho para as mães de família, que povoavam suas cavidades, para nosso terror, com seres maléficos, homens de areia e vendedores de cadarços, alfinetes e coisas do tipo. A maioria das crianças não dava a mínima para as histórias ditadas pela prudência das mães. Sozinhos, Solange e Culafroy, quando lá iam — o mais frequentemente possível — tinham o terror sagrado na alma. Numa noite de verão, carregado de tempestade contida, de lá se aproximaram. O rochedo avançava como uma proa diante de um mar de plantações louras com reflexos azuis. O céu descia sobre a terra como uma poeira azul num copo de água. O céu visitava a terra. Um ar misterioso e místico, imitado dos templos que até o presente só uma paisagem afastada da cidadezinha sabia conservar em todas as estações: um lago habitado por salamandras e enquadrado por pequenos bosques de pinheiros que se idealizavam na água verde. Os abetos são árvores espantosas, que revi com frequência nos quadros italianos. São destinados a presépios de Natal e participam também do encanto das noites de inverno, dos reis magos, dos ciganos músicos e comerciantes de cartões-postais, dos cânticos e dos beijos recebidos e dados à noite, pés descalços sobre o tapete. Em seus ramos, Culafroy esperava sempre descobrir uma virgem miraculosa, que, a fim de o milagre ser total, seria de gesso colorido. Ele precisava dessa esperança para suportar a natureza. Odiável natureza, antipoética, ogra devorando toda espiritualidade. Ogra, como a beleza é glutona. A poesia é uma visão do mundo obtida por um esforço, algumas vezes esgotante, da vontade esforçada, insistente. A poesia é voluntária. Ela não é uma entrega, uma entrada livre e gratuita para os sentidos; não se confunde com a sensualidade, mas, opondo-se a ela, nascia, por exemplo, sábado, quando, para limpar os quartos, levávamos as poltronas e as cadeiras de veludo vermelho, os espelhos dourados e as mesas de mogno para a verdejante pradaria bem ao lado.

Solange estava de pé sobre o mais alto cume do rochedo. Inclinou-se muito ligeiramente para trás, como se aspirasse. Abriu a boca para falar e se calou. Esperava um trovão ou a inspiração, que não se manifestaram. Alguns segundos se passaram num enredamento cheio de terror e alegria. Em seguida, ela pronunciou com voz branca:

— Daqui a um ano, um homem vai se jogar lá embaixo.

— Por que daqui a um ano? Que homem?

— Idiota.

Ela descreveu o homem, que seria gordo, vestido com calça cinza e paletó de caçador. Culafroy ficou tão transtornado quanto se lhe tivessem informado que um suicídio acabava de ser cometido ali e que um corpo ainda quente jazia nos espinheiros, embaixo da rocha. A emoção entrava nele por vagas leves e curtas, invasoras, escapava pelos pés, pelas mãos, cabelos, olhos, para se perder na natureza inteira à medida que Solange contava as fases do drama complicado e sábio como um drama japonês deve ser. Punha aí muito cuidado, escolhera o tom dos recitativos trágicos, em que a voz jamais encontra a tônica.

— É um homem que vem de longe, não se sabe por quê. Deve ser um comerciante de porcos que volta da feira.

— Mas a estrada fica longe. Por que ele vem aqui?

— Para morrer, seu inocente. A pessoa não pode se matar na estrada.

Ela deu de ombros e agitou a cabeça. Seus belos cachos, como chicotes chumbados bateram em seu rosto. A pequena pítia tinha se sentado. Ela parecia, buscando no rochedo as palavras gravadas da profecia, alguma galinha-mãe que remexe a areia para encontrar o grão que ela mostra aos pintinhos. O rochedo se tornou, a seguir, um lugar visitado, frequentado. Lá se ia como se vai a um túmulo. Essa piedade por um morto futuro escavava neles algo como a fome ou uma dessas fraquezas que se opõem à febre.

Culafroy pensou um dia: "Já se passaram nove meses desde então, e Solange volta no mês de junho. Em julho, então ela está ali para ver eclodir a tragédia de que ela é a autora". Ela voltou. Logo, ele compreendeu que ela fazia parte de um mundo diferente do dele. Ela não era mais parte dele. Ela tinha conquistado sua independência; agora, essa menina era como essas obras que deixaram há muito seu autor: não sendo mais imediatamente a carne de sua carne, elas não beneficiam mais de sua ternura materna. Solange tornara-se semelhante a um desses excrementos resfriados que Culafroy depositava embaixo do muro do jardim, nos cassis e groselheiras. Quando estavam ainda quentes, ele encontrava durante algum tempo uma deleitação terna em seu cheiro, mas os rejeitava com indiferença — às vezes com horror — quando, desde há muito, eles não eram mais ele próprio. E se Solange não era mais a menininha casta, tirada de sua costela, a menininha que punha na boca os cabelos para mordiscá-los, ele próprio se calcinara a viver perto de Alberto. Uma operação química acontecera nele, dando nascimento a novos compostos. O passado de um e outro dos garotos já estava relegado entre as velhas luas. Nem Solange nem Culafroy reencontraram mais os jogos e as palavras do ano anterior. Certo dia, foram até debaixo das aveleiras, onde no último verão ocorreram suas bodas, um batismo de bonecas, um festim de amêndoas. Revendo o lugar, que as cabras mantinham sempre parecido, Culafroy lembrou-se da profecia do Crotto. Quis falar disso com Solange, mas ela tinha esquecido. Contando bem, havia treze meses que ela anunciara a morte violenta do comerciante, e nada acontecera. Culafroy via dissipar-se outra função sobrenatural. Uma medida de desespero somou-se ao desespero que o devia acompanhar até a morte. Ele não sabia ainda que todo acontecimento de nossa vida só tem de importante a ressonância que encontra em nós, o degrau que nos faz ir além em direção ao ascetismo. Para ele, que só recebe choques, Solange em seu rochedo não fora mais inspirada que ele. Para se fazer interessante, ela desempenhara um papel; mas então, se um mistério se achava abolido de vez, um outro mais denso se oferecia: "Outros que não eu, pensa ele, podem fazer de conta que não são o que são. Não sou assim um ser excepcional". Depois, por fim, ele surpreendia uma das facetas da reverberação feminina. Estava decepcionado, mas sobretudo se sentia preenchido por um outro amor e um pouco de piedade pela menininha muito pálida, fina e distante. Alberto tinha atraído para ele, como uma ponta atrai o raio, todo o maravilhoso do exterior. Culafroy contou a Solange um pouco do que foram as pescas de cobras, e ele soube, como artista erudito, fazer e calar a confissão. Com um ramo de aveleira ela varria a terra. Certas crianças, sem que as pessoas disso suspeitem, têm entre as mãos atributos de feitiçaria e nós nos espantamos, quando somos ingênuos, com as perturbações nas leis dos animais e das famílias. Solange, no passado, era a fada das aranhas da manhã — Desencanto, diz a crônica. Interrompo-me aqui para observar "esta manhã" uma aranha que tece no canto mais escuro de minha cela. O destino astuciosamente levou meu olhar para ela e sua teia. O oráculo manifesta-se. Só tenho de me curvar sem maldizer: "Você é seu próprio destino, você teceu seu próprio sortilégio". Uma única infelicidade pode acontecer-me, ou seja, a mais terrível

Eis-me assim reconciliado com os deuses. As ciências divinatórias não me levam a fazer nenhuma pergunta, já que são divinas. Eu queria voltar a Solange, a Divina, a Culafroy, aos seres embaçados e tristes que às vezes abandono em troca dos belos dançarinos e meliantes; mas mesmo estes, estes sobretudo, estão longe de mim desde que recebi o choque do oráculo. Solange? Ela escutou como uma mulher as confidências de Culafroy. Teve um instante de incômodo e riu, e tanto, que em seus dentes apertados parecia dar saltos um esqueleto que os martelava com golpes secos. No meio do campo, ela se sentiu prisioneira. Acabavam de amarrá-la. Ciumenta, a moça. Ela teve dificuldade para achar saliva suficiente a fim de perguntar: "Você gosta mesmo dela?" e sua deglutição foi dolorosa, como se tivesse tratado de engolir um pacote de alfinetes. Culafroy hesitou em responder. A Fada corria o perigo do esquecimento. No momento em que era preciso fazê-lo, que a resposta era um "sim" suspenso inteiro e visível, pronto para brilhar, Solange deixou escapar o graveto da aveleira, e para apanhá-lo se abaixou, numa postura ridícula, exatamente quando o grito fatal caía, o "sim" nupcial, de modo que ele se misturou ao barulho da areia que ela raspou; foi assim abafado, e o choque em Solange amortecido. Divina nunca fez nenhuma outra experiência com mulher.

Perto do táxi, não tendo mais de pensar, ela se tornou de novo Divina. Em vez de entrar (ela já havia pegado com dois dedos o babado de seu vestido e erguido o pé esquerdo), como Gorgui, já instalado, a convidava, ela soltou um riso estridente, de festa ou de loucura, voltou-se para o motorista e, rindo na cara dele, lhe disse:

— Não, não. Com o motorista. Eu vou sempre com o motorista, e pronto.

E ela se fez de bobinha.

— O motorista deixa?

O motorista era um brincalhão que conhecia seu ofício (todos os motoristas de táxi são alcaguetes e traficantes de pó branco). O leque nos dedos de Divina não se abriu. Assim, Divina não pegava o leque para enganar; ela teria ficado mortificada se se visse confundida com uma dessas horríveis mulheres com peitos. "Oh! Essas mulheres, as malvadas, as más, as abjetas, as mulheres de marinheiros, as pobres, as que não são limpas. Oh! essas mulheres, como as odeio!", dizia ela. O motorista abriu a porta de seu banco e, sorrindo com gentileza, disse a Divina:

— Pronto, entra, garoto.

— Oh! Esse motorista, ele é, ele é, ele é...

Crepitações de tafetás atingiram a esplêndida coxa do motorista.

O dia estava acordado por completo quando chegaram à mansarda, mas a escuridão estabelecida pelas cortinas fechadas, o cheiro do chá, o cheiro, ainda mais, de Gorgui, fizeram-nos afundar numa noite mágica. Como de hábito, Divina passou para trás do biombo para tirar o vestido de luto e vestir um pijama. Nossa Senhora sentou-se na cama, acendeu um cigarro, a seus pés a massa musgosa das rendas de seu vestido fazendo-lhe uma espécie de pedestal fremente, e, os cotovelos sobre os joelhos, olhou diante dele — o acaso os tendo aceitado e instantaneamente organizado — o fraque, o colete branco de cetim, os escarpins de Gorgui sobre o tapete tomarem a forma do testemunho que um gentleman arruinado deixa pelas três horas da manhã nas margens do Sena. Gorgui deitou-se completamente nu. Divina reapareceu vestindo pijama verde, pois, para o quarto, o verde dos tecidos combinava com seu rosto empoado de ocre. Nossa Senhora ainda não tinha acabado o cigarro.

— Você vai se deitar, Danie?

— Vou, espera, vou acabar isso.

Como sempre, respondeu assim como se responde do fundo de pensamentos profundos. Nossa Senhora não pensava em nada, e é isso que lhe dava o ar de tudo saber sem dificuldade, como por uma espécie de graça. Seria ele o favorito do Criador? Deus talvez o tivesse posto a par. Seu olhar era mais puro (vazio) que o da Du Barry depois de uma explicação de seu amante, o rei. (Como a Du Barry, nesse momento ele ignorava que ia em linha reta para o cadafalso; mas, já que os escritores explicam que os olhos dos pequenos Jesus são tristes até a morte segundo a previsão da Paixão do Cristo, tenho o direito de lhes pedir para ver, no fundo das pupilas de Nossa Senhora, a imagem microscópica, invisível ao olho nu de vocês, de uma guilhotina.) Ele parecia entorpecido. Divina passou a mão nos cabelos louros de Nossa Senhora das Flores.

— Você quer ajuda?

Ela pensava em desacolchetar o vestido e tirá-lo.

— Quero, vai em frente.

Nossa Senhora jogou seu toco de cigarro, esmagou-o no tapete, e, se ajudando com a ponta de um pé, descalçou um, depois o outro pé. Divina abria as costas do vestido. Despojava Nossa Senhora das Flores de uma parte, da parte mais bonita de seu nome. Nossa Senhora estava um pouco bêbado. Esse último cigarro o deixou indisposto. Sua cabeça rolou e caiu de uma só vez sobre seu peito, como a dos pastores de gesso de joelhos sobre os cofres dos presépios de Natal, quando se põe uma moeda na fenda. Ele soluçava de sono e de vinho mal digerido. Deixou que seu vestido fosse tirado sem ajudar com o menor gesto, e, quando ficou pelado, Divina, levantando os pés, fez com que ele caísse na cama, onde rolou contra Seck. De hábito, Divina deitava-se entre eles. Ela viu bem que hoje deveria contentar-se em ficar na beirada exterior, e o ciúme que a havia tomado na descida da rua Lepic, e no Tabernáculo, trouxe-lhe amarguras. Ela apagou. As cortinas mal fechadas deixavam entrar um raio de luz muito fino que se diluía em poeira loura. Era, no quarto, o claro-escuro das manhãs poéticas. Divina deitou-se. Logo, puxou contra si Nossa Senhora, cujo corpo parecia desossado, sem nervos, os músculos nutridos por laticínios. Ele sorria no vazio. Por fim, tinha esse sorriso satisfeito quando estava alegre sem excesso, mas Divina só viu esse sorriso no momento em que pegou entre suas mãos a cabeça dele e voltou para ela o rosto que de início se tinha voltado para Gorgui. Este estava deitado de costas. O vinho e outras bebidas fortes tinham-no amolecido, como tinham amolecido Nossa Senhora. Ele não dormia. Divina pegou em sua boca os lábios fechados de Nossa Senhora. Sabe-se que ele tinha o hálito fétido. Divina cuidava então de abreviar o beijo nessa boca. Ela deslizou até o fundo da cama, sua língua lambendo, de passagem, o corpo penugento de Nossa Senhora, que despertava com o desejo. Divina aconchegou a cabeça no côncavo das pernas e da barriga do assassino, e esperou. Toda manhã era a mesma cena, uma vez com Nossa Senhora e da vez seguinte com Gorgui. Ela não esperou muito tempo. Nossa Senhora virou-se de repente de bruços, e brutalmente fez com a mão seu pau entrar ainda mole na boca entreaberta de Divina. Ela afastou a cabeça e apertou os lábios. Irritável, o sexo tornou-se de pedra (adiante, *condottieri*, cavaleiros, pajens, rufiões, pilantras, sob vossos cetins ficai de pau duro contra o rosto de Divina), quis forçar a boca fechada, mas ele deu contra os olhos, o nariz, o queixo, deslizou contra a face. Era o jogo. Enfim, encontrou os lábios. Gorgui não dormia. Percebia os movimentos pelo eco deles na anca nua de Nossa Senhora.

— Vocês são uns safados, não dá para só vocês fazerem isso, estou com tesão.

Ele se mexeu. Divina brincava de se oferecer e de se retirar. Nossa Senhora ofegava. Os dois braços de Divina abraçavam seus flancos, suas mãos os acariciavam, os alisavam, mas leve-mente, para sentir seu fremir, com a ponta dos dedos, como quando se quer sentir rolar sob a pálpebra o globo ocular. Suas mãos passaram sobre as nádegas de Nossas Senhora, e eis que Divina compreendeu. Gorgui cavalgava o assassino louro e procurava penetrá-lo. Um desespero terrível, profundo, ini-gualável a afastou do jogo dos dois homens. Nossa Senhora procurava ainda a boca de Divina e encontrava as pálpebras, os cabelos e, com voz perturbada pelo ofego, mas molhada pelo sorriso, ele disse:

— Você está pronto, Seck?

— Estou — disse o negro.

Sua respiração deve ter levantado os cabelos louros de Nossa Senhora. Um movimento furioso vibrou acima de Divina.

"É a vida", Divina teve tempo de pensar. Houve uma pausa, uma espécie de oscilação. A armação de corpos sucumbiu no pesar. Divina subiu a cabeça até o travesseiro. Ela ficara sozi-nha, abandonada. Não estava mais excitada, e pela primeira vez não teve necessidade de ir ao banheiro acabar com a mão o amor indicado. Divina teria sem dúvida se consolado da ofensa que lhe fizeram Seck e Nossa Senhora, se a ofensa não tivesse sido cometida em sua casa. Ela a teria esquecido. Mas o insulto ameaçava tornar-se crônico, já que os três pareciam estar na mansarda instalados como moradores permanentes. Ela odiava igualmente Seck e Nossa Senhora, e sentia muito claramente que esse ódio teria cessado, se eles tivessem dei-xado um e outro. Por nenhum preço, ela os conservaria na mansarda. "Não vou engordar esses dois indolentes." Nossa Senhora tornava-se odioso para ela, como uma rival. À noite, quando todos estavam de pé, Gorgui pegou Nossa Senhora pelos ombros e, rindo, o beijou na nuca. Divina, que prepa-rava o chá, fingiu estar distraída, mas não pôde deixar de dar uma olhada na braguilha de Nossa Senhora. Uma nova crise de raiva a tomou: ele estava ficando de pau duro. Ela achava ter dado essa olhada sem que a vissem, mas ele ergueu a cabeça, os olhos bem a tempo para ver a olhada trocista de Nossa Senhora, que a apontava para o negro.

— Vocês pelo menos poderiam ser decentes.

— Não fazemos nada de mal — disse Nossa Senhora.

— Ah! Você acha!

Mas ela não queria dar a parecer que reprovava um acordo amoroso, nem mesmo parecer que o tinha descoberto. Ela continuou:

— Vocês não podem ficar um minuto sem brincar.

— A gente não está brincando, que cabeça, olha.

Ele mostrou, pegando-o com a mão toda, o volume debaixo do tecido palpitante.

— Isso é sério — disse ele rindo.

Gorgui tinha largado Nossa Senhora. Ele escovava seus sapatos. Beberam chá. Nunca Divina tivera oportunidade, sequer sonhara ter inveja do físico de Nossa Senhora das Flores. Há todas as razões para acreditar, no entanto, que essa inveja existia, surda, oculta. Lembremos alguns pequenos fatos que apenas anotamos: Divina recusando um dia ceder seu rímel a Nossa Senhora; sua alegria (rapidamente dissimulada) por descobrir o horror do hálito empesteado dele. E, sem que ela mesma se desse conta, ela prendeu na parede, entre todas, a foto mais feia de Nossa Senhora. Dessa vez, a inveja física, que sabemos como é amarga, ficou evidente para ela. Projetou e realizou em pensamento vinganças terríveis. Arranhava, rasgava, amputava, lacerava, esfolava, desfigurava-o com ácido. "Que ele seja *odiosamente* mutilado", pensava ela. Enquanto enxugava as xícaras de chá, tinha procedido a terríveis execuções. Posto de lado o pano de cozinha, estava de novo pura, mas só por uma gradação elaborada volta a estar entre os humanos. Seus atos se ressentiam disso. Vingando-se de uma bicha, Divina teria sem dúvida conseguido um milagre do martírio de São Sebastião. Teria lançado algumas flechas — mas com essa graça que ela tinha ao dizer: "Eu te jogo um cílio", ou ainda: "Eu te jogo um ônibus". Algumas flechas isoladas. Depois uma salva. Teria definido com flechas os contornos da bicha. Ela a teria aprisionado numa gaiola de flechas e, por fim, a teria pregado de vez. Ela quis usar esse método contra Nossa Senhora. Mas esse método deve ser desenvolvido em público. Se ele permitia tudo na mansarda, Nossa Senhora não tolerava ser ridicularizado diante de colegas. Ele era susceptível. As flechas de Divina chocaram-se contra o granito. Ela buscou querelas e, naturalmente, as achou. Certo dia, surpreendeu-o em flagrante delito de algo pior que egoísmo. Eles estavam na mansarda. Divina ainda estava deitada. Na véspera, Nossa Senhora tinha comprado um maço de Craven. Ao acordar, ele procurou o maço: restavam dois cigarros. Estendeu um para Gorgui, ficou com o outro, e os acendeu. Divina não dormia, mas ficou com os olhos fechados, esforçando-se para dar a impressão de que dormia. "É para ver o que vão fazer", pensava ela. A mentirosa sabia bem que se tratava do pretexto que lhe serviria para não parecer chateada, se a esquecessem na distribuição, que lhe permitiria conservar sua dignidade. Por volta dos seus trinta anos, Divina foi tomada por uma necessidade de dignidade. Ela ficava chocada com pouca coisa; ela que, jovem, tivera audácias de fazer tremer barmen, enrubescia e se sentia enrubescer com um quase nada, o que lembrava, pela sutileza mesmo desse símbolo, estados em que ela tinha de fato podido se sentir humilhada. Um ligeiro choque — e terrível quando tanto mais leve — a remetia a suas épocas de desamparo. É de espantar ver Divina crescer em idade e sensibilidade, quando o juízo comum decide que, ao atravessar a vida, a pele endurece. Ela não tinha mais nenhuma vergonha, evidentemente, de ser um viado que se vende. Se necessário, ela se teria glorificado por ser uma bicha que deixa escorrer porra por seus nove buracos. Se mulheres e homens a insultavam, isso lhe era indiferente. (Até quando?) Mas ela perdeu o controle de si, ficou rubra, e quase não se recompunha sem um escândalo. Apegava-se à dignidade. Os olhos fechados, ela imaginava Seck e Nossa Senhora fazendo caras para se desculparem um e outro por não a terem incluído na conta, quando Nossa Senhora teve a falta de jeito de fazer em voz alta esta reflexão (que desola Divina, entrincheirada em sua noite com olhos fechados), esta reflexão que enfatizava e provava que uma longa e complicada troca de sinais a propósito dela acabava de ocorrer: "Agora só tem dois cigarros". Ela própria sabia disso. Ela ouviu o fósforo sendo riscado. "Eles não iam, de qualquer jeito, cortar um em dois." Ela respondeu: "Então, ele devia ter cortado (esse *ele* era Nossa Senhora) ou mesmo se privar dele e deixá-lo para mim". Então, dessa cena datou o período em que ela recusou o que Seck e Nossa Senhora lhe ofereciam. Certo dia, Nossa Senhora chegou com um pacote de doces. Eis a cena. Nossa Senhora a Divina:

— Você quer um doce? — (mas ele já estava fechando a caixa, observou Divina).

Ela disse:

— Não, obrigada.

Alguns segundos depois, Divina acrescentou:

— Você não me dá nada de bom coração.

— Dou, tenho bom coração: se não me desse prazer dar para você, eu diria. Nunca digo duas vezes, quando não me agrada dar.

Divina pensou com uma vergonha a mais: "Nunca ele me ofereceu nada duas vezes". Ela agora só queria sair sozinha. Esse hábito só teve um efeito: estreitar mais a intimidade entre o negro e o assassino. A fase que se seguiu foi a das reprovações violentas. Divina não podia mais se conter. A fúria, tal como a rapidez, dava-lhe uma lucidez mais aguda. Ela identificava por toda parte intenções. Ou então Nossa Senhora obedecia, sem saber, ao jogo que ela comandava, que ela comandava para levá-la rumo à solidão e mais ainda rumo ao desespero? Ela cobriu Nossa Senhora de invectivas. Como os tolos, que não sabem mentir, ele era dissimulado. Pego na armadilha, ele algumas vezes enrubescia, seu rosto se alongava, literalmente, pois as duas marcas ao longo de sua boca a esticavam, a puxavam para baixo. Tornava-se digno de pena. Não sabia o que responder e só podia sorrir. Esse sorriso, por mais congelado que fosse, distendia seus traços, desenrugava seu moral. De qualquer modo, podia-se dizer que ele tinha atravessado, aí se lacerando, como um raio de sol um monte de espinhos, uma moita de invectivas, mas ele sabia dar a impressão de que saía intacto, sem sangue nos dedos. Então Divina, enfurecida, o retalhava. Ela se tornava impiedosa, como sabia ser em suas perseguições. Em suma, suas flechas não faziam muito mal a Nossa Senhora, dissemos por quê, e se por vezes, achando um lugar mais tenro, a ponta entrava, Divina enfiava a flecha até às penas, que ela havia untado com um bálsamo cicatrizante. Ao mesmo tempo temia uma violência de Nossa Senhora ferida, repreendia-se por ter deixado transparecer muita amargura, pois pensava, bem erradamente, que Nossa Senhora ficaria feliz com isso. A cada uma de suas observações envenenadas, ela acrescentava um cordial mitigante. Como Nossa Senhora sempre só estava atento ao bem que pareciam desejar-lhe, eis por que o diziam confiante e sem malícia, ou então talvez também como ele só apreendia o fim das frases, fosse só esse fim que o atingia e ele pensava que ela era o fim de um longo cumprimento. Nossa Senhora enfeitiçava os cuidados que Divina tomava para maltratá-lo, mas sem que ele soubesse, ele era atravessado por flechas malévolas. Nossa Senhora era feliz apesar de Divina e graças a ela. Quando certo dia ele fez essa confissão que o humilhava (ter sido roubado e abandonado por Marchetti), Divina segurava as mãos de Nossa Senhora das Flores. Ainda que transtornada, a garganta apertada, ela sorria gentilmente, a fim de que os dois não se enternecessem até o desespero, o que sem dúvida só teria durado alguns minutos, mas os teria marcado por toda a vida, e a fim de que Nossa Senhora não se dissolvesse nessa humilhação. Isso lhe era de uma delicadeza terna, comparável à que me derreteu em lágrimas, quando:

— Como você se chama? — me perguntou o maître.

— Jean.

e quando da primeira vez que teve de me chamar ao escritório, ele gritou: "Jean". Ouvir meu nome foi tão bom. Julguei que tinha reencontrado uma família pela ternura dos empregados e dos maîtres. Hoje, faço-lhe esta confissão: sempre só senti as aparências das carícias ardentes, algo como um olhar carregado de uma profunda ternura que, dirigindo-se a algum belo ser jovem postado atrás de mim, passava por mim e me aturdia. Gorgui não pensava, ou não demonstrava que pensasse. Passeava através dos falatórios de Divina, preocupando-se só com sua roupa branca. Um dia, porém, essa intimidade com Nossa Senhora, que a inveja de Divina fizera nascer, levou o negro a dizer:

— Vamos ao cinema, tenho ingressos.

Depois, ele se corrigiu:

— Como sou idiota, eu sempre penso que somos só dois.

Era demais para Divina, ela resolveu acabar com a coisa. Com quem? Ela sabia que Seck tinha prazer com essa vida feliz, ele aí encontrava um abrigo, alimento, amizade, e a timorata Divina temia sua cólera: ele certamente não teria abandonado a mansarda sem uma vingança de negro. Por fim, ela passou — depois de um tempo de pausa — a preferir as virilidades exageradas, e nesse aspecto Seck a preenchia. Sacrificar Nossa Senhora? Como? E que dirá Gorgui? Foi ajudada por Mimosa, que ela encontra na rua. Mimosa, velha senhora:

— Eu a vi! Ba, Be, Bi, Bo, Bu, gosto da sua Nossa Senhora. Sempre tão fresca, sempre tão Divina. É ela a Divina.

— Ela te agrada? — (Entre elas, as bichas falavam de seus amigos no feminino.) — Você quer ficar com ela?

— Olha, ela não quer mais saber de você, minha velhinha?

— Nossa Senhora me enche o saco. Primeiro, ela é estúpida, e eu a acho mole.

— Você não consegue mesmo mais fazer alguma coisa para ela ficar de pau duro?

Divina pensou: "Safada, você vai ver".

— Então, é verdade, você a deixa para mim?

— É só você pegar. Se puder.

Ao mesmo tempo, ela esperava que Nossa Senhora não se deixasse pegar.

— Você sabe que ela te detesta.

— Sei, sei, sei. Sei, sei, sei. Primeiro me detestam, depois me adoram. Mas escuta, Divina, podemos ser boas amigas. Eu gostaria de ficar com Nossa Senhora. Deixa para mim. Um favor se paga com outro, querida. Você pode confiar em mim.

— Ah! Mimo, você sabe que eu te conheço. Você tem minha confiança, minha Toda.

— Como você diz isso. Mas escuta, eu te garanto, no fundo sou uma boa moça. Uma noite vem com ela.

— E Roger, teu homem?

— Mas ela foi ser soldado. Pensa, lá, com as oficiais, ela vai me esquecer. Ah! Vou ser mesmo a Viuvíssima! Então, pego Nossa Senhora e fico com ela. Você tem dois. Você tem todas!

— Está bem, vou falar disso com ela. Vem ver a gente lá pelas cinco horas, você toma um chá.

— Como você é uma boa moça, Divina, um beijo. Você ainda é bonita, você sabe. Um pouco amarrotada, delicadamente amarrotada, e tão boa.

Era de tarde. Era talvez duas horas; andando, elas se seguravam por seus mindinhos curvados em forma de gancho. Um pouco mais tarde, Divina encontrou Gorgui e Nossa Senhora juntos. Ela teve de esperar que o negro, que não deixava mais Nossa Senhora, fosse ao banheiro. Eis como Divina preparou Nossa Senhora:

— Escuta, Danie, você quer ganhar cem pratas?...

— O que que é?

— Olha, Mimosa gostaria de dormir com você uma hora ou duas. Roger foi ser soldado, ela está sozinha.

— Ah! Cem pratas não chega, disse. Se foi você que fez o preço, você não se esforçou.

Ele gargalhou. E Divina:

— Eu não fiz o preço. Escuta, vai com ela e você vai resolver isso, a Mimosa não é pão-dura com os caras de que ela se agrada. Você faz o que te agrada, claro. Eu, eu te digo, é como você quiser. De qualquer modo, ela vem à mansarda às cinco horas. Só que seria preciso afastar Gorgui, você entende, para que a gente fique mais livre.

— A gente trepa na mansarda com você?

— Olha, não, você vai para a casa dela. Você terá tempo para conversar. Mas não rouba nada, por favor: não rouba nada, a gente teria problemas.

— Ah! Tem coisa para roubar? Mas você pode ficar tranquila; eu não subtraio nada dos amigos.

— Vamos ver se isso dura, faz o papel de cafetãozinho.

Divina tinha muito intencionalmente e muito habilmente evocado o roubo. Era um meio seguro de fazer Danie funcionar. E Gorgui? Quando ele voltou, Nossa Senhora o pôs a par.

— Você tem de ir, Danie.

O negro só via os cinco luíses. Mas então, veio-lhe ao espírito uma desconfiança; até aqui ele acreditara que o dinheiro que Nossa Senhora tinha, ele o devia a seus clientes, e o escrúpulo que hoje ele descobria nele fez com que pensasse que havia outra coisa. Ele queria saber o quê, mas o assassino era mais ágil que uma cobra. Nossa Senhora tinha retomado seu comércio de cocaína. Num pequeno bar em forma de cela, na rua de l'Élysée-des-Beaux-Arts, ele encontrava a cada quatro dias Marchetti, de volta a Paris, e duro, que fornecia a cocaína a ele. Ela é posta em saquinhos de papel de seda, grama por grama, e esses saquinhos por sua vez ficavam num outro saco maior, de tecido marrom. Eis o que tinha imaginado: ele ficava com a mão esquerda no bolso furado de sua calça, a fim de poder apaziguar ou acariciar seu membro muito violento. Com essa mão esquerda, ele segurava um longo barbante onde pendia, se balançando, no interior da perna da calça, o saco de tecido marrom.

— Se os policiais chegam, largo o barbante e o pacote cai no chão sem fazer barulho. Assim, não tem problema.

Ele estava ligado por um fio a uma organização secreta. Toda vez que Marchetti lhe entregava a droga, dizia: "Tudo bem, garoto", acompanhado de um olhar que Nossa Senhora reconhecia nos corsos que o usavam entre eles, quando se roçavam na calçada, murmurando entre si:

— Ciao Rico.

Marchetti perguntando a Nossa Senhora se ele tem coragem:

— Tenho demais!

— Ah! O babaca — disse alguém.

Aqui, não posso impedir-me de voltar a essas palavras de gíria que fluem dos lábios de cafetões como seus peidos (pérolas) fluem da bunda fofa de Gostoso. É que uma delas, que talvez mais que todas as outras me incomoda — ou, como diz sempre Gostoso, me corrói, pois ele é cruel —, foi pronunciada numa das celas da Ratoeira que chamamos "Trinta e seis ladrilhos", cela tão pequena quanto é o corredor de um navio. Sobre um sólido guarda, ouvi que se murmurava: "o enrabado", depois, pouco depois: "o envergado". Ora, acontecia que o homem que falou isso nos havia dito ter navegado sete anos. A magnificência de uma tal obra — o empalamento por uma verga — fez-me tremer de alto a baixo. E o mesmo homem disse um pouco mais tarde: "Ou então, se você é viado, você abaixa a calça e o juiz vai querer acertar no teu alvo...". Mas essa expressão já era uma gaulesice; infeliz, ela destruiu o encanto da outra e retomei o pé neste fundo sólido que é o humor, enquanto o poema faz sempre o chão fugir sob a planta dos pés e aspira a pessoa para o seio de uma noite maravilhosa. Ele disse ainda: "Enrabadocomosculhões!", mas não era melhor. Às vezes, no mais aflitivo de meus instantes, emputecido com os guardas, eu canto dentro de mim este poema: "O envergado!", que não aplico a ninguém em especial, mas que me consola, seca lágrimas não brotadas, passeando por mares acalmados, marinheiro dessa equipagem, que vimos por volta de 1700 na fragata Culafroy.

Gostoso perambulava pelas grandes lojas. Elas eram o único luxo de que ele podia aproximar-se, pelo qual poderia deixar-se lamber. Atraíam-no o elevador, os espelhos, os tapetes (sobretudo os tapetes, ensurdecendo o trabalho interior dos órgãos de seu corpo, o silêncio lhe entrava pelos pés, abafava todo o fogo de seu mecanismo, enfim ele não se sentia mais); as vendedoras dificilmente atraíam-no, pois, por inadvertência, escapavam-lhe gestos e tiques de Divina, ainda muito contidos. Inicialmente, ele havia ousado alguns para debochar; mas, eles, sorrateiros, pouco a pouco conquistavam o lugar forte, e Gostoso sequer se dava conta de sua mudança. Foi um pouco mais tarde — e diremos como — que ele compreendeu que seu grito era falso, uma noite: "Um homem que trepa com outro é um duplo homem". Antes de entrar nas Galeries Lafayette, ele tirou a corrente de ouro que batia em sua braguilha. Enquanto estava sozinho na calçada, a luta ainda era possível, mas nas malhas de todas as vielas baixas urdidas numa rede móvel pelos balcões e vitrines, ele estava perdido. Estava à mercê de uma vontade "outra", que enchia seus bolsos de objetos, sendo que em seu quarto, pondo-os na mesa, ele não os reconhecia, de tal modo o sinal que os havia feito serem escolhidos no momento do roubo era pouco comum à Divindade e a Gostoso. No instante dessa tomada de posse pelo Outro, os olhos, os ouvidos, a boca pouco aberta e mesmo fechada de Gostoso fugiam, voejando a pequenos movimentos de asas, pequenos Mercúrios cinza ou vermelhos de tornozelos alados. Gostoso, o duro, o frio, o irrefragável. Gostoso, o cafetão, se animava, como uma rocha abrupta de onde sai, a cada reentrância musguenta e úmida, um pierrô vivo, volteando em torno dele como um voo de caralhos alados. Enfim, era preciso que passasse por ali, ou seja, que roubasse. Por várias vezes, ele já se entregara a esse jogo: numa vitrine, entre os objetos à mostra e no lugar mais inacessível, ele depositava, como por inadvertência, uma coisa sem importância comprada e paga regularmente num balcão afastado. Deixava-a ficar ali alguns minutos, deixava de olhá-la e se interessava pelo que estava exposto por perto. Quando o objeto já estava bastante bem fundido ao resto da vitrine, ele o roubava. Por duas vezes, um inspetor o havia pego e por duas vezes fora necessário que a direção se desculpasse, já que Gostoso tinha o tíquete fornecido pela caixa.

O roubo de mostruário é feito segundo vários métodos, e talvez cada modo de expor exija que se empregue um de preferência ao outro. Por exemplo, com uma só mão, pode-se pegar ao mesmo tempo dois pequenos objetos (carteiras), segurá-las como se fossem uma, demorar-se a examiná-las, deslizar uma dentro da manga, por fim repor a outra no lugar, como se não interessasse. Diante de pilhas de retalhos de seda, é preciso, negligentemente, pôr uma mão no bolso furado de seu sobretudo. A pessoa se aproxima do balcão até encostar a barriga nele, e, enquanto a mão livre apalpa o tecido e o desarruma, pondo em desordem as sedas do mostruário, a mão que está no bolso sobe para o alto do balcão (sempre no nível do umbigo), puxa para si o retalho mais baixo da pilha e o leva assim, pois é flexível, até debaixo do sobretudo que o esconde. Mas dou aí receitas que todas as donas de casa, que todas as compradoras conhecem. Gostoso preferia pegar, fazer com que o objeto descrevesse uma pronta parábola do mostruário até seu bolso. Era audacioso, mas mais bonito. Como astros que caem, os vidros de perfume, os cachimbos, os isqueiros traçavam uma curva pura e breve, e criavam saliências em suas coxas. O jogo era perigoso. Se valia a pena, só Gostoso era capaz de julgar. Esse jogo era uma ciência, que pedia um treino, uma preparação, como a ciência militar. Primeiro era preciso estudar a disposição dos espelhos e de seus biseis, e também aqueles que, oblíquos, presos no teto, mostram as pessoas num mundo de cabeça para baixo, que os detetives, por um jogo de coxia que funciona no cérebro deles, rapidamente puseram de pé e orientaram. Era preciso vigiar o momento que a vendedora tem os olhos dirigidos para outro ponto e que os clientes, sempre traidores, não olham. Enfim, era preciso encontrar, como um objeto perdido — ou melhor, como um desses personagens de adivinhas cujas linhas sobre os pratos de sobremesa são também as das árvores e das nuvens —, o detetive. Encontre o detetive. É uma mulher. O cinema — entre outros jogos — ensina o natural, um natural todo de artifícios e mil vezes mais enganador que o verdadeiro. De tanto conseguir parecer com um congressista ou com uma parteira, o detetive dos filmes deu aos rostos dos verdadeiros congressistas e das verdadeiras parteiras um rosto de detetive, e os verdadeiros detetives aturdidos no meio dessa desordem que confunde os rostos não podendo mais, escolheram ter o ar de detetives, o que não simplifica nada... "Um espião que parecesse um espião seria um mau espião", disse-me uma dançarina, um dia. (Diz-se habitualmente: "uma dançarina, uma noite.") Não acredito.

Gostoso ia sair da loja. Por não ter outra coisa melhor a fazer e para parecer natural, e ainda porque é difícil se desembaraçar dessa turbulência, movimento browniano, tão povoado e móvel, tocante, quanto o torpor da manhã — ele demorava a olhar de passagem os mostradores, onde se viam camisas, potes de cola, martelos, roupas de couro de cordeiro, esponjas de borracha. Ele tinha nos bolsos dois isqueiros de prata e um estojo de cigarros. Estava sendo seguido. Quando se encontrava bem perto da porta, guardada por um colosso uniformizado, uma pequena velhinha disse-lhe calmamente:

— O que você roubou, meu jovem?

Foi o "meu jovem" que encantou Gostoso. Sem isso, ele teria corrido. As palavras mais inocentes são as mais perniciosas, é delas que nos devemos proteger. Quase de imediato, o colosso estava sobre ele e segurou seu punho. Ele avançou como a mais gigantesca onda sobre o banhista adormecido na praia. Pelas palavras da velha e pelo gesto do homem, um novo universo instantaneamente se oferece a Gostoso: o universo do irremediável. É o mesmo que aquele em que estávamos, com esta particularidade: em vez de agir e de saber que estamos em ação, sabemos que estão agindo sobre nós. Um olhar — talvez de nosso olho — tem a acuidade súbita, precisa do extralúcido, e a ordem desse mundo — visto ao contrário — surge tão perfeita no inelutável, que a esse mundo só resta desaparecer. É o que ele faz num piscar de olhos. O mundo revirou-se como uma luva. Acontece que sou eu a luva e finalmente compreendo que no dia do julgamento será com minha própria voz que Deus me chamará: "Jean, Jean!".

Gostoso tinha conhecido, tanto quanto eu, muitos desses fins de mundo, para que, retomando o pé depois deste, ele se lamentasse em revolta contra ele. Uma revolta só teria tirado dele sobressaltos de carpa sobre um carpete e o teria tornado ridículo. Docilmente, como numa coleira e num sonho, ele se deixou levar pelo porteiro e a detetive ao escritório do policial especial da loja, no subsolo. Tinha perdido, estava preso.

Nessa mesma noite, um camburão o levou ao depósito, onde passou a noite com muitos vagabundos mendigos, ladrões, trambiqueiros, cafetões, falsários, todos pessoas saídas de entre as pedras mal ajustadas das casas erguidas umas contra as outras nos mais escuros becos sem saída. No dia seguinte, levaram Gostoso e seus companheiros para a prisão de Fresnes. Teve então de dizer seu nome, o nome de sua mãe e o prenome até então secreto de seu pai. (Ele inventou: — Romuald!) Disse ainda a idade e a profissão.

— Sua profissão? — perguntou o funcionário.

— Minha?

— É, a sua.

Gostoso esteve a ponto de ver sair por entre seus lábios em flor: "garçonete", mas respondeu:

— Sem profissão. Não trabalho.

Todavia, essas palavras tiveram para Gostoso o valor e o sentido de "garçonete".

Por fim, tiraram-lhe a roupa e esta foi fuçada até as bainhas. O guarda mandou-o abrir a boca, inspecionou-a, passou a mão pelos cabelos espessos e furtivamente, depois de tê-los espalhado pela testa, roçou sua nuca ainda encavada, quente e vibrante, sensível e pronta a provocar, sob a mais leve carícia, desgastes assustadores. É por sua nuca que reconhecemos que Gostoso ainda pode ser um delicioso marinheiro. Por fim, o guarda lhe disse:

— Incline-se para a frente.

Ele se inclinou. O guarda olhou seu ânus e viu uma mancha negra.

— ... Tosse — gritou.

Gostoso tossiu. Mas ele se enganara. Foi "Force" que o guarda tinha gritado. A mancha negra era um pedaço de cocô bem grande, que aumentava todos os dias e que Gostoso, várias vezes já, tentara arrancar, mas ele devia ter feito com que os pelos viessem junto, ou então ter tomado um banho quente

— Cagão — disse o guarda. (Ora, cagão significa também ter medo, e o guarda ignorava isso.)

Gostoso com seu porte nobre, quadris a oscilar, ombros imóveis! Na Colônia, um vigia (ele tinha vinte e cinco anos, calçado com botas de couro amarelado até as coxas sem dúvida penugentas) dera-se conta de que a beirada da camisa dos internos estava manchada de cocô. Todo domingo pela manhã, no momento da troca de roupa, ele nos obrigava então a mostrar, segurando-a diante de nós pelas duas mangas afastadas, nossa camisa suja. Ele batia com a ponta de sua gravata no rosto do interno, já torturado pela humilhação, cuja beirada da camisa era duvidosa. Não ousávamos mais ir ao banheiro, mas, quando éramos levados a isso por cólicas muito intensas, como não havia papel, depois que nosso dedo tinha sido limpado na parede caiada, já amarela de mijo, tomávamos cuidado de levantar a barra da camisa (digo "nós" agora, mas então cada interno se julgava único a fazê-lo) e era o fundo da calça branca que ficava manchado. Domingo pela manhã, sentíamos a pureza hipócrita das virgens. Só Larochedieu, pelo fim de semana, atrapalhava-se sempre com as beiradas de sua camisa e as sujava. Isso, porém, não tinha importância, e os três anos que ele passou na casa de correção foram envenenados pela preocupação com essas manhãs de domingo — que vejo, agora, enfeitadas pelas guirlandas das pequenas camisas floridas com toques delicados de sua merda amarela, antes da missa —, de modo que, por fim, no sábado à noite, ele esfregava o pedaço da camisa na cal da parede para tentar clareá-lo. Passando diante dele, esquartejado, já no pelourinho, seus quinze anos em cruz, o vigilante com botas de couro, o olho amarelado e brilhante, permanecia imóvel. Ele fazia aparecer, sem habilidade preconcebida, em seus traços duros (os sentimentos de que falaremos aí se pintavam, por causa dessa dureza, como uma charge), a aversão, o desprezo e o horror. Aprumado, ele cuspia bem no meio do rosto de mármore de Larochedieu, que só esperava essa cusparada. Quanto a nós, que lemos isso, percebemos bem que as beiradas da camisa do vigilante e o fundo de sua cueca eram sujos de cocô. Assim, Gostoso-de-Pé-Pequeno sentiu o que pode ser a alma de um mendigo Larochedieu a quem se cospe na bunda. Mas ele não prestava atenção a essas trocas momentâneas de almas. Não sabia nunca por que, depois de certos choques, ele se surpreendia por estar em sua pele. Não disse uma palavra. O guarda e ele eram os únicos no vestiário. Seu peito lacerava-se de furor. Vergonha e furor. Deixou o cômodo, arrastando atrás de si essa nobre bunda — e é por sua bunda que se reconhecia que teria sido um brilhante toureador. Fecharam-no numa cela. Por fim, preso, sentiu-se livre e lavado, seus cacos recolados, de novo Gostoso, o suave Gostoso. Sua cela poderia ser não importa onde. As paredes são brancas, o teto é branco, mas o chão de sujeira negra a põe no chão e a situa ali, precisamente, ou seja, entre mil celas que, embora leves, a esmagam, no terceiro andar da prisão de Fresnes. Aí estamos. Os desvios mais longos levam-me até aí, à minha prisão, à minha cela. Agora, eu quase poderia sem dissimulação, sem transposição, sem intérprete, falar de minha vida aqui, Minha vida atual.

Diante de todas as celas, corre uma passarela interna para a qual se abrem as portas. Diante da porta, esperamos que o guarda a abra e assumimos poses que nos identificam; assim, um tolo indica, com o boné na mão estendida, que habitualmente mendiga na frente das igrejas. Quando voltam do passeio e esperam o guarda, se ele se inclina, os detentos não podem deixar de ouvir alguma serenata no violão ou sentir, nesse parapeito, que o grande navio balança muito sob a lua e vai afundar. Minha cela é uma caixa exatamente cúbica. À noite, assim que Gostoso se estende em sua cama, a janela leva a cela para o oeste, a destaca do bloco construído e foge com ela, arrastando-a como um cesto de balão. Pela manhã, assim que uma porta se abre —

todas então estão fechadas, e é um mistério profundo, tanto quanto o mistério do número em Mozart ou a utilidade do coro na tragédia — (na prisão, fecham-se mais portas do que se abrem), um elástico a puxa do espaço onde ela se balançava e a repõe no lugar: é então que o detento deve levantar-se. Ele mija, ereto, sólido como um olmo, no mictório das latrinas, sacode um pouco o pau amolecido; o alívio da urina que escorre o leva à vida ativa, o põe na terra, mas delicadamente, com leveza, desata os laços da noite, e ele se veste. Com a vassourinha, limpa algumas cinzas, algum pó. O guarda passa, abrindo durante cinco segundos as portas para que se tenha tempo de tirar o lixo. Depois, fecha-as. O detento não está por inteiro livre da náusea do despertar em sobressalto. A boca está cheia de pedras. A cama ainda está quente. Mas ele não deita de novo. É preciso lutar com o mistério cotidiano. A cama de ferro fixada na parede, a mesinha fixada na parede, a cadeira de madeira dura fixada na parede por uma corrente — essa corrente, resíduo de uma ordem muito antiga, quando as prisões se chamavam calabouços ou cárceres, quando os prisioneiros, como os marinheiros, eram galés, envolve a cela moderna com uma romanesca bruma de Brest ou de Toulon, leva-a a recuar no tempo e faz sutilmente Gostoso estremecer diante da desconfiança de que está embastilhado (a corrente é símbolo de um poder monstruoso; tornada pesada por uma bola, ela retinha os pés entorpecidos dos galés do rey) —, o colchão de carvalhinho-do-mar, seco, estreito como o estojo funerário de uma rainha oriental, a lâmpada nua que pende, têm a rigidez do preceito, dos ossos e dos dentes descarnados. De volta à casa, na mansarda, Gostoso não poderá mais, caso se sente ou se deite, ou tome chá, esquecer que descansa ou dorme sobre a carcaça de uma poltrona ou de um sofá. A mão de ferro dentro da luva de veludo o chama à ordem. Que se erga o véu. Na cela, quase num ritmo de peito (elas batem como uma boca), só as latrinas de louça branca concedem seu hálito consolador. Elas são humanas.

O Bloco-Gostoso anda com pequenos passos balançantes. Ele está sozinho em sua cela. Das narinas, arranca pétalas de acácia e violetas; as costas voltadas para a porta, onde sempre um olho anônimo vigia, ele as come e com o polegar virado, onde deixou crescer a unha dos letrados, busca outras. Gostoso é um falso cafetão. Os golpes que prepara, de repente fracassam em divagações poéticas. Quase sempre, anda com um passo regular e irrefletido: uma obsessão o preocupa. Hoje, ele vai e vem na cela. Está sem o que fazer, o que é muito raro, pois trabalha quase constantemente, em segredo, mas com fidelidade a seu mal. Ele se aproxima da prateleira e ergue a mão a essa altura onde, na mansarda, sobre um móvel está posto o revólver. A porta abre-se com grande barulho de fechaduras sendo forjadas, e o guarda grita

— Rápido, as toalhas.

Gostoso fica plantado ali tendo entre as mãos as toalhas limpas que lhe dão em troca das sujas. Depois, continua aos trancos os gestos do drama que ele ignora desempenhar. Senta-se na cama; passa a mão na testa. Hesita em... Por fim, levanta-se e, diante desse pequeno espelho de um franco pregado na parede, afasta os cabelos louros e em sua têmpora procura sem o saber uma ferida de bala.

A noite desveste Gostoso de sua dura casca de cafetão voluntário. No sono, abranda-se, mas só pode pegar o travesseiro, agarrar-se a ele, pôr a face ternamente sobre o tecido áspero — uma face de garoto que se vai desfazer em lágrimas — e dizer: "Fica; eu te peço, meu amor, fica". No fundo do coração de todos os "homens", desenrola-se uma tragédia de cinco segundos em versos. Conflitos, gritos, punhais ou prisão como desfecho, o homem liberto acaba de ser testemunha e matéria de uma obra poética. Por muito tempo acreditei que a obra poética propunha conflitos: ela os anula.

Aos pés das muralhas da prisão, o vento se ajoelha. A prisão arrasta com ela todas as celas onde os prisioneiros dormem; fica mais leve e escapa. Corram, censores, os ladrões estão longe. Os gatunos sobem. Pela caixa da escada ou do elevador. Sutis, subtilizam. Subtraem. Pilham. No andar, o burguês da meia-noite, aterrado pelo medo do mistério de uma criança que rouba, de um adolescente arrombando as portas, o burguês assaltado não ousa gritar: "Ladrão!". Mal volta a cabeça. O ladrão faz as cabeças se voltarem, as casas oscilarem, os castelos dançarem, as prisões voarem.

Gostoso dorme junto da parede. Dorme, Gostoso, ladrão de nada, ladrão de livros, de cordas de sinos, de crinas e de rabos de cavalo, de bicicletas, de cachorros de luxo. Gostoso, astuto Gostoso, que sabe roubar das mulheres o estojo de maquiagem; dos padres, com uma varinha e visco, o dinheiro das caixas de espórtulas; das devotas que comungam na missa só rezada, a bolsa que elas deixaram no genuflexório; dos cafetões, seu ganho; da polícia, suas informações; dos zeladores, suas filhas ou seu filho; dorme, dorme, o dia mal luziu, quando um raio do sol que chega, sobre teus cabelos louros, te encerra em tua prisão. E os dias que se seguem fazem tua vida mais longa que ampla.

Ao despertar, um condenado faz, correndo, a volta da passarela, no primeiro piso, e dá um soco em cada uma das portas. Um depois do outro, com os mesmos gestos, três mil prisioneiros desordenam a atmosfera pesada das celas, levantam-se e fazem as pequenas atividades da manhã. Mais tarde, um guarda abrirá a janelinha da cela 329 para passar a sopa. Ele olha e não diz nada. Nessa história, os guardas também têm sua atividade. Nem todos são idiotas, mas todos têm a pura indiferença em relação ao papel que representam. Não compreendem nada da beleza de sua função. Desde há pouco, usam um uniforme azul-escuro, que é cópia exata do traje dos aviadores, e penso, se têm a alma nobre, que têm vergonha de serem caricaturas de heróis. São aviadores caídos do céu na prisão, destruindo a vidraça do teto. Fugiram para a prisão. No colarinho, usam ainda estrelas que, de perto, parecem brancas e bordadas, porque é de dia quando podemos vê-los. Percebe-se que se lançaram com terror de seu avião (o menino Guynemer, ferido, caía encolhido pelo medo, caía com a asa espatifada pelo ar duro que se tem de fender, o corpo sangrando uma benzina arco-íris, e cair em pleno céu de glória era isso); estão enfim em meio a um mundo que não os surpreende. Podem ter o direito de passar diante de todas as celas sem abri-las, olhar os bandidinhos delicados e humildes de coração. Não, não pensam nisso, porque não o desejam. Voavam no ar: não desejam abrir as janelinhas, pela abertura em losango, surpreender os gestos familiares dos assassinos e dos ladrões, surpreendê-los quando lavam a roupa, ajeitam a cama para a noite, calafetam a janela, por economia, com seus grossos dedos e um alfinete, cortam os fósforos em dois ou em quatro, e lhes dizer uma palavra banal — portanto humana — para ver se eles logo não se transformariam em linces ou raposas. São guardas de túmulos. Abrem as portas e as fecham, sem se preocupar com os tesouros que elas protegem. Seu rosto honesto (tomem cuidado com a palavra "nobre" e com a palavra "honesto", que acabo de usar), seu rosto honesto, inclinado para baixo, alisado pela queda vertical sem paraquedas, não é alterado pelo roçar dos escroques, ladrões, rufiões, receptores, embusteiros, assassinos, falsários. Nem uma flor mancha seu uniforme, nem uma dobra de duvidosa elegância, e se pude dizer de um deles que ia sobre seus pés de veludo, alguns dias depois, é porque ele devia trair, passar para o campo contrário, que é o campo que rouba, subir ao céu direto, com a caixa sob a axila. Eu o tinha notado na missa, na capela. No momento da comunhão, o capelão desceu do altar e veio até uma das primeiras celas (pois a capela também é dividida em quinhentas celas, caixões de pé), trazendo uma hóstia para um prisioneiro que devia esperá-lo de joelhos. Assim, esse vigia — que estava com o chapéu na cabeça num canto da plataforma do altar, as mãos no bolsos, as pernas afastadas, nessa atitude, enfim, em que eu tinha tanto prazer de rever Alberto — sorriu, mas de um modo amavelmente divertido, que eu não teria julgado possível a um guarda. Seu sorriso acompanhou a Eucaristia e o retorno do cibório vazio, e pensei que, triturando seu escroto com a mão esquerda, ele caçoava do devoto. Eu já tinha me perguntado o que resultaria do encontro de um jovem e belo guarda com um jovem e belo criminoso. Eu me comprazia nessas duas imagens: um choque sangrento e mortal, ou um abraço refulgente num desregramento de porra e de ofegos; mas nunca eu tinha observado um guarda, quando enfim o vi. De minha cela, que ficava na última fileira, distingui muito pouco seus traços para lhe dar o desenho do rosto de um jovem e frouxo mestiço mexicano, que eu havia recortado da capa de um romance de aventuras. Pensei: "Pilantra, eu vou te fazer comungar". Meu ódio e meu horror por essa corja devem de modo ainda mais forte me ter feito ficar de pau duro, pois senti em meus dedos meu pau inchar — e o sacudi até que enfim... — sem afastar meu olhar do guarda, sorrindo ainda amavelmente. Posso dizer-me agora que ele sorriu para um outro guarda ou para um assassino e que, estando entre eles, esse sorriso luminoso passou através de mim e me descompôs. Achei que podia pensar que o vigia estava vencido e agradecido.

Diante dos guardas, Gostoso sentia-se um menino. Ele os odiava e os respeitava. O dia todo, ele fuma, até desabar na cama. Em suas náuseas, manchas claras são como que ilhas: é o gesto de uma amante, é o rosto imberbe e liso como o de um boxeador, de uma menina. Ele joga os tocos de cigarro, pelo prazer dos gestos. (Que não se pode esperar de um cafetão que enrola seus cigarros, porque isso dá uma certa elegância aos dedos, que usa sapatos com sola de crepe a fim de surpreender pelo silêncio de seus passos as pessoas com quem ele cruza e que o olharão com mais estupor, verão sua gravata, invejarão seus quadris, seus ombros, sua nuca, sem o conhecer criarão para ele, apesar de seu incógnito, de um a outro passante, um cortejo florido e interrompido por homenagens, concederão uma espécie de soberania descontínua e momentânea a esse desconhecido, cujos fragmentos de soberania, todos esses, farão com que, no fim de seus dias, ele tenha, de qualquer modo, percorrido a vida como soberano?) À noite ele junta o fumo espalhado, e o fuma. Estendido na cama, de barriga para cima, as pernas afastadas, com a mão direita sacode a cinza do cigarro. O braço esquerdo está sob a cabeça. É um momento de felicidade, constituído pela adorável facilidade que Gostoso tem para ser o que, por sua pose, mais profundamente é esse momento, e que esse aspecto essencial faz reviver ali com sua verdadeira vida. Deitado numa cama dura, e fumando, o que ele poderia ser? Gostoso nunca sofrerá, ou sempre poderá livrar-se de uma má situação por seu desembaraço para se revestir dos gestos de um tipo admirado que se acha nessa mesma situação, e, se os livros ou as pequenas histórias não lhe fornecessem isso, para criá-los — assim seus desejos (mas ele se deu conta deles muito tarde, quando não dava mais para recuar) não eram nem o desejo de ser contrabandista, rei, saltimbanco, explorador, negreiro, mas o desejo de ser um dos contrabandistas, um dos reis, saltimbancos etc., ou seja, como... Nas condições mais lamentáveis, Gostoso lembrará que ela foi também a de algum de seus deuses (e, se não estiveram nela, ele os obrigará a ter estado), e sua condição será sagrada, por isso melhor ainda que suportável. (Ele é assim semelhante a mim que recrio esses homens, Weidmann, Pilorge, Soclay, em meu desejo de ser eles mesmos: mas ele é bem distinto de mim por sua fidelidade a seus personagens, pois há muito resignei-me a ser eu mesmo. Mas justamente, minha sofreguidão por um esplêndido destino sonhado condensou, se assim se pode dizer, numa espécie de redução compacta, sólida e cintilante ao extremo, os elementos trágicos, púrpuras, de minha vida vivida, e pode me acontecer de ter esse rosto complexo de Divina, que é em si mesma, primeiro e às vezes simultaneamente, em seus traços do rosto e seus gestos, as criaturas de eleição imaginárias tão reais com que, em sua intimidade estrita, ela tem desentendimentos que a torturam ou a exaltam, mas não a deixam descansar, lhe dão, graças a sutis contrações de rugas e estremecimentos dos dedos, esse ar inquietante de ser múltipla, porque ela fica muda, fechada como um túmulo, como ele povoada pelo imundo.) Deitado numa cama dura, e fumando, que poderia ele ser? "Aquele que, por sua pose, é isso mais profundamente, ou seja, um cafetão preso fumando um cigarro, ou seja, ele mesmo." Compreenderemos, portanto, a que ponto a vida interior de Divina era diferente da vida interior de Gostoso.

Gostoso escreveu a Divina uma carta em que, no envelope, é obrigado a pôr "Senhor", e a Nossa Senhora das Flores também. Divina está na clínica. Ela faz uma remessa de quinhentos francos. Leremos mais adiante sua carta. Nossa Senhora não respondeu.

Um vigilante abre a porta e põe um recém-chegado para dentro da cela. Quem o receberá será eu ou Gostoso? Ele traz consigo suas cobertas, sua tigela, sua caneca, sua colher de pau e sua história. Logo nas primeiras palavras, interrompo-o. Ele continua a falar, mas não estou mais ali.

— Qual é seu nome?

— Jean.

Chega. Como eu e como esse menino morto para quem escrevo, ele se chama Jean. Que importaria, aliás, se ele fosse menos bonito, mas sou azarado. Jean lá. Jean aqui. Quando digo a um que o amo, duvido que não o esteja fazendo a mim mesmo. Não estou mais, porque de novo me esforço para reviver essas poucas vezes quando ele me permitiu que o acariciasse. Eu ousava tudo, e para cativá-lo, consentia que ele tivesse sobre mim a superioridade do macho; seu membro era sólido como o de um homem, e seu rosto de adolescente era a própria suavidade, de modo que, deitado em minha cama, em meu quarto, esticado e, sem movimento, quando ele gozava na minha boca, ele nada perdia de uma virginal castidade. É um outro Jean, aqui, que me conta sua história. Não estou mais só, mas por esse fato estou mais só que nunca. Quero dizer que a solidão da prisão me dava essa liberdade de estar com os cem Jean Genet entrevistos fugazmente em cem passantes, pois sou muito parecido com Gostoso, que roubava também os Gostosos que um gesto irrefletido deixava escapar de todos os desconhecidos que ele havia roçado; mas o novo Jean faz entrar em mim mesmo — como um leque que se fecha, os desenhos da gaze —, faz entrar não sei o quê. No entanto, falta muito para que ele seja antipático. Ele é mesmo bastante tolo para que eu tenha alguma ternura por ele. Os olhos pequenos e negros, a pele morena, os cabelos como um matagal e esse ar desperto... Alguma coisa como um delinquente grego que se vê sentado no pé da invisível estátua de Mercúrio, jogando o jogo do ganso, mas com o olho vigiando o deus para lhe roubar suas sandálias.

— Você está aqui por...

— Cafetinagem. Me chamam de Fuinha de Pigalle.

— Não cola. Você não está vestido do jeito. Em Pigalle, só tem bichas. Conta.

O menino grego conta que foi pego em flagrante quando retirava da gaveta da caixa de um bistrô sua mão cheia de cédulas.

— Mas vou me vingar. Quando sair, vou quebrar todos os espelhos lá com pedrada, à noite. Mas vou pôr luvas para pegar as pedras. Por causa das impressões digitais. Não sou bom.

Continuo a leitura de meus romances populares. Meu amor aí se satisfaz com meliantes vestidos de cavalheiros. Assim meu gosto pela impostura, meu gosto pelo espúrio, que me faria escrever em meus cartões de visita: "Jean Genet, falso conde de

Tillancourt." No meio das páginas desses livros grossos, com caracteres sem serifa, surgem maravilhas. Como lírios eretos, surgem jovens, que são, um pouco graças a mim, príncipes e mendigos ao mesmo tempo. Se de mim faço Divina, deles faço seus amantes: Nossa Senhora, Gostoso, Gabriel, Alberto, tipos que assobiam entre os dentes e sobre cujas cabeças, olhando bem, se poderia ver como auréola uma coroa real. Eu não poderia fazer com que não tivessem a nostalgia dos romances baratos com páginas cinza, como os céus de Veneza e de Londres, atravessadas todas por desenhos e sinais ferozes dos detentos: olhos de frente nos perfis, corações sangrando. Leio esses textos imbecis para a razão, mas minha razão não se ocupa de um livro de onde as frases envenenadas, emplumadas vêm fundir-se em mim. A mão que as lança desenha, pregando-as em algum lugar, a vaga silhueta de um Jean que se reconhece, não ousa mexer-se, esperando aquela que, visando efetivamente seu coração, o deixará sem fôlego. Gosto loucamente, como gosto da prisão, dessa tipografia apertada, compacta como um monte de imundícies, entupida de atos sangrentos como roupa íntima, fetos de gatos mortos, e não sei se são sexos friamente eretos que se transformam em duros cavaleiros ou os cavaleiros em sexos verticais.

E depois, no fundo, será necessário que eu fale tão diretamente de mim? Agrada-me mais descrever-me nas carícias que reservo para meus amantes. Faltaria pouco para que esse Jean se tornasse Gostoso. Que lhe faltava? Quando peida, num ruído seco, ele faz esse movimento de se dobrar sobre as coxas, mantendo ao mesmo tempo as mãos nos bolsos e virando um pouco o tronco, como se o aparafusasse. É o movimento de um piloto ao leme. Ele refaz Gostoso, de quem eu gostava entre outras coisas disso: quando cantarolava uma canção de java, fazia um passo de dança e punha as duas mãos para a frente como se tivessem pegado a cintura de uma parceira (a seu gosto, ele fazia essa cintura mais ou menos fina, afastando ou aproximando as mãos sempre móveis); parecia assim segurar ainda o volante sensível de uma Delage numa estrada quase reta; parecia ainda ser o boxeador agitado, que protege o fígado com mãos abertas e ágeis; assim, o mesmo gesto era comum a muitos heróis que Gostoso se tornava de repente, e ele achava sempre que esse gesto era aquele que simbolizava com mais força o homem mais gracioso. Ele fazia esses gestos maravilhosos que nos fazem cair a seus joelhos. Gestos duros, que nos esporeiam e nos fazem gemer como essa cidade cujos flancos vi sangrar fluxos de estátuas em marcha, avançando num ritmo de estátuas sustentado pelo sono. Os batalhões em seus sonhos avançam pelas ruas como um tapete voador ou como um pneu que cai e vai pulando numa cadência lenta e pesada. Os pés deles batem nas nuvens: então despertam, mas um oficial diz alguma coisa: dormem de novo e prosseguem de novo em seu sono, com as botas pesadas como um pedestal, e uma nuvem de poeira. Semelhantes aos Gostosos que passaram por nós, distantes em suas nuvens. Só se tornam diferentes por seus quadris de aço, que nunca poderão fazer deles cafetões tortuosos e flexíveis. Eu me maravilho com o fato de o cafetão Horst Wessel, conforme se diz ter ele sido, ter dado origem a uma lenda e a uma canção.

Ignorantes, fecundantes, como pó de ouro, eles caíram sobre Paris, que por toda uma noite comprimiu os batimentos de seu coração.

Estremecemos em nossas celas, que cantam ou se queixam de um prazer forçado, pois, a desconfiar desse desregramento de homens, gozamos tanto quanto se nos fosse dado ver um gigante de pé, pernas afastadas, e que fica de pau duro.

Havia já cerca de três meses que Gostoso estava na cadeia quando — sempre que eu encontrava os menores com rostos que eu achava tão voluntários, tão duros, embora tão jovens, e fazendo parecer mais moles minhas pobres carnes brancas, em que não encontro mais nada do interno feroz de Mettray mas os reconheço bem, e os temo — desceu para a visita. Ali, um jovenzinho falou-lhe de Nossa Senhora das Flores. Tudo o que lhe direi de uma ponta a outra, Gostoso ficou sabendo por pedaços, com a ajuda de palavras insinuadas por trás da mão em leque, no correr de muitas visitas. Em sua vida tumultuada, Gostoso, a par de tudo, nunca saberá nada. Como ele ignorará sempre que Nossa Senhora é seu filho, ele não saberá, nessa história que o garoto lhe recita, que Pierrot-o-Corso é Nossa Senhora com um apelido que ele assumia para traficar droga. Assim, Nossa Senhora estava na casa do garoto que vai falar, quando o elevador do prédio parou no andar. O barulho de sua parada marcava o instante a partir do qual o inevitável deve ser assumido. Um elevador que para faz bater o coração de quem o ouve, como o barulho ao longe dos pregos que são pregados. Ele torna a vida frágil como vidro. Tocaram. Como o barulho da campainha era menos fatal que o do elevador, ele trouxe um pouco de certeza, de adequação. Se, depois do barulho do elevador, eles não tivessem percebido mais nada, o garoto e Nossa Senhora estariam mortos de medo. Foi o garoto que abriu a porta.

— Polícia! — disse um dos dois homens, virando, com esse gesto que você conhece, a lapela do paletó.

Agora, a imagem da fatalidade é, para mim, o triângulo formado por três homens de porte muito banal para não ser perigoso. Imaginemos que estou subindo uma rua. Os três estão na calçada da esquerda, onde eu ainda não os via. Mas eles me viram: um passa para a calçada da direita, o segundo fica à esquerda e o último diminuiu um pouco seu passo e forma o vértice do triângulo onde vou ficar fechado: é a Polícia.

— Polícia.

Ele entrou na antessala. Todo o chão estava coberto por um tapete. Para consentir em misturar em sua vida de todos os dias — vida de calçados para amarrar, de botões a serem pregados, de cravos do rosto a tirar — aventuras de romance policial, é preciso que se tenha a alma um pouco mágica. Os policiais andavam com uma mão em seu revólver engatilhado no bolso do casaco. No fundo do pequeno apartamento do garoto, uma lareira era encimada por um imenso espelho com moldura de rocalhas de cristal e facetas complicadas; havia, esparsas, algumas poltronas capitonês de seda amarela. As cortinas estavam fechadas. A luz artificial vinha de um pequeno lustre: era meio-dia. Os policiais farejavam o crime, e tinham razão, pois o pequeno apartamento reproduzia a atmosfera sufocante do quarto onde Nossa Senhora, arquejante, seus gestos presos numa forma rígida de cortesia e temor, estrangulou o velho. Havia rosas e áruns sobre a lareira diante deles. Como na casa do velho, os móveis envernizados só tinham curvas, de onde a luz parecia mais nascer do que se pôr, como sobre cachos de uvas. Os policiais avançavam, e Nossa Senhora via-os avançar num silêncio assustador como o silêncio eterno dos espaços desconhecidos. Avançavam, como ele mesmo então, na eternidade.

Eles chegavam no momento certo. No meio do apartamento, em cima de uma grande mesa, posta sobre o tapete de veludo vermelho, um grande corpo nu estava estendido. Nossa Senhora das Flores, ao lado da mesa, de pé, atento, olhava a chegada dos policiais que se aproximavam. Ao mesmo tempo que a ideia pesada de um assassinato os visitava, a ideia de que esse assassinato era uma farsa destruía o assassinato; o desalento de uma tal proposição, o desalento de seu absurdo e de seu possível: um assassinato farsesco, isso deixava os policiais sem jeito. Ficava bem evidente que não se podia estar em presença do esquartejamento de um homem ou de uma mulher assassinados. Os policiais tinham anéis de ouro de verdade e nós de gravata autênticos. Assim — e antes — que estiveram junto da mesa, viram que o cadáver era um manequim de cera utilizado pelos alfaiates. Todavia, a ideia de assassinato embaralhava os dados simples do problema. "Você tem cara de que não faz boa coisa." O policial mais velho disse isso a Nossa Senhora, porque o rosto de Nossa Senhora das Flores é um rosto tão radiosamente puro que de imediato, e para qualquer um, vinha o pensamento de que era falso, que esse anjo devia ser duplo, de chamas e de fumaça, pois todo mundo, ao menos uma vez na vida, teve a oportunidade de dizer: "Teriam dado a ele o bom Deus sem confissão", e quer a todo preço ser mais astuto que o destino.

Um assassinato falso dominava então a cena. Os dois policiais só buscavam a cocaína que um de seus alcaguetes havia rastreado na casa do garoto.

— Me dê logo a droga.

— Não temos droga, chefe.

— Andem logo, crianças, ou então vamos levá-los e fazer uma busca. Isso não será bom para vocês.

O garoto hesitou um segundo, três segundos. Conhecia o método dos policiais e sabia que tinha sido pego. Decidiu-se.

— Toma, só temos isso.

Estendeu um pacote bem pequeno, dobrado como os saquinhos dos pós farmacêuticos, que ele tirou da caixa de seu relógio de pulso. O policial botou no bolso, bolso do colete.

— E ele?

— Não tem nada. Garantido, chefe, o senhor pode revistar.

— E isso vem de onde?

O manequim. Aqui talvez seja preciso reconhecer a influência de Divina. Ela está em toda parte onde surge o inexplicável. Ela vai, a Louca, deixando atrás dela ciladas, armadilhas sorrateiras, enxovias, quase a ponto de ela mesma ser pega aí se der meia-volta, e por causa dela o espírito de Gostoso, de Nossa Senhora e de seus amigos está eriçado de gestos absurdos. Com o nariz levantado, levam tombos que os consagram aos piores destinos. O garoto amigo de Nossa Senhora praticava também seus golpes, e num carro parado, com Nossa Senhora das Flores, tinha roubado, certa noite, uma caixa de papelão em que, ao ser aberta, descobriram uma quantidade de pedaços assustadores de um manequim de cera desmontado.

Os policiais vestiam seus sobretudos. Não responderam. As rosas da lareira eram bonitas, pesadas e excessivamente perfumadas. Os policiais perdiam a firmeza. O assassinato era falso ou inacabado. Tinham vindo buscar cocaína. A cocaína... laboratórios instalados nos quartos de empregada e que explodem... destroços... A cocaína então é uma coisa perigosa? Levaram os jovens para a brigada, e nessa noite mesmo, com o comissário, voltaram para fazer uma busca que lhes dava trezentos gramas de cocaína. Nem por isso não deixaram o garoto nem Nossa Senhora em sossego. Os policiais fizeram o que puderam para arrancar deles o máximo possível de informações. Pressionavam-nos, investigavam essa noite para aí descobrir alguns fios que levassem a outras capturas. Submeteram-nos à tortura moderna: chutes na barriga; bofetadas, réguas nas costelas e diferentes outros jogos, de um para outro.

— Confessa! — urravam.

No fim, Nossa Senhora rolou para debaixo de uma mesa. Transtornado de raiva, um policial avançou sobre ele, mas um outro o reteve pelo braço murmurando alguma coisa e dizendo a seguir em voz alta:

— Deixa, Gaubert. De qualquer jeito, ele não cometeu crime.

— Ele, com essa cara de boneca? Ele seria bem capaz, claro.

Tremendo de medo, Nossa Senhora saiu de debaixo da mesa. Fizeram-no sentar-se numa cadeira. Afinal, só se tratava de cocaína, e na sala vizinha, o outro garoto era menos maltratado. O policial que tinha parado o jogo de massacre ficou sozinho com Nossa Senhora. Sentou-se e lhe estendeu um cigarro.

— Me diga o que você sabe. Não tem muito problema. Um pouco de cocaína, você não corre o risco da guilhotina.

Será muito difícil para mim explicar com precisão e descrever em minúcia o que se passou em Nossa Senhora das Flores. Não é possível falar, a esse respeito, de gratidão para com o policial de tom mais delicado. O descanso que Nossa Senhora teve graças à frase "Não tem problema", ainda não é isso. O policial disse:

— O que o fez ficar puto foi seu manequim.

Ele riu e bebeu um gole de fumaça. Gargarejou. Nossa Senhora *temia* uma pena menor? Primeiro, veio-lhe do fígado, bem contra os dentes, a confissão do assassinato do velho. Ele não fez a confissão. Mas a confissão subia, subia. Se abre a boca, ele vai soltar tudo. Sentiu-se perdido. De repente, foi tomado pela vertigem. Ele se vê bem no frontão de um templo não muito alto. "Tenho dezoito anos. Posso ser condenado à morte", pensa bem rápido. Se abre os dedos, cai. Vamos, ele se refaz. Não, não dirá nada. Seria magnífico dizer, seria glorioso. Não, não, não! Senhor, não!

Ah! Está salvo. A confissão retira-se, retira-se sem ter avançado.

— Matei um velho.

Nossa Senhora caiu do frontão do templo, e, instantaneamente, o desespero imóvel o adormece. Está descansado. O policial nem se mexeu.

— Quem, que velho?

Nossa Senhora desperta. Ri.

— Não, estou brincando, é uma piada.

Numa velocidade espantosa, ele concebe este álibi: um assassino confessa espontaneamente e de maneira idiota, com detalhes impossíveis, um assassinato, a fim de que o julguem louco e que afastem dele as suspeitas. Esforço perdido. Levam de volta Nossa Senhora para a tortura. Foi inútil gritar que queria brincar, os policiais querem saber. Nossa Senhora sabe que eles saberão, e porque é jovem ele se debate. É um afogado que luta contra seus gestos e sobre quem, no entanto, a paz — você sabe, a paz dos afogados — desce com lentidão. Os policiais dizem agora os nomes de todos os assassinados há cinco ou dez anos cujo assassino não foi pego. A fila se alonga; Nossa Senhora tem a inútil revelação da extraordinária ignorância da polícia. As mortes violentas passam diante de seus olhos. Os policiais dizem nomes, nomes, e batem. Preparam-se para dizer enfim a Nossa Senhora: "Você por acaso não sabe o nome dele?". Ainda não. Dizem nomes e fixam o rosto vermelho do garoto. É um jogo. O jogo das adivinhas. Estou quente? Ragon?... O rosto está muito transtornado para poder exprimir ainda algo de compreensível. Tudo aí está em desordem. Nossa Senhora urra:

— É, é, é ele. Chega.

Seus cabelos estão sobre seus olhos, ele os levanta com uma sacudida da cabeça, e esse simples gesto, que era seu mais raro coquetismo, significa para ele a vaidade do mundo. Ele mal enxuga a baba que corre de sua boca. Tudo se torna tão calmo que ninguém sabe mais o que fazer.

De um dia para outro, o nome de Nossa Senhora das Flores ficou conhecido em toda a França, e a França está habituada às confusões. Os que só percorrem os jornais não se ativeram a Nossa Senhora das Flores. Os que vão ao fundo dos artigos, farejando o insólito e aí o descobrindo sempre, fizeram uma pesca miraculosa: esses leitores eram os estudantes e as velhinhas, que ficaram, no fundo das províncias, semelhantes a Ernestine, nascida velha, como as crianças judias, que têm aos quatro anos o rosto e os gestos que terão aos cinquenta. Foi para ela, para encantar seu crepúsculo, que Nossa Senhora tinha matado um velho. Desde sempre ela criava histórias fatais ou histórias de um andamento simples e banal, mas em que certas palavras explosivas rasgavam a tela, e por esses estragos, mostrando, se se pode dizer, um pouco das coxias, compreendia-se com estupor por que ela falara assim. Ela estava com a boca cheia de contos e a gente se pergunta como eles podiam nascer dela, que toda noite só lia um jornal chato: os contos nasciam do jornal, como os meus dos romances populares. Ela esperava o carteiro, à espreita atrás das vidraças. Um tormento cada vez mais inquietante a agitava à medida que se aproximava a hora do correio, e quando, enfim, ela tocava as páginas cinza, porosas, escorrendo o sangue dos dramas (o sangue, cujo cheiro ela confundia com o da tinta e do papel), que ela as desdobrava como um guardanapo sobre os joelhos, ela sucumbia, esgotada, extenuada, no fundo da velha poltrona vermelha.

O padre de uma cidadezinha, ouvindo flutuar em torno de si o nome de Nossa Senhora das Flores, sem ter recebido comunicação da diocese, num domingo, ao fazer a prédica, encomendou orações e recomendou esse novo culto à devoção particular dos fiéis. Os fiéis, em seus bancos, surpresos, não disseram nem uma palavra, não pensaram nem um pensamento.

Num lugarejo, o nome da flor que chamam de "rainha-dos--prados" fez com que uma menina, que pensava em Nossa Senhora das Flores, perguntasse:

— Mamãe, ela é uma miraculada?

Houve outros milagres, que não tenho tempo de relatar.

O viajante taciturno e febril que chega numa cidade não deixa de ir direto aos locais mal falados, bairros reservados, bordéis. É guiado por um sentido misterioso que o avisa do chamado amor escondido; ou talvez, pelo comportamento, pela direção tomada por certos frequentadores que ele reconhece por sinais simpáticos, por senhas trocadas pelos subconscientes e que ele segue em confiança. Assim, Ernestine ia direto às minúsculas linhas das notícias policiais, que são — os assassinatos, os roubos, os estupros, as agressões a mão armada — os *"Barrios Chinos"* dos jornais. Ela sonhava com isso. A violência concisa delas, a exatidão delas não deixavam ao sonho nem tempo nem espaço de se infiltrar: elas a derrubavam. Elas surgiam brutais, em cores vivas, sonoras: mãos vermelhas postas no rosto de uma dançarina, faces verdes, pálpebras azuis. Quando essa vaga de fundo se extinguia, ela lia todos os títulos das peças musicais da seção sobre rádio, mas nunca teria tolerado que alguma música entrasse em seu quarto, tanto a melodia mais leve corrói a poesia. Assim, os jornais eram inquietantes, como se só fossem preenchidos por colunas de notícias policiais, colunas sangrentas e mutiladas como postes de tortura. E embora, no processo que leremos amanhã, a imprensa só tenha concedido muito parcimoniosamente dez linhas, bastante espaçadas para deixar o ar circular entre as palavras por demais violentas, essas dez linhas — mais hipnóticas que a braguilha de um enforcado, que a expressão "corda da forca", que a palavra "um zuavo" —, essas dez linhas fizeram com que batessem todos os corações das velhas e das crianças ciumentas. Paris não dormiu. Esperava que, no dia seguinte, Nossa Senhora fosse condenado à morte; desejava-o.

Pela manhã, os varredores, inacessíveis às suaves e tristes ausências dos condenados à morte, mortos ou não, aos quais o tribunal dá asilo, levantaram poeiras acres, regaram o piso, cuspiram, blasfemaram, riram com os funcionários do tribunal que arrumavam os dossiês. A audiência começaria às doze horas e quarenta e cinco precisamente, e, a partir de meio-dia, o porteiro abriu todas as grandes portas.

A sala não é majestosa, mas é muito alta, de modo que as linhas verticais, como linhas de calma chuva, dominam. Ao entrar, vê-se na parede um grande quadro com uma justiça, que é uma mulher, vestida com grandes drapeados vermelhos. Ela se apoia com todo seu peso num sabre chamado "gládio", que não se dobra. Embaixo, encontram-se a plataforma e a mesa onde os jurados e o Presidente, com arminho e toga vermelha, virão sentar-se para julgar o menino. O Presidente chama-se "Senhor Presidente Vase de Sainte-Marie". Mais uma vez, para chegar a seus fins, o destino emprega um método baixo. Os doze jurados são doze homens corretos de súbito soberanos juízes. Então a sala, a partir de meio-dia, estava cheia. Uma sala de banquete. A mesa estava posta. Eu queria falar com simpatia desse aglomerado de pessoas no tribunal, não porque ele não fosse hostil a Nossa Senhora das Flores — isso me é indiferente — mas porque ele faísca com mil gestos poéticos. Tremula como um tafetá. Nossa Senhora dança, à beira de um abismo eriçado de baionetas, uma dança perigosa. O aglomerado de pessoas não é alegre, sua alma é triste até a morte. Ele se amontoou nos bancos, apertou os joelhos, as nádegas, assoou-se, fez enfim suas cem necessidades de pessoas num tribunal que tantas majestades vão derrubar. O público só vem aqui na medida em que uma palavra pode provocar uma degolação e em que ele se voltará, tal como são Dinis, tendo a cabeça cortada entre as mãos. Diz-se algumas vezes que a morte plaina sobre um povo. Você se lembra da italiana magra e tísica, o que ela era para Culafroy, e o que ela será mais tarde para Divina? Aqui, a morte não passa de uma asa negra sem corpo, uma asa feita com vários retalhos de etamine negra sustentada por uma magra carcaça de armações de guarda-chuva, uma bandeira de piratas, sem a haste. Essa asa de etamine flutuava sobre o Palácio que você não confundirá com nenhum outro, pois é o Palácio da Justiça. Ela o envolvia em suas pregas e, na sala, tinha destacado para representá-La uma gravata de crepe da China verde. Em cima da mesa do Presidente, a gravata era a única peça de convicção. A Morte, visível aqui, era uma gravata, e me agrada que seja assim: tratava-se de uma Morte leve.

O público na sala estava envergonhado por não ser o assassino. Os advogados negros carregavam dossiês debaixo dos braços e se abordavam sorrindo. Algumas vezes aproximavam-se bem perto e muito valentemente da Pequena Morte. As advogadas eram mulheres. Os jornalistas estavam com os advogados. Os delegados dos patronatos da adolescência falavam baixo entre si. Eles disputavam uma alma. Seria preciso jogá-la nos dados para enviá-la para os Vosges? Os advogados, que não têm, apesar de seu traje longo e sedoso, a aparência tão suave e precipitada para a morte como a dos eclesiásticos, formavam e desfaziam grupos. Estavam bem perto da plataforma, e a plateia os ouvia afinar seus instrumentos para a marcha fúnebre. A plateia estava envergonhada por não morrer. A religião da hora era esperar e invejar um jovem assassino. O assassino entrou. Só se viam maciços guardas republicanos. O menino saiu dos lados de um deles, e o outro lhe retirou a corrente dos pulsos. Os jornalistas descreveram movimentos do aglomerado de pessoas quando da entrada de um criminoso célebre; é então a seus artigos que remeterei os leitores, se isso lhes apraz, já que meu papel e minha arte consistem apenas em descrever grandes movimentos de pessoas. Todavia, ousarei dizer que todos os olhos puderam ler, gravados na aura de Nossa Senhora das Flores, estas palavras: "Eu sou a Imaculada Conceição". A ausência de luz e de ar em sua cela, não o havia nem empalecido muito nem inchado muito; o desenho de seus lábios fechados era o desenho de um sorriso grave; seus olhos claros ignoravam o Inferno; todo seu rosto (mas talvez ele estivesse diante de vocês como a prisão que, na passagem dessa mulher cantando na noite, permaneceu para ela como uma parede má, ao passo que todas as celas secretamente tomavam seu impulso, em revoada pelas mãos, que batiam como asas, dos detentos perplexos por esse canto), sua imagem e seus gestos libertavam demônios cativos ou, com vários giros de chave, prendiam anjos de luz. Ele estava vestido com um terno de flanela cinza muito juvenil, e o colarinho da camisa azul estava aberto. Os cabelos louros obstinavam-se em recair sobre os olhos, vocês sabem com que sacudida de cabeça ele os expulsava. Quando teve então todo mundo diante dele, Nossa Senhora o assassino, que dentro em pouco estaria morto assassinado por sua vez, deu, piscando os olhos, uma ligeira sacudida de cabeça que fez voltar sobre ela a mecha cacheada que lhe caía perto do nariz. Essa simples cena arrebata-nos, ou seja, ela elevou o instante, como a aniquilação do mundo eleva o faquir e o mantém em suspenso. O instante não era mais da terra, mas do céu. Tudo fazia temer que a audiência fosse cortada desses instantes cruéis que puxariam alçapões sob os pés dos juízes, dos advogados, de Nossa Senhora, dos guardas, e durante uma eternidade os deixariam suspensos como faquires, até o momento em que uma respiração um pouco intensa demais restauraria a vida suspensa.

O pelotão de honra (soldados das tropas coloniais) entrou com uma barulhada de calçados ferrados e ruído de baionetas. Nossa Senhora julgou que se tratava do pelotão de execução.

Eu já disse? O público era composto sobretudo de homens; mas todos esses homens, vestidos de escuro, com guarda-chuvas nos braços ou jornais nos bolsos, tinham mais estremecimentos que um jardim de glicínias, que a cortina de renda de um berço. Nossa Senhora das Flores era a causa de a sala do julgamento, completamente invadida por uma aglomeração como que endomingada e grotesca, ser uma cerca viva de maio. O assassino estava sentado no banco dos réus. A libertação das correntes permitia que ele pusesse as mãos no fundo dos bolsos; assim, ele parecia estar em qualquer lugar, ou seja, mais do que na sala de espera de uma agência de emprego, no banco de um jardim público, olhando de longe num quiosque um polichinelo, ou talvez ainda na igreja, no catecismo de quinta-feira. Juro que ele esperava qualquer coisa. Num dado momento, tirou uma mão do bolso, e, como há pouco, com ela jogou para trás, ao mesmo tempo que com uma sacudida de sua bonita cabecinha, a mecha loura e cacheada. O aglomerado de pessoas parou de respirar. Ele completou seu gesto alisando a cabeleira para trás, até a nuca, e por meio dele encontro a estranha impressão: quando, num personagem desumanizado pela glória, discernimos um gesto familiar, um traço corrente (veja-se bem: expulsar com um movimento de cabeça brusco uma mecha de cabelos), que quebra a crosta petrificada pela fenda adorável como um sorriso ou um erro, percebemos um trecho de céu. Observei isso já a propósito de um dos mil precursores de Nossa Senhora, anjo anunciador dessa virgem, um jovem louro ("Mocinhas louras como rapazes...", não me cansarei dessa frase, decididamente, que tem a sedução da expressão: "Um guarda-francesa")* que eu observava nos grupos de ginástica. Dependia dos rostos que ele ajudava a traçar, e assim, era só um sinal. Mas toda vez que tinha de pôr um joelho no chão e, cavaleiro na sagração, estender o braço segundo o comando, seus cabelos caindo sobre os olhos, ele rompia a harmonia da figura de ginástica levando-os para trás, contra as têmporas, depois atrás das orelhas, pequenas, num gesto que desenhava uma curva com as duas mãos, que, por um instante, encerravam, e o apertavam, como com um diadema, seu crânio oblongo. Teria sido o gesto de uma freira afastando o véu, se ele ao mesmo tempo não tivesse sacudido a cabeça como um pássaro que se agita depois de beber.

Foi também essa descoberta do homem no deus que fez um dia Culafroy amar Alberto por sua fraqueza. Alberto teve o olho esquerdo arrancado. Numa cidadezinha, um acontecimento desse tipo não é coisa pouca; enfim, depois do poema (ou fábula) que nasceu dele (milagre renovado de Ana Bolena: do sangue fumegante brotou um arbusto de rosas, talvez brancas, mas seguramente perfumadas), fez-se a triagem, para desenterrar a verdade esparsa sob os mármores. Via-se aí que Alberto não pudera evitar uma querela com o rival a propósito de sua puta. Ele fora fraco, como sempre, como toda a cidadezinha sabia, e isso dera a prontidão vitoriosa ao outro. Com uma facada, ele lhe furara o olho. Todo o amor de Culafroy se inflou, se se pode dizer, quando ele soube do acidente. Ele se inflou de dor, de heroísmo e de ternura materna. Ele amou Alberto por

---

* A "guarda-francesa" era uma corporação militar; no masculino, indica um membro dela.

sua fraqueza. Diante desse vício monstruoso, os outros eram pálidos e inofensivos, e podiam ser contrabalançados por uma virtude qualquer, sobretudo pela mais bela. (Emprego essa palavra corrente no sentido corrente, que lhe cabe muito bem, que implica o máximo de reconhecimento das forças carnais: a bravura.) Pode-se dizer de um homem estragado pelos vícios: nem tudo está perdido enquanto ele não tem "esse". Ora, Alberto tinha *esse*. Portanto era indiferente que tivesse todos os outros; a infâmia não teria sido maior. Nem tudo está perdido enquanto resta coração, é de coração que Alberto vinha de carecer. Abolir esse vício — por exemplo, por sua negação pura e simples —, não era preciso pensar nisso, mas destruir seu efeito depreciativo era fácil, amando Alberto por sua fraqueza. Já que sua decadência era certa, se ela não embelezava Alberto, ela o poetizava. Talvez por causa dela, Culafroy aproximava-se dele. A coragem de Alberto não o teria surpreendido, nem deixado indiferente, mas eis que nesse lugar ele descobria um outro Alberto, mais homem que deus. Descobria a carne. A estátua chorava. Aqui a palavra "fraqueza" não pode ter o sentido moral — ou imoral — que habitualmente lhe é atribuído, e a predileção de Culafroy por um jovem belo, forte e covarde não é um defeito, uma aberração. Culafroy via agora Alberto prostrado, com um punhal plantado direto no olho. Ia morrer por conta disso? Essa ideia fez com que pensasse no papel decorativo das viúvas, que arrastam longos crepes e tapam os olhos com pequenos lenços brancos embolados, apertados, moldados como bolas de neve. Ele agora só pensou em observar as marcas externas de sua dor, mas, já que não podia torná-la sensível aos olhos das pessoas, teve de transportá-la em si mesmo, como Santa Catarina de Sena transportava sua cela. Os camponeses tiveram o espetáculo de uma criança que arrastava atrás de si um luto cerimonial; não o reconheceram. Não compreenderam o sentido da lentidão de seu caminhar, da inclinação de sua cabeça, nem o vago de seu olhar.

Para eles, tudo isso não passava de poses ditadas pelo orgulho de ser a criança da casa de ardósias.

Alberto foi levado a um hospital, onde morreu: a cidadezinha foi exorcizada.

Nossa Senhora das Flores. Sua boca estava levemente entreaberta. Vez ou outra seus olhos se abaixavam em direção a seus pés, que a população esperava calçados com uma sandália de tiras de pano trançadas. Para um sim ou para um não, esperava-se vê-lo fazer um gesto de dançarino. Os funcionários do tribunal não paravam de mexer nos dossiês. Na mesa, a pequena Morte ágil estava inerte e parecia bem morta. As baionetas e os saltos rebrilharam.

— A corte!

A corte entrou por uma porta não perceptível, recortada na tapeçaria da parede, por trás da mesa dos jurados. Ora, Nossa Senhora, tendo ouvido em sua prisão falar dos fastos da corte, imaginava que hoje, por uma espécie de erro grandioso, ela entraria pela grande porta do público, aberta por completo, assim como, no dia dos Ramos, o clero, que de hábito sai da sacristia por uma porta existente num dos lados do coro, surpreende os fiéis surgindo às suas costas. A corte entrava, com a familiar majestade dos príncipes, por uma porta de serviço. Nossa Senhora pressentia que toda a sessão seria uma armação e que no fim da noite ele teria a cabeça cortada por meio de um jogo de espelhos. Um de seus guardas lhe sacudiu o braço e disse:

— Levanta.

Ele tinha tido vontade de dizer: "Levante-se, senhor", mas não ousou. A sala estava de pé, silenciosa. Sentou-se de novo com barulho. O sr. Vase de Sainte-Marie usava monóculo. Deslizou um olhar sorrateiro por sobre a gravata e, com a ajuda das duas mãos, mexeu no dossiê. O dossiê estava cheio de detalhes como o gabinete do juiz de instrução estava cheio de dossiês. Diante de Nossa Senhora, o advogado-geral não abria o bico

Ele sentia que uma palavra sua, um gesto por demais cotidiano o transformariam em advogado do diabo e justificariam a canonização do assassino. Era um momento difícil de aguentar; ele arriscava sua reputação. Nossa Senhora sentara-se. Um pequeno movimento da mão fina do sr. Vase de Sainte-Marie fez com que se levantasse.

O interrogatório começou:

— O senhor se chama Adrien Baillon?

— Sim, senhor.

— O senhor nasceu em 19 de dezembro de 1920?

— Sim, senhor.

— Em...?

— Em Paris.

— Sim. Em que *arrondissement*?

— Dezoito, senhor.

— Sim. O... O seu meio lhe tinha dado um apelido... — (Hesitou, depois:)

— O senhor pode dizer para o tribunal esse apelido.

O assassino não respondeu nada, mas o nome, sem que fosse pronunciado, saiu todo alado pela testa do cérebro do aglomerado de pessoas. Flutuou sobre a sala, invisível, perfumado, secreto, misterioso.

O Presidente respondeu em voz alta:

— Sim, é exatamente isso. E o senhor é filho de...?

— Lucie Baillon.

— E de pai desconhecido. É. A acusação... — (Aqui, os jurados — eram doze — assumiram uma atitude confortável, que, ao mesmo tempo que convinha a cada um deles em particular porque favorecia uma certa inclinação, permitia a todos a dignidade. Nossa Senhora continuava de pé, os braços pensos ao longo do corpo, como os desse pequeno rei entediado e encantado que, dos degraus da escada do palácio real, assiste a um desfile militar.)

O Presidente continuava:

— ... na noite de 7 para 8 de julho de 1937, penetrou, sem que se identifique sinal de arrombamento, no apartamento situado no quarto andar do prédio situado no número 12 da rua de Vaugirard e ocupado pelo sr. Ragon Paul, de sessenta e sete anos de idade.

Levantou a cabeça e olhou Nossa Senhora:

— O senhor reconhece os fatos?

— Sim, senhor.

— A investigação estabelece que foi o próprio sr. Ragon que lhe teria aberto a porta. É pelo menos o que o senhor declarou sem poder prová-lo. O senhor continua a sustentar isso?

— Sim, senhor.

— Em seguida, o sr. Ragon, que conhecia o senhor, teria dado a impressão de estar alegre com a sua visita e lhe teria oferecido bebidas. Depois, sem que ele esperasse isso, com a ajuda... (hesitou)... dessa gravata, o senhor o estrangulou.

O Presidente pegou a gravata.

— O senhor reconhece essa gravata como sendo sua e sendo a arma do crime?

— Sim, senhor.

O Presidente segurava essa gravata mole entre os dedos, uma gravata como um ectoplasma, uma gravata que era preciso olhar enquanto ainda era tempo, pois ela poderia desaparecer de um momento para outro ou ficar ereta, dura, na mão seca do Presidente, que sentiu que, se sua ereção ou seu desaparecimento se realizasse, ele se cobriria de ridículo. Então se apressou em passar a arma do crime ao primeiro jurado, que a entregou a seu vizinho, e assim sucessivamente, sem que ninguém ousasse demorar para reconhecê-la, pois parecia correr o risco de se ver sob seus próprios olhos metamorfoseado em dançarina espanhola. Mas as precauções desses senhores foram vãs e, se não se deram conta, eles de fato foram transformados. Os gestos envergonhados dos jurados, que pareciam de conivência com o destino que presidiu ao assassinato do velho, o assassino imóve tanto quanto o sujeito mediúnico que é interrogado e, graças a uma tal imobilidade ausente, e ao lugar dessa ausência, entenebreciam a sala, onde os olhos do público queriam ver com clareza. O Presidente falava, falava. Estava neste ponto:

— E quem lhe deu a ideia de empregar esse modo de assassinato?

— Ele.

O mundo inteiro compreendeu que Ele era o velho morto, que representava de novo um papel, ele, enterrado, devorado pelos vermes e pelas larvas.

— O assassinado!

O Presidente soltou um clamor assustador:

— Foi o próprio assassinado que indicou ao senhor como se devia fazer para o suprimir? Vejamos, vejamos, explique-se.

Nossa Senhora pareceu incomodado. Um terno pudor impedia-o de falar. A timidez também.

— Sim. É... — disse ele. — O sr. Ragon tinha uma gravata que apertava o pescoço dele. Ele estava todo vermelho. Então ele tirou a gravata.

E o assassino, bem delicadamente, como se consentisse numa negociação infame ou numa ação caridosa, confessou:

— Então, pensei que, se eu apertasse, seria pior.

E um pouco mais baixo ainda, só mesmo para os guardas, e para o Presidente (mas não para o público):

— É que tenho braços bons.

O Presidente baixou a cabeça, prostrado:

— Desgraçado! — disse ele. — E por quê?

— Eu estava numa dureza fabulosa.

Já que se se emprega a palavra "fabuloso" para qualificar uma fortuna, não parecia impossível aplicá-la à miséria. Essa dureza fabulosa criou para Nossa Senhora um pedestal de nuvem: ele ficou tão prodigiosamente glorioso quanto o corpo do Cristo se alçando, para permanecer sozinho, fixo, no céu ensolarado do meio-dia. O Presidente torcia suas belas mãos. O público torcia os rostos. Os funcionários amarrotavam folhas de papel-carbono. Os advogados tinham de súbito o olho das galinhas extralúcidas. Os guardas oficiavam. A poesia trabalhava sua matéria. Só, Nossa Senhora estava só e preservava sua dignidade, ou seja, ele pertencia ainda a uma mitologia primitiva e ignorava sua divindade e sua divinização. O resto do mundo não sabia o que pensar e fazia esforços sobre-humanos para não se deixar tirar da margem. As mãos com unhas arrancadas se agarravam a qualquer tábua de salvação: cruzar ou descruzar as pernas, fixar uma mancha no casaco, pensar na família do homem estrangulado, palitar os dentes.

— Então, explique para o tribunal como o senhor fez.

Era atroz. Nossa Senhora precisava se explicar. Os policiais tinham exigido detalhes, o juiz de instrução também, era a vez do tribunal. Nossa Senhora teve vergonha, não de seu ato (era impossível), mas de repisar demais uma mesma história. Teve a ideia audaciosa de dar uma nova versão, de tal modo estava cansado de acabar seu relato com estas palavras: "Até que ele não aguentou mais". Decidiu contar outra coisa. No entanto, ao mesmo tempo, contava exatamente essa história que ele havia dito com as mesmas palavras aos policiais, ao juiz, ao advogado, aos psiquiatras. Pois, para Nossa Senhora, um gesto é um poema e só pode ser expresso com a ajuda de um símbolo sempre, sempre o mesmo. E, de seus atos já de há dois anos, não lhe restava mais que a expressão despojada. Ele relia seu crime como uma crônica é relida, mas não era mais verdadeiramente do crime que ele falava. Durante esse tempo, o relógio de pêndulo pendurado na parede diante dele agia com método, mas o tempo estava desregulado, de modo que o relógio escandia, a cada segundo, períodos longos e breves.

Dos doze distintos velhos do júri, quatro usavam pesados óculos. Estes estavam separados da comunhão com a sala po esse vidro, mau condutor, isolante, seguiam à parte outras peripécias. Na verdade, nenhum deles parecia interessar-se por esse assunto de assassinato. Um dos velhos alisava constantemente a barba; era o único a parecer atento, mas, olhando-o melhor, vemos que seus olhos são vazios como os das estátuas. Um outro era de pano. Outro desenhava no tapete verde da mesa círculos e estrelas; na vida de todos os dias era pintor e seu humor o levava às vezes até a colorir atrevidos pardais empoleirados no espantalho de um jardim. Outro cuspia todos os dentes num lenço azul pálido — azul França. Levantaram-se e seguiram o Presidente para trás da pequena porta dissimulada. A deliberação é tão secreta quanto a eleição de um chefe de bandidos mascarados, quanto a execução de um traidor no seio de uma confraria. O público aliviou-se bocejando, estirando-se, arrotando. O advogado de Nossa Senhora saiu de seu banco e se aproximou do cliente:

— Ânimo, garoto, ânimo! — disse ele apertando-lhe as mãos. — Você respondeu bem, você foi decidido, e acredito que o júri está a nosso favor.

Enquanto falava, apertava as mãos de Nossa Senhora, segurava-o ou se segurava nele. Nossa Senhora deu um sorriso de fazer danar seus juízes. Um sorriso tão azul que mesmo os guardas tiveram a intuição da existência de Deus e dos grandes princípios da geometria. Pensem no ressoar enluarado do sapo; ele é tão puro, de noite, que o caminhante na estrada para e só segue depois de tê-lo de novo ouvido.

— Eles se entendem? — disse ele piscando o olho.

— Sim, sim, tudo bem — disse o advogado.

A guarda de honra apresentou armas, e a corte sem capuz saiu da parede. O sr. Vase de Sainte-Marie sentou-se em silêncio, depois todo mundo se sentou com grande barulho. O Presidente pôs a cabeça entre suas belas mãos brancas e disse:

— Vamos mandar as testemunhas comparecerem. Ah! Primeiro, vejamos o relatório da polícia. Os policiais estão aqui?

É extraordinário que um Presidente de Tribunal seja tão distraído para esquecer uma coisa tão grave. Seu erro chocou Nossa Senhora como o teria chocado um erro de ortografia (se tivesse aprendido ortografia) no regulamento da prisão. Um funcionário mandou entrar os dois policiais que haviam detido Nossa Senhora. Aquele que no passado havia feito a investigação, já velha, de dois anos, estava morto. Fizeram então um relatório sucinto dos fatos: história perturbadora em que um falso assassinato levava à descoberta de um verdadeiro. Essa descoberta é impossível, estou sonhando. "Por um nada!" Mas, em suma, admito um pouco melhor essa descoberta engraçada, que leva à morte, desde que o vigia me tomou o manuscrito que eu trazia comigo na hora do passeio. Tenho a sensação da catástrofe, depois não ouso acreditar que tal catástrofe possa ser a consequência lógica de uma imprudência tão pequena. Depois penso que os criminosos perdem a cabeça por causa de uma imprudência tão pequena, tão pequena, que se deveria ter o direito de repará-la voltando atrás, e que, pedindo ao juiz, ele aceitaria, de tal modo é benigno, e que não se pode. Apesar da formação deles, que eles dizem cartesiana, os jurados não terão dificuldade, quando, algumas horas mais tarde, condenarão à morte Nossa Senhora, eles estarão incertos se é porque ele estrangulou uma boneca ou porque cortou em pedaços um velhinho. Os policiais, estimuladores de anarquismo, retiraram-se, fazendo ao Presidente uma pequena e bonita reverência. Do lado de fora, caía a neve. Isso se percebia pelo movimento das mãos na sala, erguendo o colarinho dos sobretudos. O tempo estava encoberto. A morte avançava a passos de lobo sobre a neve. Um funcionário chamou as testemunhas. Elas esperavam num pequeno cômodo à parte, ao lado da sala, cuja porta se abria diante do compartimento do acusado. A porta, a cada vez, entreabria-se apenas o suficiente para deixá-las esgueirar-se de lado, e uma a uma, gota a gota, eram vertidas no processo. Elas iam até a barra, onde levantavam a mão e respondiam: "Juro". A uma pergunta que ninguém fazia. Nossa Senhora viu Mimosa II entrar. O funcionário, no entanto, havia gritado: "Hirsch René"; depois do chamado de "Berthollet Antoine", surgiu Primeira Comunhão; do chamado de "Marceau Eugène", surgiu Maçãzinha. Assim, aos olhos de Nossa Senhora embasbacado, as bichinhas da Place Blanche a Pigalle perdiam seu traje mais belo: seus nomes perdiam a corola, como a flor de papel que o dançarino segura na ponta dos dedos e que, acabado o balé, não passa de uma haste de ferro. Não seria melhor que ele dançasse toda a dança com um simples arame? A questão merece ser examinada. As bichas mostravam essa carcaça que Gostoso discerniu sob a seda e o veludo de cada poltrona. Elas estavam reduzidas a nada, e isso era ainda o que se havia feito de melhor até então. Elas chegavam, provocantes ou tímidas, perfumadas, maquiadas, exprimiam-se com esmero. Não eram mais o arvoredo de papel crepom florindo nos terraços dos cafés. Elas eram miséria multicolorida. (De onde vêm os nomes de guerra das bichas? Mas, primeiro, observemos que nenhum deles foi escolhido por aqueles que os carregam. Para mim, não é isso. Não me é possível precisar as razões que me fizeram escolher tais ou tais nomes: Divina, Primeira Comunhão, Mimosa, Nossa Senhora das Flores, Príncipe-Monsenhor não vieram por acaso. Há entre eles um parentesco, um odor de incenso e de vela que derrete, e algumas vezes tenho a impressão de tê-los recolhido entre as flores artificiais ou naturais na capela da Virgem Maria, no mês de maio, debaixo e em torno dessa estátua de gesso glutona por que Alberto foi apaixonado e atrás da qual, criança, eu escondia o frasco contendo minha porra.) Algumas pronunciavam palavras assustadoras de precisão, como "Ele morava na rua Berthe, número 8", ou: "Foi no dia 17 de outubro que o encontrei pela última vez. Foi no Café Graff". Um dedinho levantado, como se o polegar e o indicador segurassem a xícara de chá, perturbava a gravidade da sessão, e por essa coisa de nada se discernia o trágico de sua massa. O funcionário gritou: "O sr. Culafroy Louis". Apoiada por Ernestine, ereta e vestida de preto, única mulher de verdade que se viu no processo, entrou Divina. O que restava de sua beleza fugia em debandada. As sombras e as linhas desertavam seu lugar: era a ruína. Seu belo rosto soltava chamados lacerantes, clamores trágicos como o grito de uma morta. Divina usava um grande casaco de pele de camelo, marrom, sedoso. Ela também disse:

— Juro.

— O que a senhora sabe do acusado? — perguntou o Presidente.

— Conheço-o há muito tempo, senhor Presidente, mas posso dizer, porém, que o considero muito ingênuo, muito criança. Sempre só pude apreciar sua delicadeza. Ele poderia ser meu filho.

Ela contou ainda, com muito tato, como eles tinham vivido juntos por muito tempo. Não se falou de Gostoso. Divina era enfim o adulto que lhe recusavam ser por toda parte. Ei-lo aqui de novo, que coisa, como testemunha, saído enfim da criança Culafroy que ele nunca havia deixado de ser. Se nunca realizou nada de simples, é porque só está reservado a alguns velhos ser simples, o que quer dizer puro, depurado, simplificado como uma épura, o que talvez seja esse estado de que Jesus dizia: "... semelhantes a criancinhas", mas nenhuma criança é semelhante a isso, que um trabalho massacrante, por toda uma vida, nem sempre obtém. Ele nada fez de simples, sequer um sorriso, que se comprazia em fazer sair com o canto direito da boca ou mostrar amplo, de frente, com os dentes apertados.

A grandeza de um homem não é função apenas de suas faculdades, de sua inteligência, de seus dons, quaisquer que sejam: ela é feita também das circunstâncias que o elegeram para lhes servir de apoio. Um homem é grande se tem um grande destino; mas essa grandeza é da ordem das grandezas visíveis, mensuráveis. É a magnificência vista de fora. Lastimável talvez, vista de dentro, ela é então poética, se vocês quiserem convir que a poesia é a ruptura (ou antes o encontro no ponto de ruptura) do visível e do invisível. Culafroy teve um destino lastimável e foi por causa disso que sua vida foi composta desses atos secretos, que são, cada um deles, um poema em essência, como o movimento ínfimo do dedo da dançarina de Bali é um sinal que pode pôr em movimento um mundo porque procede de um mundo cujo sentido numeroso é inconfessável. Culafroy tornou-se Divina: ele foi assim um poema escrito apenas para ele, hermético para quem quer que não tenha sua chave. Em suma, eis sua glória secreta, semelhante à que eu consegui que me concedessem para finalmente obter a paz. E a tenho, pois a quiromante de uma barraca de feira afirmou-me que um dia serei célebre. De que espécie de celebridade? Isso me dá calafrios. Mas essa profecia basta para acalmar minha velha necessidade de acreditar que tenho gênio. Trago em mim, preciosamente, a frase do áugure: "Você um dia será célebre". Vivo com ela em segredo, como as famílias, à noite, à luz da lâmpada, e sempre, se têm um segredo, com a lembrança refulgente de seu condenado à morte. Ela me ilumina e me horroriza. Essa celebridade inteiramente virtual enobrece-me, como um pergaminho que ninguém saberia decifrar, um nascimento ilustre mantido em segredo, uma barra de bastardia real, uma máscara ou talvez uma filiação divina, algo talvez do que havia experimentado Joséphine, que nunca esqueceu que tinha dado à luz aquela que se tornaria a mais bela mulher da cidadezinha, Marie, a mãe de Solange — a deusa nascida no casebre e mais carregada de brasões em seu corpo do que Mimosa nas nádegas e nos gestos, e com mais nobreza que um Chambure. Esse tipo de sagração afastara de Joséphine as outras mulheres (as outras, mães de homens) de sua idade. Na cidadezinha, sua situação era próxima daquela da mãe de Jesus entre as mulheres da aldeia da Galileia.

A beleza de Marie ilustrava o lugarejo. Ser a mãe humana de uma divindade é um estado mais perturbador que o da divindade. A mãe de Jesus deve ter tido emoções incomparáveis ao carregar o filho, depois ao viver, dormindo lado a lado com um filho que era Deus — ou seja, tudo, e também ela mesma — que podia fazer com que o mundo não existisse, que sua mãe, que ele mesmo, não existissem, um Deus para quem era preciso preparar, como Joséphine para Marie, o amarelo mingau de milho.

De resto, não que Culafroy, criança e Divina, tivesse uma finura excepcional; mas circunstâncias de excepcional estranheza tinham-no escolhido como lugar de eleição, sem lhe anunciarem isso, tinham-no ornado com um texto misterioso. Ele cuidava de um poema segundo os caprichos de uma rima sem rima nem razão. Foi mais tarde, na hora de sua morte, que de um só olhar encantado, ele pôde reler, com os olhos fechados, a vida que havia escrito em sua carne. E agora Divina sai de seu drama interior, desse núcleo do trágico que ela traz em si, e, pela primeira vez na vida, é levada a sério no desfile dos humanos. O advogado-geral mandou parar o desfile. As testemunhas tinham saído pela porta entreaberta. Como cada uma só apareceu por um segundo, elas sumiam ao passarem: o desconhecido as escamoteava. Os verdadeiros centros de vida eram essa sala das testemunhas — Pátio dos milagres — e a sala das deliberações. Reconstruía-se, com todos os seus acessórios, o quarto do crime crapuloso. Coisa extraordinária, a gravata ainda estava ali, caída em cima da mesa verde, mais pálida que de hábito, mole, mas pronta para se elançar como se elançaria um meliante desabado sobre o banco da delegacia. O público estava inquieto como um cachorro. Anunciava-se que um descarrilamento provocou um atraso da Morte. De repente, escureceu. Por fim, o Presidente mandou chamar o perito alienista. Foi ele que, de verdade, surgiu por um alçapão invisível de uma caixa invisível. Estava sentado em meio ao público, que não desconfiava disso. Ele se levantou e veio à barra. Leu para os jurados seu relatório. Desse relatório alado, caiam no chão palavras como estas: "Desequilíbrio... psicopatia... fabulação... sistema esplâncnico... esquizofrenia... desequilíbrio, desequilíbrio, desequilíbrio, desequilíbrio... equilibrista", e de repente, pungente, sangrando: "O grande simpático". Ele não parou: "... Desequilíbrio... semirresponsabilidade... secreção... Freud... Jung... Adler... secreção...". Mas a voz pérfida acariciava certas sílabas, e os gestos do homem lutavam contra inimigos: "Pai, olhai à esquerda, à direita"; certas palavras na voz pérfida ricocheteavam finalmente (como nas palavras de javanês em que, no meio das sílabas, é preciso identificar outras palavras ingênuas ou más: *litbé*, *pavortave*".* Compreendia-se isto: "O que é um malfeitor? Uma gravata que dança ao luar, um tapete epilético, uma escada que sobe deitada, um punhal em marcha desde o começo do mundo, um frasco de veneno em pânico, mãos enluvadas na noite, a gola azul de um marinheiro, uma sucessão aberta, uma sequência de gestos simples e benignos, um ferrolho silencioso". O grande psiquiatra leu enfim suas conclusões: "Que ele (Nossa Senhora das Flores) é um desequilibrado psíquico, inafetivo, amoral. No entanto, que em todo ato criminoso, como em todo ato, existe uma parte voluntária e que não é devida à cumplicidade irritante das coisas. Enfim, Baillon é em parte responsável pelo assassinato".

A neve caía. Tudo, em torno da sala, era silêncio. O tribunal estava abandonado no espaço, completamente só. Já não obedecia mais às leis da terra. Por entre estrelas e planetas, fugia à toda. Era, no ar, a casa de pedra da Virgem Santa. Os passageiros não

---

Termos de um tipo de gíria (conhecido como javanês), com significados variáveis — o primeiro se emprega para "nádegas" e "pênis"; o segundo, oriundo da inversão de "peau de balle", significa "nada".

esperavam mais nenhum socorro do exterior. As amarras estavam cortadas. Foi nesse momento que a parte sobressaltada da sala (o público, os jurados, os advogados, os guardas) devia pôr-se de joelhos e entoar cânticos, quando a outra parte (Nossa Senhora), liberada do peso das obras carnais (a decretação da morte é uma obra carnal), organizou-se em par para cantar: "A vida é um sonho... um sonho encantador...". Mas a multidão não tem o senso de grandeza. Ela não obedece a essa injunção dramática e nada foi menos sério do que o que se seguiu. O próprio Nossa Senhora sentiu seu orgulho amolecer. Olhou pela primeira vez com olhos de homem o Presidente Vase de Sainte-Marie. É tão gostoso amar, que não pôde deixar de dissolver-se numa suave, confiante ternura pelo Presidente. "Pode ser que nem seja um sacana!", pensou. Logo sua suave insensibilidade derruiu e o alívio que ela lhe causou foi semelhante ao da urina que o pau libera depois de uma noite de continência. Lembrem-se que Gostoso, ao despertar, via que estava no chão quando tinha mijado. Nossa Senhora gostou de seu carrasco, seu primeiro carrasco. Tratava-se já de uma espécie de perdão flutuante, prematuro, que ele concedia ao monóculo gelado, aos cabelos de metal, à boca terrestre, ao julgamento futuro, enunciado segundo assustadoras Escrituras. O que é exatamente um carrasco? Uma criança que se veste de Parca, um inocente que isola a magnificência de seus ouropéis púrpuras, um pobre, um humilde. Acenderam lustres e apliques. O ministério público tomou a palavra. Contra o adolescente assassino, recortado num bloco de água clara, ele só disse coisas muito corretas, à altura do Presidente e dos jurados. Isso quer dizer que era preciso proteger os que vivem de rendimentos que algumas vezes moram muito alto, no último piso, e mandar matar as crianças que os estrangulam... Era sensato, dito num tom muito fino e algumas vezes muito nobre. Acompanhando-se com a cabeça:

— ... É lamentável — (num tom menor, depois ele prossegue em tom maior)... — É lamentável...

Seu braço estendido para o assassino era obsceno.

— Batam forte — gritava. — Batam forte.

Falando dele, os detentos diziam: "O Metido". Nessa sessão solene, ele ilustrava muito justamente um cartaz pregado numa porta maciça. Perdida no escuro do agrupamento de pessoas, uma velha marquesa pensou: "A República já nos guilhotinou cinco...", mas seu pensamento não foi mais fundo. A gravata continuava em cima da mesa. Os jurados não chegavam a superar seu temor. Foi mais ou menos nesse momento que o relógio de pêndulo marcou cinco horas. Durante o requisitório, Nossa Senhora sentara-se. O Palácio de Justiça surgia-lhe posto entre prédios, no fundo de um desses pátios internos em forma de poços, para onde dão todas as janelas das cozinhas e dos banheiros, onde empregadas despenteadas se debruçam e, com a orelha estendida na palma da mão, escutam e tentam nada perder do debate. Cinco andares em quatro faces. As empregadas são desdentadas e espiam umas às outras de modo dissimulado; atravessando o escuro da cozinha, pode-se perceber algumas lantejoulas douradas ou de pelúcia no mistério dos apartamentos elegantes, onde velhos com cabeça de marfim olham com olhos tranquilos aproximarem-se os assassinos com pantufas. Para Nossa Senhora, o Palácio de Justiça fica no fundo desse poço. É pequeno e leve como o templo grego que Minerva tem na mão aberta. O guarda que estava à sua esquerda fez com que ele se levantasse, pois o Presidente o interrogava: "O que o senhor tem a dizer em sua defesa?". O velho vagabundo, que na Santé era seu colega de cela, havia preparado para ele algumas palavras convenientes que ele poderia dizer no tribunal. Ele as procurou e não as encontrou. A frase "Não fiz de propósito" organizou-se em seus lábios. Se a tivesse dito, não teria espantado ninguém. Esperava-se o pior.

Todas as respostas que lhe vinham, propunham-se em gíria, e o sentimento da conveniência insinuava-lhe que falasse francês, mas todo mundo sabe que nos instantes graves, em relação às outras, é a língua materna que prevalece. Ele quase foi natural. Ora, natural, nesse momento, é ser teatral, mas sua falta de jeito salvou-o do ridículo e fez com que sua cabeça fosse cortada. Ele foi grande de verdade. Disse:

— O velho estava fodido. Nem conseguia ficar de pau duro.

As últimas palavras não passaram pelos valentes pequenos lábios; todavia, os doze velhos, bem rápido, juntos, puseram as mãos nas orelhas para impedir a entrada do palavrão como um órgão, que não encontrando outro orifício, entrou, rígido e quente, na boca aberta deles. A virilidade dos doze velhos e a do Presidente estavam achincalhadas pelo glorioso impudor do adolescente. Tudo mudou. Os que eram dançarinas espanholas, castanholas nos dedos, tornaram-se jurados, o pintor delicado tornou-se jurado, o velho de pano tornou-se jurado, o urso também, aquele que era papa, e aquele que era Vestris. Vocês não acreditam em mim? A sala soltou um suspiro de raiva. O Presidente fez com suas belas mãos o gesto que as atrizes de tragédia fazem com seus belos braços. Três estremecimentos sutis agitaram seu vestido vermelho, como uma cortina de teatro, como se a ele, perto do tornozelo, se tivessem agarrado as garras desesperadas de um gatinho agonizante cujos músculos da pata teriam se crispado por três pequenos estremecimentos de morte. Ele lembrou nervosamente Nossa Senhora à decência, e o advogado de defesa tomou a palavra. Dando (ele os dava, de fato, como a gente dá pequenos peidos) debaixo de sua toga passos miúdos, foi até a barra e se dirigiu à corte. A corte sorriu. Ou seja, com esse sorriso concedido ao rosto pela escolha austera, já feita, do justo contra o injusto, o rigor real do rosto que conhece a demarcação — que viu com clareza e julgou — e que condena. A corte sorria. Os rostos descansavam da tensão, as carnes retomavam sua moleza; pequenos muxoxos se atreviam, mas logo amedrontados, entravam de novo em sua concha. A corte estava satisfeita, bem satisfeita. O advogado esmerava-se. Falava abundantemente, suas frases não acabavam mais. Sentia que, nascidas de um relâmpago, elas deviam diluir-se em caudas de cometas. Ele misturava o que dizia serem suas lembranças de infância (de sua própria infância, em que teria sido ele mesmo tentado pelo Diabo) a noções de direito puro. A despeito de um tal contato, o direito puro permanecia puro e, na baba cinza, conservava seu brilho de duro cristal. O advogado falava de início sobre a educação na sarjeta, o exemplo da rua, a fome, a sede (ele ia, meu Deus, fazer do menino um Padre de Foucauld, um Michel Vieuchange?), ele falava ainda da tentação quase carnal do pescoço, que é assim feito para que seja apertado. Em suma, ele delirava. Nossa Senhora apreciava essa eloquência. Não acreditava ainda no que o advogado dizia, mas estava pronto a tudo tomar para si, tudo assumir. No entanto, um sentimento de mal-estar, cujo sentido ele só pôde compreender mais tarde, indicava-lhe, com obscuros meios, que o advogado o estava atrapalhando. A corte amaldiçoava um advogado tão medíocre, que não lhe concedia sequer a satisfação de ultrapassar a piedade que normalmente ela devia experimentar ao seguir o arrazoado. Que jogo jogava então esse advogado imbecil? Que ele dissesse uma palavra, palavrinha ou palavrão, que fizesse com que ao menos pelo espaço e pelo tempo de um olhar assassino, os jurados se apaixonassem por um cadáver adolescente e, vingando assim o velho estrangulado, se sentissem por sua vez com uma alma de assassino, tranquilos, sentados, no quente, sem riscos, a não ser a pequena Eterna Danação. A satisfação deles desaparecia. Seria preciso então absolver porque o advogado era um estúpido? Mas alguém pensou que polia ser a suprema artimanha de um advogado poeta? Napoleão, segundo se diz, perdeu Waterloo porque Wellington cometeu um erro. A corte sentiu que era preciso santificar esse jovem. O advogado babava. Falava nesse momento de uma reeducação possível — então, em sua estala reservada, os quatro representantes dos patronatos da Infância e da Adolescência decidiram no jogo de dados de pôquer a sorte da alma de Nossa Senhora das Flores. O advogado pedia a absolvição. Implorava. Não era mais ouvido. Enfim, como com uma prontidão para discernir dentre mil o momento de dizer a palavra capital, Nossa Senhora, delicadamente, como sempre, fez um muxoxo triste e disse sem pensar:

— Ah! A Corrida, não, não vale a pena, prefiro bater as botas logo.

O advogado ficou estupidificado, depois vivamente, com um estalar da língua reuniu seus espíritos esparsos e gaguejou:

— Meu filho, vejamos, meu filho! Deixe-me defendê-lo. Senhores — disse ele à corte (ele poderia sem prejuízo, como a uma rainha, ter-lhe dito Senhora) —, é uma criança.

Ao mesmo tempo o Presidente perguntava a Nossa Senhora:

— Vamos, vamos, o que o senhor diz? Não antecipemos.

A crueldade da palavra desnudou os juízes e os deixou sem outra toga além de seu próprio esplendor. O público limpou a garganta. O Presidente não sabia que em gíria a Corrida é a casa de correção. Sentado, composto, maciço, imóvel num banco de madeira, entre seus guardas cingidos de couro amarelo, com botas e capacete, Nossa Senhora das Flores sentia-se dançar uma rápida e leve jiga. O desespero o havia atravessado como flecha como um palhaço atravessa o papel de seda de um arco, o desespero o havia ultrapassado e só lhe restava essa laceração, que o punha assim em farrapos brancos. Embora não estivesse intacto sustentava-se. O mundo não estava mais nessa sala. É bem feito É preciso que tudo acabe. A corte voltava. O barulho das coronhas da guarda de honra deu o alarme. De pé, cabeça nua o monóculo leu o veredicto. Pronunciou pela primeira vez, seguindo o nome de Baillon: "Vulgo Nossa Senhora das Flores". Nossa Senhora estava condenado à pena capital. O júri estava de pé. Era a apoteose. Acabou. Nossa Senhora das Flores, quando foi entregue entre as mãos dos guardas, pareceu-lhes revestido de um caráter sagrado, vizinho daquele que outrora tinham as vítimas expiatórias, que fossem bode, boi, criança, e que ainda hoje os reis e os judeus têm. Os guardas falaram com ele e se ocuparam dele, como se, sabendo-o carregado do peso dos pecados do mundo, tivessem desejado atrair para eles a bênção do Redentor. Quarenta dias depois, numa noite de primavera, ergueram a máquina no pátio da prisão. Ao amanhecer, ela estava pronta para cortar. Nossa Senhora das Flores teve a cabeça cortada por uma faca verdadeira. E nada se passou. Para quê? Não é preciso que o véu do templo se rasgue de baixo acima porque um deus entrega a alma. Isso só pode provar a má qualidade do tecido e sua condição vetusta. Embora a indiferença fosse obrigatória, eu aceitaria ainda que um pilantra irreverente o furasse com um pontapé e fugisse gritando milagre. É ostensivo e muito bom para servir de moldura para a Lenda.

Reli os capítulos anteriores. Estão agora encerrados, rigorosamente, e constato que não atribuí nenhum sorriso alegre a Culafroy, Divina, Ernestine, nem aos outros. Um garoto visto no local para visitas faz-me pensar nisso e faz-me pensar em minha infância, nos babados das saias brancas de minha mãe. Em cada criança que vejo — mas são tão poucas as que vejo — procuro encontrar aquela que fui, gostar dela pelo que eu era. Mas, vindo ver os menores na visita, olhei essas duas carinhas, e fui embora totalmente perturbado, pois não era assim que eu era, criança branca demais como um pão mal cozido: é pelos homens que serão que gosto delas. Quando passaram diante de mim, sacudindo os quadris e mantendo bem retos os ombros, eu já via em suas omoplatas a saliência dos músculos, cobrindo as raízes de suas asas.

Todavia, eu gostaria de acreditar que me parecia com aquele. Revi-me em seu rosto, sobretudo em sua testa e seus olhos, e já ia me reconhecer de fato quando, bum, ele sorriu. Não era mais eu, pois em minha infância, como em qualquer outro período de minha vida, não pude rir nem mesmo sorrir. Por assim dizer, com o riso da criança, caí em migalhas sob meus olhos.

Como todas as crianças, adolescentes ou homens maduros, sorri de bom grado, até mesmo ri às escâncaras, mas à medida que minha vida entrava no que já era passado, eu a dramatizei. Eliminando o que foi travessura, bobagem, criancice, só conservei os elementos que são propriamente drama: o Medo, o Desespero, o Amor triste... e deles só me livro declamando esses poemas convulsionados como o rosto das sibilas. Eles deixam minha alma clarificada. Mas se a criança em que creio rever-me ri ou sorri, ela rompe o drama que se tinha elaborado e que é minha vida passada quando nela penso; destrói, falseia-o, pelo menos porque traz uma atitude que o personagem não podia ter; rasga a lembrança de uma vida harmoniosa (ainda que dolorosa), obriga-me a me ver tornar-me um outro, e no primeiro drama enxerta um segundo.

DIVINARIANAS (*continuação e fim*)

Estão aqui então as últimas Divinarianas. Tenho pressa em me livrar de Divina. Jogo misturadas, em desordem, estas notas em que vocês tentarão encontrar, destrinchando-as, a forma essencial da Santa.

Divina, em pensamento, leva o mimetismo até tomar a exata posição que Gostoso tinha nesse exato lugar. Sua cabeça, portanto, está no lugar da cabeça de Gostoso, sua boca no lugar da dele, seu membro no lugar do dele etc., depois ela refaz, tão exatamente quanto possível — hesitando, pois isso deve ser uma busca (uma busca propicia sozinha, por sua dificuldade, a consciência do jogo) —, os gestos que foram de Gostoso. Ela ocupa, progressivamente, todo o espaço que ele ocupava. Segue-o, preenche de modo continuado tudo o que o continha.

Divina:

— Minha vida? Estou desolada, sou um vale da Desolação.

E é um vale semelhante — com seus pinheiros negros sob a tempestade — às paisagens que descobri quando de minhas viagens imaginárias sob as cobertas sujas e piolhentas das prisões de todos os lugares e que eu chamava de Vale da Desolação, da Consolação, Vale dos Anjos.

Ela (Divina) não agia, talvez, segundo o Cristo. Reprovavam-lhe isso. Mas ela: "Da Ópera até sua casa, Lifar vai dançando?".

Seu desligamento do mundo vai até ao ponto de fazê-la dizer: "Que me importa o que X pensa... da Divina que eu era. Que importa *para mim* a lembrança que conserva de mim. Sou outra. A cada vez serei outra". Assim, ela combatia a vaidade. Assim, estava sempre pronta para qualquer nova infâmia, sem sentir o temor do opróbrio.

Ela cortou os cílios para ser ainda mais repugnante. Julgando assim queimar seus navios.

Ela perdeu seus tiques. Chegava a se fazer notar por conta da discrição. Congelar o rosto. No passado, ante o insulto, ela devia a todo preço mexer os músculos. A angústia a obrigava a isso para se deixar enganar um pouco; a crispação do rosto produzia uma careta em forma de sorriso. Congelado o rosto.

***

Divina, a própria:
— Dama de Alta Viadagem.

Divina não pôde suportar a audição, no rádio, da *Marcha da Zauberflüte*. Beija seus próprios dedos, e depois, não podendo mais, gira o botão do aparelho de rádio.

Sua voz branca (voz que eu sonharia para os atores de filmes, voz de imagem, voz sem entoação) e celeste para me dizer, mostrando minha orelha com o dedo:
— Mas, Jean, você ainda tem um buraco aí.

Ela vai à rua, fantasmal. Um jovem ciclista passa, a pé, segurando sua máquina pelo guidom.

Bem próxima, Divina esboça o gesto (braço dando a ideia de um círculo) de enlaçá-lo pela cintura. O ciclista volta-se de súbito para Divina, que de fato o enlaça. Ele a olha por um piscar de olhos, pasmo, nada diz, pula na bicicleta e foge.

Divina entra em sua concha e retorna a seu céu interior.

Diante de outro belo jovem, um breve desejo:
— Foi o Ainda que me pegou pela garganta.

Ela só viverá para se apressar rumo à morte.

O cisne, sustentado por sua massa de penas brancas, *não pode* ir ao fundo da água encontrar o lodo, assim como Jesus *não pode* peca. Para Divina, cometer um crime com o propósito de se l bertar do jugo das forças morais é ainda ter envolvimento con a moral. Ela não quer ter a ver com um belo crime. Ela cant que dá o cu por gosto.

Rouba e trai os amigos.

Tudo concorre para estabelecer em torno dela — a despeito dela mesma — a solidão. Vive simplesmente na intimidade de sua glória, da glória que ela fez bem pequena e preciosa.

— Sou — diz ela — Bernadette Soubirous no convento da Caridade muito tempo depois de sua visão. Como eu, ela vivia uma vida cotidiana com a lembrança de ter falado com a Virgem Santa de modo familiar.

Acontece de uma tropa se deslocar no deserto e dela — por tática — destacar-se uma pequena coluna de homens que seguirá direção diferente. A secção pode seguir assim algum tempo, bem perto da tropa, durante uma hora ou mais. Os homens dos dois conjuntos poderiam falar-se, ver-se, e não se falam, não se veem: assim que o destacamento deu um passo na nova direção, sentiu nascer-lhe uma personalidade. Ficou sabendo que estava só e que suas ações eram sua ação.

Esse pequeno gesto para se destacar do mundo, Divina o reiniciou cem vezes. Mas, por mais distante que dele se afaste, o mundo faz com que ela se lembre dele.

Ela passou a vida a se precipitar do alto de um rochedo.

Agora que não tem mais corpo (ou tão pouco dele lhe resta, um pouco esbranquiçado, pálido, ossudo e, ao mesmo tempo, muito mole), ela se esquiva rumo ao céu.

Divina sobre ela mesma:
— Segredo, este é meu nome de nascimento.

A santidade de Divina.

Ao contrário da maioria dos santos, ela teve conhecimento disso. Isso nada tem de espantoso, já que a santidade foi sua visão de Deus e, mais alto ainda, sua união com Ele. Essa união não se fez sem mal (dor) de uma parte e de outra. Da parte de Divina, o mal vinha do fato de que ela foi obrigada a abandonar uma situação estável, conhecida e confortável, por uma glória por demais maravilhosa. Para manter sua posição, fez o que julgou certo fazer: gestos. Então, um frenesi de ficar apossou-se de todo seu corpo. Teve gestos de atroz desespero, outros de tímidas tentativas, de hesitação para buscar o ponto de contato, agarrar-se à terra e não subir ao céu. Essa última frase parece que quer dar a entender que Divina teria feito uma ascensão. Não é nada disso. Subir ao céu aqui quer dizer: sem mover, abandonar Divina pela Divindade. O milagre, transcorrendo na intimidade, teria sido de horror feroz. Era preciso aguentar de qualquer jeito. Resistir a Deus, que a chamava em silêncio. Não responder. Mas tentar os gestos que a reterão à terra, que a reporiam na matéria. No espaço, renovava para si formas novas e bárbaras: pois percebia, intuitivamente, que a imobilidade oferece facilidade demais a Deus para que, com um golpe de luta livre bem-sucedida, ele te leve para ele. Então ela dançava. Ao passear. Em todo lugar. Seu corpo sempre se manifestava. Manifestava mil corpos. Ninguém sabia nada do que se passava e dos trágicos instantes de Divina lutando contra Deus. Ela assumiu poses espantosas, tanto quanto aquelas assumidas por certos acrobatas japoneses. Teria sido possível falar dela como se fosse uma atriz de tragédia enlouquecida, que não pode mais voltar à sua personalidade e que busca, que busca... Por fim, certo dia, quando não esperava, imóvel na cama, Deus a tomou por uma santa. Lembremos, porém, um acontecimento característico. Ela quis matar-se. Matar-se. Matar minha bondade. Teve então essa ideia brilhante e a realizou: sua sacada no passado, no oitavo andar de um prédio, dava para um pátio pavimentado. A balaustrada de ferro, com aberturas, era protegida por uma tela metálica. Uma de suas vizinhas tinha um bebê de dois anos, uma menininha, a que Divina dava doces e que ela recebia em seu quarto. A criança corria até a sacada e olhava a rua através da tela. Certo dia, Divina decidiu: soltou a tela, deixando-a encostada contra a balaustrada de ferro. Quando a menininha foi em sua casa, fechou-a e desceu correndo a escada

Tendo chegado no pátio, esperou que a criança viesse brincar na sacada e se apoiasse na tela. O peso de seu corpo o fez cair no vazio. Lá de baixo, Divina olhou. Não perdeu nenhuma das piruetas da criança. Ela foi sobre-humana, até, sem choros, nem gritos, nem tremores, recolher com seus dedos enluvados o que restava da criança. Ficou por três meses em prisão preventiva por homicídio involuntário, mas sua bondade morreu. Pois: "De que me serviria ser mil vezes boa, agora? O meio de remir esse crime inexpiável? Então, sejamos más".

Indiferente ao resto do mundo, assim nos parecia, Divina morria.

Ernestine ignorou por muito tempo o que se passava com seu filho, que ela perdeu de vista por ocasião de uma segunda fuga. Quando enfim teve notícias dela, ele era soldado. Ela recebeu uma carta um pouco envergonhada, que lhe pedia alguns trocados. Mas só viu o filho, que se tornara Divina, bem mais tarde, em Paris, onde viera para ser operada, como fazem todas as mulheres do interior. Divina então vivia de modo bastante folgado. Ernestine, que nada sabia de seu vício, percebeu-o quase instantaneamente, e sobre Divina pensou: "Lou tem um Crédit Lyonnais entre as nádegas". Ela não fez nenhum comentário com ele. Isso não piorava em nada a opinião que ela tinha de si mesma, saber que havia parido uma criatura monstruosa, nem macho nem fêmea, descendente dos Picquigny, culminação ambígua de uma ilustre família, cuja mãe era a sereia Melusina. Mãe e filho estavam tão distantes quanto se tivessem estado à distância, voltados para o vazio: um roçar de peles insensíveis. Ernestine jamais se dizia: "É a carne de minha carne". Divina não se dizia nunca: Mas foi ela que me cagou". Divina era para sua mãe apenas um pretexto para gestos teatrais, como mostramos no início. Divina, por ódio a essa puta da Mimosa, que detestava a mãe, fingia para si mesma gostar respeitosamente de sua mãe. Esse respeito agradava a Gostoso, que, como bom cafetão, como verdadeiro mau rapaz, conservava no fundo do coração, como se diz, "um cantinho de pureza dedicado a uma velha mamãe" que ele não conhecia. Ele obedecia às injunções terrestres que dominam os cafetões. Gostava da mãe do mesmo jeito que era patriota e católico. Ernestine foi ver Divina morrer. Levou alguns doces, mas, por sinais que os do interior reconhecem — sinais que avisam mais seguramente que o crepe —, soubera que Divina partia.

"Ele parte", ela se disse.

O padre — o mesmo que vimos oficiar de modo tão estranho — trouxe o bom Deus. Uma vela ardia na mesinha de chá, perto de um crucifixo preto e de uma vasilha de água benta, onde mergulhava um ramo de buxo seco e com poeira.

De hábito, Ernestine só aceitava da religião o que ela oferece de mais *puramente* maravilhoso (não esse mistério acrescentado ao mistério e que o esconde), esse maravilhoso que ela aí encontrava era indubitável. Que se avalie: nos dias de tempestade, sabendo que o relâmpago pode ter a fantasia de entrar pela chaminé e sair pela janela, ela, de sua poltrona, olhava-se passar através das vidraças, conservando — busto, pescoço, pernas e saias — a rigidez, a fixidez de um tecido engomado, caindo sobre o gramado ou subindo ao céu de pés juntos, como se ela fosse uma estátua: assim, ela caía embaixo ou no ar, como se vê que os anjos e os santos voam nos velhos quadros, como de modo bem simples Jesus vai ao céu, sem nuvens que o carreguem.

Era sua religião. Como em outras vezes, nos dias de grande aparato, dias de desregramento místico, "Se eu me entretivesse crendo em Deus?", dizia-se ela. Ela o fazia até ficar tremendo.

Na hora da morte de Divina, ela se entreteve crendo tão bem em Deus, que não pôde evitar uma cena de êxtase.

Ela viu Deus engolindo um ovo. "Ver", aqui, é um modo leve de falar. Da revelação, não posso dizer grande coisa, pois, enfim, só sei dela o que me foi concedido conhecer, graças a Deus, numa prisão iugoslava. Eu era levado de cidade em cidade, ao acaso das paradas do camburão. Em cada uma das prisões dessas cidades, eu ficava um dia, dois dias ou mais. Cheguei então e fui fechado num cômodo bastante grande, cheio, com mais uns vinte outros detentos. Três ciganos haviam organizado aí uma escola de batedores de carteira. É assim que se operava: enquanto um dos prisioneiros dormia, estendido no beliche, sucessivamente tirávamos de seus bolsos — e aí os repúnhamos — sem acordá-lo, os objetos que ali já se encontravam. Aventura delicada, pois com frequência era preciso, de certo modo, tocar naquele que dormia a fim de que ele se virasse em seu sono e liberasse o bolso sobre o qual estava deitado com todo o peso de suas coxas.

Quando chegou minha vez de operar, o cigano que era o chefe me chamou e me mandou trabalhar. Sob o tecido do casaco, senti o coração bater e desmaiei. Carregaram-me para o beliche, onde me deixaram até que eu voltasse a mim. Guardei uma lembrança muito exata da disposição do teatro. A cela era uma espécie de galeria dando lugar, apenas o suficiente, para que aí ficassem, em todo o comprimento, beliches de madeira inclinados. Numa das extremidades, opondo-se à porta de entrada, de uma claraboia um pouco arqueada e provida de barras, a claridade amarela, vinda de um céu invisível para nós, caía obliquamente, tal qual se mostra nas gravuras e romances.

Quando recuperei a consciência, eu estava no canto mais perto da janela. Acocorei-me à maneira dos berberes ou das criancinhas, com meus pés envoltos por uma coberta. No outro canto, de pé, amontoados, os outros homens.

Eles caíram na gargalhada me olhando. Como eu não sabia sua língua, um deles, apontando-me, fez esse gesto: ele coça os cabelos e, como se daí tivesse tirado um piolho, fez o simulacro de comê-lo, fazendo uma mímica do modo dos macacos.

Não me lembro se eu tinha piolhos. De qualquer modo, nunca os devorei. Minha cabeça estava coberta de películas brancas, formando na pele uma crosta que com a unha eu soltava e que a seguir eu expulsava dessa unha com os dentes, e algumas vezes engolia.

Foi nesse momento que compreendi o cômodo. Fiquei conhecendo — durante um tempo inapreciável — sua essência. Ele continuou sendo um cômodo, mas prisão do mundo. Fui, por meu horror monstruoso, exilado nos confins do imundo (que é não mundo), diante dos graciosos alunos da escola de batedores de carteira; vi claramente ("ver", como a propósito de Ernestine) o que eram esse cômodo e esses homens, qual papel *desempenhavam*: ora, era um primeiro papel na marcha do mundo. Esse papel era a origem do mundo e estava na origem do mundo. Dei-me conta, de repente, graças a uma espécie de lucidez extraordinária, de que eu compreendia o sistema. O mundo se reduziu, bem como seu mistério, assim que fui afastado dele. Foi um instante verdadeiramente sobrenatural, semelhante, quanto a esse afastamento do humano, ao que me foi causado pela atitude do ajudante-chefe Cesari, na prisão do Cherche-Midi, quando ele teve de fazer um relatório sobre meus costumes. Ele me disse "Essa palavra (ele não ousou pronunciar 'homossexual'), isso se escreve em duas palavras?". E, com a ponta do dedo, ele a mostrou para mim em sua folha, com o indicador estendido, mas... sem tocar a palavra.

Fiquei encantado.

Como eu, Ernestine ficou encantada com os Anjos de Deus que são detalhes, encontros, coincidências da ordem desta aqui: o movimento de uma ponta ou talvez o cruzamento das coxas da bailarina que faz desabrochar no fundo de meu peito o sorriso de um soldado bem-amado. Ela por um instante segurou o mundo entre seus dedos e o olhou com a severidade de uma professora primária.

Quando dos preparativos do último sacramento, Divina saiu do coma. Vendo a vela, farol de seu próprio fim, ela se entibiou. Reconheceu que a morte sempre estivera presente na vida, ma com o rosto simbólico oculto por uma espécie de bigode que ajustava ao gosto do dia a assustadora realidade — esse bigode frâncico que (do soldado), caído sob as tesouras, o fez tristonho como um castrado, pois seu rosto logo se tornou suave e fino, pálido, com queixo exíguo, com testa arredondada, semelhante ao rosto de uma santa de vitral românico ou de uma imperatriz bizantina, um rosto que nos acostumamos a ver encimado por um longo chapéu cônico com véu. A morte estava tão próxima que podia tocar Divina, nela bater com o indicador seco, como numa porta. Ela crispou os dedos rígidos, puxou os lençóis, que se esticaram também, se congelaram.

— Mas — diz ela ao padre —, não estou morta ainda, ouvi os anjos peidando no teto.

"... Morta ainda", ela se disse de novo, e, em nuvens voluptuosamente oscilantes, mareantes e em suma paradisíacas, Divina revê a morta — e a morte da morta — essa velha Adeline da cidadezinha, que lhe contava — e para Solange — histórias de negros.

Morta a velha (sua prima), ele não conseguiu chorar, e, para no entanto fazer com que acreditassem em seu pesar, teve a ideia de molhar com cuspe os olhos secos. Quanto a Divina, uma bola de fumaça rola no coração de sua barriga. Depois ela se sente invadida, como por um enjoo no mar, pela alma da velha Adeline, cujas botinas com botões e de saltos altos foi obrigado por Ernestine a usar para ir à escola.

Na noite do velório, curioso, ele se levantou. Na ponta dos pés, saiu do quarto, onde de todos os lados surgia uma população de almas, que lhe punha uma barreira que ele tinha de vencer. Ele entrava no meio delas, seguro de sua delegação hierática, assustado, encantado, mais morto que vivo. As almas, as sombras formavam-lhe um cortejo imenso, numeroso, surgiam dos começos do mundo — ele arrastava atrás de si, até o leito mortuário, gerações de sombras. Era o medo. Ele andava de pés descalços, o menos solenemente que pôde.

Assim como imaginamos que anda um ladrão noturno, ele avançava agora, talvez como em muitas noites ele deslizara até um armário para ali roubar docinhos de amêndoa: docinhos de batismo ou de casamento, dados a Ernestine, que ele mastigava com respeito, não como uma banal guloseima, mas como um alimento sagrado, símbolo de pureza, considerando-os como considerava as flores de laranjeira de cera branca postas sob um globo de vidro: bafio de incenso, visão de véus brancos. E esse canto: o *Veni Creator*...

— "E se a mulher que vela mortos estivesse em seu lugar, o que ele dirá?..." Mas ela estava na cozinha, bebendo café.

O quarto estava vazio. Esvaziado. A morte faz o vazio de modo diferente e melhor que uma máquina pneumática. Os lençóis da cama esboçavam um relevo de rosto, assim como argila mal tocada pelo estatuário.

Culafroy, mão estendida, os braços tesos, levanta-os. A morta continuava ali. Ele se aproximou para ter menos medo. Ousou tocar o rosto e mesmo beijar as pálpebras redondas e geladas, como bolas de ágata. O corpo parecia fecundado pela realidade. Ele pronunciava a verdade. Nesse momento, a criança foi como que invadida por uma desordenada tropa de lembranças de leituras e de histórias contadas, a saber: que o quarto de Bernadette Soubirous, na hora de sua morte, estava cheio do perfume de invisíveis violetas. Instintivamente, portanto, ele fungou e não reconheceu o cheiro que dizem ser o odor de santidade. Deus esquecia sua serva. Felizmente. É preciso primeiro não esbanjar perfumes de flores sobre o leito de uma solteirona morta; depois, cuidar para não espalhar o pânico nas almas de crianças.

Mas é desse instante que parece partir o fio que devia levar Culafroy-Divina, segundo uma fatalidade superiormente disposta, à morte. O tateio havia começado bem antes. Realizada primeiro sob o maravilhamento que brotou diante das primeiras respostas, a instrução — a investigação — datava das épocas longínquas, brumosas, opacas, em que ele pertencia ao povo dos deuses, assim como os primitivos, que não estão ainda livres das faixas perfumadas de urina e que detêm essa dignidade compartilhada com as crianças e alguns animais: a gravidade, a nobreza, que com razão é dita antiga. Agora — e sempre mais, até a visão exatamente poética do mundo —, com a Ciência adquirida, os cueiros eram abandonados. Cada interrogatório, sondagem, produzindo cada vez mais um som oco, indicavam-lhe a morte, que é a única realidade que nos preenche.

Diante das coisas, nada mais de reações alegres. A cada toque, seu dedinho escrutador de cego se enfiava no vazio. As portas giravam por elas mesmas e nada mais mostravam. Ele beijou a velha nos olhos, e o frio das cobras o enregelou. Ia cambalear, talvez mesmo cair, quando a Lembrança avançou expressamente para socorrê-lo: a lembrança da calça de veludo de Alberto; como um homem que, dizem, deu, por um privilégio inesperado, uma olhada nos confins dos mistérios, se apressa em se afastar deles para, na terra, retomar pé, Culafroy recuou assustado, a cabeça bem recolhida, na lembrança envolvente e quente da calça de Alberto, onde pensou encontrar apaziguadoras, consoladoras ninhadas de chapins.

Depois, voltou, levado por Alberto que descera do céu, para seu quarto e sua cama, onde chorou. Mas — que isto não os surpreenda — chorou por não poder chorar.

Eis como morreu nossa Grande Divina.

Tendo procurado seu pequeno relógio de ouro, ela o encontrou entre suas coxas, e, em sua mão fechada, o estendeu a Ernestine, sentada à cabeceira. As mãos das duas se juntaram em concha com o relógio no meio. Uma imensa paz física distendeu Divina; os dejetos, uma merda quase líquida, se espalharam debaixo dela num pequeno lago morno, onde suavemente, bem suavemente — como um navio ainda quente de imperador desesperado se enfia na água do lago Nemi — ela se afundou, e esse alívio a fez soltar um suspiro, que por sua vez fez subir à sua boca sangue, depois um outro suspiro: o último.

Ela faleceu assim, pode-se dizer também que afogada.

Ernestine esperava. Não sei por qual milagre, ela súbito compreendeu que os batimentos que vinham de suas mãos juntas eram os tique-taques do relógio.

Como vivia entre os presságios e os sinais, não era supersticiosa. Assim, ocupou-se sozinha dos cuidados com o cadáver e fez com que Divina fosse vestida com um terno muito decente de lã azul de corte inglês.

Então, está ali morta. A Mortíssima. Seu corpo está agarrado aos lençóis. Trata-se, da cabeça aos pés, sempre de um navio no desfazimento das banquisas, imóvel e teso, vogando rumo ao infinito: tu, Jean, querido, imóvel e teso como eu já disse, vogando em minha cama rumo a uma Eternidade feliz.

Morta Divina, que me resta para fazer? Para dizer?

Um vento de cólera, neste anoitecer, perversamente faz com que se choquem um contra os outros os álamos de que só vejo o cimo. Minha cela, embalada por essa boa morte, hoje está tão agradável!

Se amanhã eu estivesse livre?

(Amanhã audiência.)

Livre, ou seja, exilado entre os vivos. Criei para mim uma alma na medida de minha morada. Minha cela é tão delicada. Livre: beber vinho, fumar, ver burgueses. Então amanhã, como o júri será? Previ a condenação mais dura com que ele possa atingir-me. Preparei-me cuidadosamente para isso, pois escolhi meu horóscopo (segundo o que dele posso ler nos acontecimentos passados) como rosto da fatalidade. Agora que sei obedecer a ele, meu pesar é menor. É aniquilado diante do irremediável. É meu desespero e o que será, será. Renunciei a meus desejos

Eu, também, estou "já muito além disso" (Weidmann). Que por toda uma vida de homem, portanto, eu fique entre estas paredes. Quem será julgado amanhã? Algum estrangeiro usando um nome que foi meu nome. Posso continuar a morrer até minha morte no meio de todos esses viúvos. Lâmpada, privada, regulamento, vassoura. E o colchão, minha esposa.

Não tenho vontade de me deitar. Essa audiência, amanhã, é uma solenidade para a qual é necessária uma vigília. É nesta noite que eu queria chorar como alguém que fica — para meus adeuses. Minha lucidez, porém, é como que uma nudez. O vento, lá fora, faz-se cada vez mais feroz e a chuva a ele se mistura. Assim, os elementos preludiam as cerimônias de amanhã. Estamos no dia 12, não é? Que vou decidir? Os avisos, dizem, são de Deus. Não me interessam. Tenho já a sensação de não pertencer mais à prisão. Está rompida a fraternidade esgotante que me ligava aos homens do túmulo. Viverei talvez...

Por instantes, uma explosão de riso brutal, nascido de não sei quê, abala-me. Ressoa em mim como um grito alegre na bruma, parecendo querer dissipá-la, mas aí deixando nenhum outro traço além de uma saudade de sol e de festa.

E se eu for condenado? Revestirei o burel e essa vestimenta cor de ferrugem logo me obrigará ao gesto monástico: minhas mãos escondidas nas mangas, e se seguirá a equivalente atitude do espírito: eu me sentirei tornando-me humilde e glorioso, depois, acachapado debaixo de minhas cobertas — é em *Don Juan* que os personagens do drama renascem em cena e se abraçam —, recriarei, para encanto de minha cela, Gostoso, Divina, Nossa Senhora e Gabriel, adoráveis vidas novas.

Li cartas emocionantes, cheias de maravilhosos achados, de desespero, de esperanças, de cantos; e outras mais severas. Escolho uma delas, a carta que Gostoso escreveu da prisão para Divina:

Minha querida,

Eu te mando esta cartinha para dar notícias minhas, que não são boas. Fui preso por roubo. Procure então ver um advogado para me defender. Dê um jeito para pagar. E dê um jeito também para me mandar dinheiro, pois aqui você sabe como a gente passa fome. Procure também conseguir uma permissão para vir me ver e me trazer uns lençóis. Ponha para mim o pijama de seda azul e branca. E camisetas. Minha querida, estou muito chateado com o que me acontece. Não tenho sorte, reconheça. Também conto com você para me ajudar. Eu gostaria de te ter em meus braços para te acariciar e te apertar bem forte. Lembre-se do prazer que a gente tinha. Procure identificar o pontilhado. E dê um beijo nele. Receba, minha querida, mil bons beijos do teu Gostoso.

Esse pontilhado de que Gostoso fala é a silhueta de seu pau. Vi um cafetão, que estava de pau duro ao escrever para sua companheira, pôr o pau pesado sobre o papel em cima da mesa e traçar o contorno dele. Quero que esse traço sirva para desenhar Gostoso.

Prisão de Fresnes, 1942

Notre-Dame-des-Fleurs © Éditions Gallimard,
Paris, 1948. Venda proibida em Portugal.

Todos os direitos desta edição reservados à Todavia.

Grafia atualizada segundo o Acordo Ortográfico da Língua
Portuguesa de 1990, que entrou em vigor em 2009.

capa
Violaine Cadinot
obra de capa
Nicola Kloosterman
preparação
Manoela Sawitzki
composição
Stephanie Y. Shu
revisão
Érika Nogueira Vieira
Fadua Matuck

Dados Internacionais de Catalogação na Publicação (CIP)

Genet, Jean (1910-1986)
    Nossa Senhora das Flores / Jean Genet ; tradução
Júlio Castañon Guimarães. — 1. ed. — São Paulo :
Todavia, 2025.

    Título original: Notre-Dame-des-Fleurs
    ISBN 978-65-5692-857-9

    1. Literatura francesa. 2. Romance. 3. Ficção.
I. Guimarães, Júlio Castañon. II. Título.

CDD 843

Índice para catálogo sistemático:
1. Literatura francesa : Romance 843

Bruna Heller — Bibliotecária — CRB-10/2348

todavia
Rua Fidalga, 826
05432.000 São Paulo SP
T. 55 11 3094 0500
www.todavialivros.com.br

fonte
Register*
papel
Pólen natural 80 g/m²
impressão
Geográfica